KB015357

카프카 단편선

란츠 카프카 · F R A N Z   K A F K A

골의사 · 판결 · 단식 광대 · 유형지에서 · 화부 · 학술원에 드리는 보고

카프카 단편선

프란츠 카프카 지음 | 엄인정 옮김

매월당
MAEWOLDANG

Contents

변신

1

어느 날 아침, 불편한 꿈에서 깨어난 그레고르 잠자는 침대 위에 있던 자신이 한 마리의 거대한 곤충으로 변해 버린 것을 발견했다. 그는 장갑차 같은 딱딱한 등 껍질을 대고 누워 있었는데, 불룩한 갈색 배를 잘 보기 위해 머리를 조금 들어 올렸다. 그의 배는 뻣뻣한 활 모양으로 나뉘어 있었기에 배 위에 있던 이불은 제대로 덮이지 않고 미끄러져 내려갔다. 그리고 그의 다른 부위와 비교했을 때 한없이 연약해 보이는 수많은 다리들은 그의 눈앞에서 하릴없이 흔들리고 있었다.

'나에게 무슨 일이 일어난 걸까?' 그는 생각했다. 꿈은 아니었다. 다만 너무 작게 느껴질 뿐 사람이 사는 제대로 된 그의 방이 낯익은 네 개의 벽에 둘러싸여 조용히 거기 있었다. 포장이 풀어진 옷감 견본이 펼쳐져 있는 테이블 위에는—잠자는 외판 사원이었다—그가 최근에 화보 잡지에서 오려내어 멋지게 도금된 액자에 넣어둔 그림이 걸려 있었다. 거기엔 어떤 부인이 모피 모자와 모피 목도리를 두르고 꼿꼿하게 앉아 있었으며, 커다란 모피 토시로 전체를 감싼 팔꿈치를 사람들을 향해 쭉 뻗어 올리고 있었다.

그레고르는 창문을 바라보았다. 잔뜩 흐린 하늘은—빗방울이 창틀 위를 힘껏 두드리는 소리가 들렸다—그를 더욱 우울하게 만들었다. '잠을 좀 더 자면서 이 말도 안 되는 상황을 잊는 건 어떨까.' 그는 그렇게 생각했으나 그럴 순 없었다. 그는 오른쪽으로 누워 자는 습관이 있었는데 현재 상태로는 그 자세를 취할 수 없었기 때문이다. 그는 격렬하게 움직이며 온 힘을 다해 오른쪽으로 몸을 돌려보았다. 하지만 그럴 때마다 그는 버둥거리며 다시 원래대로 벌렁 자빠지곤 했다. 아마도 백 번쯤은 시도한 것 같았다. 그는 버둥거리는 다리들을 보지 않으려 눈을 감았고, 전에는 느껴본 적이 없는 희미한 통증이 옆구리에서 느껴지자 동작을 멈추었다.

'오, 세상에.' 그는 생각했다. '내가 정말 힘든 직업을 선택했구나! 날마다 출장을 가야 하다니. 가게에 앉아 일하는 것보다 훨씬 더 괴로운 일이야. 계속되는 출장으로 기차 시간의 연결, 숙박과 불규칙한 식사, 절대 친해질 수 없는 늘 새로운 사람들과의 의례적인 만남 따위를 걱정해야 하다니. 악마나 물어가라지!' 그는 배가 약간 가려워 천천히 침대 머리맡으로 몸을 뉘어 조금씩 등을 민 다음 머리를 좀 더 높이 들어 올렸다. 그러자 가려운 부위가 보였다. 그곳은 알 수 없는 수많은 하얀 점들로 뒤덮여 있었다. 그는 한쪽 다리로 그곳을 긁으려고 하다가 즉시 제자리로 움츠렸다. 그곳을 건드리자마자 소름이 돋았기 때문이다.

그는 다시 원래 위치로 미끄러졌다. '이렇게 일찍 일어나다니.' 그는 생각했다. '아주 어리석은 짓이야. 사람에겐 숙면이 필요해. 다른 외판 사원들은 마치 하렘의 여자들처럼 살고 있는데. 예를 들면 내가 의뢰받은 주문서를 작성하기 위해 오전 중에 숙소로 되돌아오면 다른 사람들은 그때서야 아침을 먹으려고 앉아 있었지. 사장 앞에서 내가 그렇게 행동했다면 나는 그 자리에서 해고당했을 거야. 하지만 그게 더 좋은 일일지 누가 알겠어? 부모님만 아니었어도 벌써 사표를 냈을 텐데. 그리고 사장한테 가서 내가 생각하고 있는 것을 모조리 말했을 거야. 그랬다면 사장은 책상에서 떨어졌겠지! 책상에 걸터앉아 위에서 내려다보며 직원에게, 더구나 사장은 귀가 어두웠기에 그에게 아주 가까이 다가서야 하는 직원에게 일방적으로 이야기하는 것은 아주 별나기도 하다. 하지만 아직 희망은 있어. 내가 언젠가 돈을 모아 우리 부모님이 사장에게 진 빚을 갚기만 하면—아마도 오 년에서 육 년 정도 걸릴 테지—나는 성공적으로 그 일을 해낼 거야. 그때는 내 인생의 커다란 전환점이 되겠지. 어쨌든 일어나야겠어. 다섯 시 기차를 타야 하니까.'

그리고 그는 진열장에서 째깍거리는 자명종 시계를 보았다. '오, 신이시여!' 벌써 여섯 시 반이었다. 시곗바늘은 조용히 움직이며 여섯 시 반을 지나 여섯 시 사십오 분을 향해 가고 있었다. 자명종이 울리지 않았던가? 침대에서도 시계가 네 시에 울리도록 정확히 맞춰져 있다는 것을 볼 수 있으니, 분명 시계는 울렸을 것이다. 그렇다. 하지만 귀가 찢어질 정도의 소음 속에서도 그렇게 평온하게 잘 수 있었을까? 그는 편하게 잠들지 못했기에 더욱 깊이 잠들었던 것 같다. 하지만 이제 무엇을 해야 하나? 다음 기차는 일곱 시에 있고, 그것을 타려면 미친 듯이 서둘러야만 했다. 게다가 그의 옷감 견본은 아직 포장도 못한 상태이고, 몸 상태도 가볍지 않아서 제대로 움직일 수 없을 것 같았다. 또한 그가 기차를 탄다 해도 사장의 질책은 피할 수 없을 것이다. 사환이 다섯 시 기차를 기다리고 있었을 것이며 그가 나타나지 않은 것을 벌써 보고했을 테니 말이다. 사환은 사장의 앞잡이로 줏대 없는 위인이었다. 몸이 아프다고 말할까? 하지만 그것은 가장 꺼림칙하고 의심을 살 만한 짓이다. 회사에서 일한 오 년 동안 그는 단 한 번도 아픈 적이 없었기 때문이다. 사장은 분명 의료보험회사 소속 의사를 데려와 게으른 아들을 두었다고 우리 부모님을 탓할 것이며, 세상에는 아주 건강하면서도 일하기 싫어하는 사람들만 있다는 의사의 말을 빌려, 어떠한 항변도 하지 못하도록 내 말을 가로막을 것이다. 이런 경우에도 그가 완전히 틀렸다고 할 수 있을까? 그레고르는 긴 잠 후에 오는 나른함을 제외하면 아주 건강했다. 심지어 배가 고프기까지 했다.

그가 침대에서 벗어날 결심을 하지 못하고 이런저런 생각들을 정리하고 있을 때—시계는 여섯 시 사십오 분을 가리키고 있었다—침대 끝 쪽에서 조심스럽게 문을 두드리며 "그레고르!"라고 부르는 소리가 들렸다.—어머니였다—"여섯 시 사십오 분이야. 기차를 타야 되지 않겠니?" 그 다정한 목소리란! 그레고르는 어머니에게 대답하는 자신의 목소리를 듣고 충격을 받았다. 분명 자신의 예전 목소리인데 목소리 저 아래에서부터 울려나오는 듯한, 절제되지 않은 끔찍한 쇳소리가 섞여 있었다. 그 말들은 처음에만 분명한 소리를 냈고, 나중에는 울리면서 소리를 파괴하고 있었기에 상대방이 소리를 제대로 들었는지 아닌지조차 분간되지 않았다. 그레고르는 자세히 대답하고 싶었고 모든 것을 설명하고 싶었지만 그 상황에서는 "네, 네, 고마워요, 어머니, 지금 일어났어요."라는 한정된 말만 할 수 있을 뿐이었다. 그들 사이에 나무로 된 문이 있었기에 그레고르의 목소리 변화를 밖에서는 알아채지 못한 것 같았다. 어머니는 이 말에 만족해하며 슬리퍼를 끌고 가버렸다. 그러나 잠시 말을 주고받은 다른 가족들이 그들의 예상과는 달리 그레고르가 아직 집에 있다는 것을 알게 되었다. 옆문에서는 이미 아버지가 주먹으로 조용하게 문을 두드리고 있었다. "그레고르, 그레고르!" 아버지가 외쳤다. "무슨 일 있는 거냐?" 그리고 얼마 후 그는 좀 더 낮은 목소리로 다시 외쳤다. "그레고르! 그레고르!" 다른 쪽 옆문에서 누이가 작은 목소리로 걱정스러운 듯이 물었다.

"오빠? 괜찮아? 뭐 필요한 거 없어?" 그는 즉시 두 사람에게 "준비 다 됐어요."라고 대답했다. 그러고 나서 그는 최대한 단어들을 또 박또박 발음하고 단어들 사이를 띄엄띄엄 끊어가며 가능한 한 평범한 소리를 내기 위해 노력했다. 그러자 아버지는 아침 식사를 하러 갔다. 하지만 그의 누이는 "오빠, 문 열어봐, 어서."라고 속삭였다. 그는 출장을 다니면서 밤에 모든 문을 잠그는 습관이 몸에 배어 있었는데 이 순간, 집에서도 그렇게 하는 자신의 조심성에 새삼 감사함을 느꼈다.

그는 우선 아무런 방해도 받지 않고 조용히 일어나려고 했다. 옷을 입고, 무엇보다 아침 식사를 하고 싶었으며 그 후에 무엇을 할지 생각하려 했다. 계속 침대에 있으면 그의 명상은 이성적인 결론에 이를 수 없을 거란 생각이 들었기 때문이다. 그가 침대에 누워 있을 때 간간이 약간의 통증을 느꼈는데, 아마도 익숙지 않은 자세 때문이라고 생각했다. 그러나 일어나 보니 그것은 단순한 착각이었음이 입증되었다. 그는 오늘 아침에 했던 망상이 점차 어떻게 펼쳐질지 기대하고 있었다. 그는 자신의 목소리가 변한 것은 독감 때문이고, 그것은 외판 사원들의 고질병이라 생각했으며 그 점에 대해선 조금도 의심하지 않았다.

이불을 치우는 건 아주 쉬웠다. 단지 숨을 조금 들이마시기만 하면 이불은 저절로 떨어져 나갔던 것이다. 하지만 그의 몸은 아주 넓적했기 때문에 다음 동작이 어려웠다. 일어나기 위해서는 팔과 손이 필요했는데, 그에게는 그 대신 수많은 작은 다리들이 있었고 그것은 멈추지 않고 제멋대로 움직여 통제할 수 없었기 때문이다. 그가 겨우 다리 하나를 구부리려고 하면 다시 또 쭉 펼쳐졌고 그러다 마침내 그가 원하는 대로 되면, 나머지 다리들은 더욱 거칠고 고통스럽게 움직였다. "이렇게 쓸데없이 침대에 누워 있을 순 없어." 그레고르가 혼잣말을 했다.

그는 우선 하체를 침대 밖으로 내보내려고 했지만, 아직 자신의 하체를 보지 못했기에 그것이 어떤 모습인지 제대로 상상조차 할 수 없었고, 막상 시도해 보니 움직이는 것이 너무 어려웠다. 그것은 아주 천천히 움직여졌다. 그는 마침내 격분하며 모든 힘을 끌어모아 대담하게 몸을 밀어냈다. 하지만 방향을 잘못 잡아 침대 발치 기둥에 아주 세게 부딪쳤고, 타는 듯한 극심한 고통을 느꼈다. 이를 통해 그는 자신의 신체 부위 중에 하체가 가장 예민하다는 것을 알게 되었다.

그래서 그는 우선 상체를 끌어내기 위해 조심스럽게 머리를 침대 가장자리 쪽으로 움직였다. 거대한 몸집임에도 불구하고 생각보다 쉽게 머리를 따라 천천히 움직여졌다. 드디어 그의 머리가 침대 가장자리 쪽으로 나왔다. 머리를 자유롭게 가눌 수 있게 되었을 때, 그는 더 이상 앞으로 나아가는 건 너무 위험할 것 같다는 생각이 들었다. 이런 식으로 계속 움직이다가는 떨어질 것이며, 기적이 일어나지 않고서야 그의 머리가 다치지 않을 순 없었기 때문이다. 이젠 어떻게 해서라도 정신을 차려야 했다. 그는 차라리 침대에 머무는 게 나을지도 모른다고 생각했다.

그는 같은 수고를 여러 번 반복했으나 다시 원래의 위치로 돌아와 있었기에 한숨을 쉬었다. 그리고 그의 작은 다리들이 전보다 더 격렬하게 버둥대는 것을 보며, 통제 불가능한 다리들을 진정시킬 수 없다는 생각이 든 그는 스스로에게 말했다. 침대에만 머물러 있을 순 없으니, 아주 작은 희망이라도 있다면 위험을 감수하고서라도 그것에 기대는 것이 가장 이성적인 방법일 거라고 말이다. 동시에 그는 평온한 생각, 가장 평온한 가능성은 절망적인 결심보다 훨씬 더 나을 수 있다는 점을 종종 상기시켰다. 이 순간, 그는 날카로운 눈빛으로 창문을 응시했다. 하지만 불행하게도 짙은 아침 안개 때문에 맞은편 좁은 길조차도 보이지 않았기에 그는 용기와 위안을 얻지 못했다. "벌써 일곱 시야." 자명종이 또다시 울리자 그가 혼잣말을 했다. "일곱 시가 되었는데도 저렇게 짙은 안개라니." 그러고 나서 그는 잠시 숨을 가볍게 쉬며 조용히 누워 있었다. 이 완전한 고요함이 모든 것들을 현실적이고 평범한 상황으로 되돌려주길 기대하듯이.

하지만 그는 자신에게 말했다. "일곱 시 십오 분이 되기 전에 나는 반드시 침대에서 일어나야 해. 가게는 일곱 시 전에 여니까 그 시간이 되면 내게 무슨 일이 생긴 건지 궁금해서 누군가가 나를 찾아올 거야." 그러고 나서 그는 몸 길이로 균형을 맞춰가며 몸을 흔들어 침대 밖으로 나오려고 했다. 그렇게 몸을 흔들다 떨어진다 해도, 재빨리 머리를 들어 올리면 다치지 않을 것이다. 그의 등은 딱딱했기에 카펫 위에 떨어진다 해도 아프지 않을 것 같았다. 하지만 가장 큰 고민은 자신도 어찌할 방법이 없는 소음이었다. 그 소리는 문 밖에 있는 사람들에게 걱정을 끼치게 될 것이다. 하지만 그 정도 위험은 감수해야만 했다.

그가 이미 반쯤 침대 밖으로 나왔을 때—새로운 방법은 힘들기보다는 게임 같았다. 그는 그저 몸을 좌우로 흔들기만 하면 되었다—누군가의 도움을 받을 수 있다면 얼마나 간단해질까 하는 생각이 그의 머릿속을 스쳤다. 힘센 두 사람—그는 아버지와 하녀를 생각했다—이면 충분할 것이다. 그들은 단지 두 팔을 그의 휘어진 등 밑에 넣고 침대 위로 들어 올린 채 몸을 구부린 다음, 그가 바닥에서 몸을 완전히 뒤집고 다리가 제 기능을 할 수 있을 때까지만 참고 기다리면 될 테니 말이다. 모든 문이 잠겨 있다는 사실을 무시하고 그는 도움을 요청해야만 하는 걸까? 비참한 상황임에도 그는 이런 생각을 하며 웃지 않을 수 없었다.

그는 몸을 격렬하게 흔들었기에 이제는 더 이상 균형을 잡을 수 없을 만큼 침대 밖으로 밀려나 있었다. 더 이상 지체하지 말고 결정을 내려야 했다. 오 분만 있으면 일곱 시 십오 분이기 때문이다.—그때 초인종이 울렸다. "가게에서 누가 왔나 보군." 그는 혼잣말을 했다. 몸이 점점 경직되었지만 그의 작은 다리들은 더욱 빠르고 격렬하게 움직였다. 그 순간 온 집안이 정적에 휩싸였다. "그들은 문을 열지 않을 거야." 그레고르가 헛된 희망을 품고 혼 잣말을 했다. 하지만 평소처럼 하녀가 힘차게 나가 문을 열어주었 다. 그레고르는 방문객의 아침 인사 첫마디만 듣고도 그가 누구인 지 즉시 알 수 있었다.―그는 바로 지배인이었다. 이렇게 조금 지 각만 해도 용납하지 못하고 엄청난 의심을 하는 회사에 다니는 운 명이라니! 다른 직원들은 모두 불량배들인가? 아침에 몇 시간 정도 를 허비해서 아주 큰 양심의 가책을 받고는 정신이 나가 침대 밖 으로 나오지 못하는 직원이 그들 중엔 하나도 없는 것인가? 무슨 일인지 알아보려면―이따위 질문이 꼭 필요하다면―사환을 보내 도 충분하지 않은가? 꼭 지배인이 직접 와야만 했던 것인가. 그래 서 아무것도 모르는 가족들에게 지배인의 분별력이 아니면 이 의 심스러운 상황을 조사할 수 없다는 것을 직접 보여줘야 하는 것인 가? 이런 생각을 하다 보니 그레고르는 흥분이 되어 온 힘을 다해 침대 밖으로 나오려고 몸을 날렸다. 그리고 그는 무언가에 부딪혔 고, 큰 소리가 났지만 생각보다 크진 않았다. 카펫 덕분에 그가 떨 어질 때 나는 소음이 약해진 것이다. 또한 그의 등은 생각보다 더 유연했기에 주의를 끌 만큼의 큰 소리가 나진 않았다. 다만 그는 머리를 들어 올리지 못해 바닥에 부딪혔다. 너무 화가 나고 고통 스러웠던 그는 카펫에 머리를 마구 문질렀다.

"저 안에서 뭔가가 떨어졌습니다." 왼쪽 옆방에 있는 지배인이 말했다. 그레고르는 오늘 자신에게 일어난 일이 언젠가 지배인에게도 일어날지 모른다고 생각했다. 그럴 가능성을 부인할 순 없을 것이다. 하지만 이 질문에 무뚝뚝하게 대답이라도 하듯 옆방에 있던 지배인이 몇 걸음 힘주어 걸으며 에나멜 구두로 삐걱거리는 소리를 냈다. 오른쪽 옆방에서는 누이가 그레고르에게 이 상황을 알리기 위해 속삭였다. "오빠, 지배인이 왔어." "알고 있어." 그레고르는 혼자 중얼거렸다. 하지만 그는 누이가 들을 수 있을 만큼 큰 목소리를 내진 못했다.

"그레고르." 왼쪽 옆방에서 아버지가 말했다. "지배인님이 오셔서 왜 네가 일찍 기차를 타지 않았는지 물으신다. 그분께 뭐라 말씀드려야 할지 모르겠구나. 게다가 그분은 너와 직접 애기하고 싶어 하신다. 그러니 문을 좀 열어라. 네 방이 지저분한 것 정도는 충분히 이해하실 거다." "좋은 아침입니다, 잠자 씨." 지배인이 다정하게 불렀다. "저 애가 몸이 안 좋은가 봐요." 아버지가 문 앞에서 계속 말하는 동안 어머니가 지배인에게 말했다. "몸이 안 좋은 거예요, 지배인님, 절 믿어주세요. 그렇지 않고서야 기차를 놓칠 이유가 없잖아요! 저 애는 오로지 일밖에 몰라요. 저녁에는 절대 밖으로 나가지 않아 제가 화를 내기도 했으니까요. 요새는 한 주일 내내 도시로 갔는데도 저녁에는 매일 집에만 있었어요. 책상 앞에 조용히 앉아 신문을 보거나 기차 시간표를 들여다보곤 했지요. 저 애의 소일거리라고는 실톱으로 뭔가를 만드는 것뿐이에요.

예를 들면 이삼일 만에 작은 액자 하나를 만든답니다. 얼마나 예쁜지 보시면 놀라실 거예요. 저 방에 있는데, 그레고르가 문을 열면 금방 보실 수 있을 거예요. 지배인님이 와주셔서 정말 기뻐요. 우리들만으론 저 애가 문을 열게 할 순 없었을 거예요. 아주 고집이 세거든요. 아침엔 그렇지 않다고 했지만 분명 몸이 안 좋은 거예요." "곧 나갈게요." 그레고르는 천천히 조심스럽게 말하면서도 대화의 내용을 하나도 놓치지 않기 위해 꼼짝도 하지 않았다. "달리 설명할 방법이 없네요, 부인." 지배인이 말했다. "심각한 일이 아니길 바랍니다. 하지만 우리 같은 사업을 하는 사람들은—다행인지 불행인지 모르겠지만—몸이 좀 안 좋더라도 일을 위해서는 종종 견뎌내야 합니다." "그럼 이제 지배인님께서 들어가도 되겠니?" 아버지가 다급하게 물으며 또다시 문을 두드렸다. "안 돼요." 그레고르가 말했다. 그러자 왼쪽 옆방에서 불편한 정적이 흘렀고, 오른쪽 방에서는 누이가 울기 시작했다.

왜 누이는 다른 사람들과 함께 있지 않는 걸까? 누이는 이제 막 침대에서 일어나 옷을 입기 시작한 것 같았다. 그럼 왜 우는 것일까? 그가 일어나지 않고 지배인을 들어오게 하지 않았기 때문에, 그가 직장을 잃을 위험에 처했기 때문에, 그리고 그렇게 되면 사장이 부모님께 빚 독촉을 할까 봐 그러는 것일까? 그러나 지금 상황에선 그런 걱정을 할 필요가 없었다. 그레고르는 아직 집에 있었고 적어도 가족을 저버릴 생각을 한 적이 없기 때문이다. 지금은 잠시 카펫 위에 누워 있지만, 누구라도 그가 심각한 상황에 처한 것을 알게 된다면 그에게 지배인을 안으로 들이라는 요구를 할 수 없을 것이다. 그리고 후에 해명할 수 있는 이런 작은 결례 때문에 그레고르가 이 자리에서 해고되진 않을 것이다. 지금은 울고불고 하면서 지배인을 귀찮게 하는 것보다는 그를 편한 상태로 내버려두는 것이 현명한 방법일 것이다. 그런데 바로 이렇게 불분명하고 애매한 그의 태도는 다른 이들에게 걱정을 끼치고 자신의 잘못된 행동을 합리화시키고 있었다.

"잠자 씨." 지배인이 좀 더 큰 소리로 불렀다. "무슨 일 있는 겁니까? 이렇게 방에다 방어막을 세우고 다만 네, 아니요만 대답하면서 부모님께 불필요한 걱정을 끼치며—한 마디 덧붙이자면—업무에 대한 책임도 아주 이상한 방식으로 소홀히 하고 있으니 말이에요. 당신의 부모님과 사장님의 이름을 걸고 말하건대, 지금 이 자리에서 명확한 설명을 해주길 바랍니다. 놀랍군요, 놀라워. 나는 당신이 침착하고 이성적인 사람이라고 생각했는데 이제 보니 이상한 기질이 있군요. 당신이 왜 오늘 아침 일찍 나타나지 않았는지 그 이유에 대해 사장님께서 넌지시 말씀하셨지만—최근에 당신을 믿고 맡겼던 미수금 때문이라고—그래도 난 당신을 믿기에 그런 일은 없을 거라고 말씀드렸지요. 하지만 여기서 당신의 고집스러운 태도를 보니 이젠 조금도 당신 편을 들어줄 마음이 안 생기는군요. 그리고 당신의 위치는 그렇게 확고하지 않아요. 당신하고만 이야기하려고 왔는데, 당신이 이런 식으로 불필요하게 내 시간을 낭비하고 있으니 당신의 부모님이 이 얘기를 듣는다 해도 어쩔 수 없군요. 그리고 최근 당신의 업무 실적도 썩 좋은 편은 아니었어요. 물론 사업이 잘 되는 계절은 아니지요. 우리도 그건 인정해요. 하지만 일을 전혀 못 하는 계절은 있을 수가 없어요. 그래선 안 되죠. 잠자 씨, 절대 안 돼요."

"하지만 지배인님." 그레고르가 흥분해서 모든 걸 잊은 듯 소리쳤다. "금방 문을 열게요. 잠시 몸이 안 좋았던 것뿐이에요. 현기증이 나서 일어나지 못했던 거예요. 아직 침대에 누워 있긴 하지만 정말 괜찮아졌어요. 지금 침대에서 막 일어나고 있어요. 조금만 시간을 주세요. 어떻게 이렇게 갑자기 아플 수가 있을까요! 어젯밤까지만 해도 정말 괜찮았는데, 부모님은 아실 거예요. 조금이라도 눈치 챘으면 좋았을 것을. 누군가 저를 주의 깊게 봤다면 눈치 챘을 거예요. 제가 왜 가게에 알리지 않았을까요! 하지만 집에서 쉬지 않고도 아픈 걸 이겨낼 수 있다고 늘 생각했어요. 오, 지배인님, 부모님을 괴롭히진 말아주세요! 지금 저한테 하시는 당신의 비난은 아무런 근거가 없어요. 누구한테도 그런 말을 들어본 적이 없으니까요. 아마도 최근에 제가 보낸 주문서를 못 보신 것 같군요. 어쨌든 저는 여덟 시 기차를 탈 거예요. 몇 시간 쉬었더니 몸 상태가 아주 좋아졌어요. 그러니 제발 먼저 가 계세요, 지배인님. 곧 업무에 복귀하겠습니다. 그리고 사장님께도 제 얘길 잘 말씀해

주세요."

　그레고르는 자신이 무슨 말을 하고 있는지도 모른 채 두서없이 내뱉으며 진열장 쪽으로 쉽게 다가갔다. 아마도 침대에서 연습한 덕분인 듯했다. 그래서 진열장을 이용해 몸을 똑바로 일으키려고 시도했다. 그는 정말로 문을 열고 지배인을 직접 만나서 이야기하려고 했던 것이다. 그는 자신을 만나려고 고대하던 사람들이 마침내 자신을 보게 된다면 뭐라 말할지 궁금했다. 만약 그들이 소스라치게 놀란다 해도 그것은 그의 책임이 아니기에 태연할 수 있을 것이다. 그들이 덤덤하게 받아들인다면, 그 역시 당황할 이유가 없으니 여덟 시 기차를 타기 위해 서둘러 기차역으로 가면 될 것이다. 처음에 그는 진열장의 미끈한 표면 때문에 여러 번 미끄러졌지만 마침내 마지막 힘을 다해 똑바로 일어설 수 있었다. 하체에 타는 듯한 통증이 느껴졌지만 더 이상 개의치 않았다. 그러고 나서 그는 근처에 있는 의자 등받이에 기대어 쓰러지면서 의자의 가장자리를 작은 다리들로 꽉 붙들었다. 이제 그는 자신을 통제할 수 있었고 지배인이 하는 말을 들을 수 있었기에 아무 말도 하지 않았다.

　"한 마디라도 알아들으셨나요?" 지배인이 부모님께 물었다. "우릴 놀리고 있는 것은 아니겠죠?" "오, 얘야." 어머니가 울면서 소리쳤다. "우리 애가 많이 아픈가 봐요. 우리가 저 애를 괴롭히고 있어요. 그레테! 그레테!" 어머니가 소리쳤다. "어머니 부르셨어요?" 누이가 다른 방에서 외쳤다. 그들은 그레고르의 방을 사이에 두고 소리치고 있었다. "당장 가서 의사 선생님을 모셔 와라. 그레고르가 아파. 빨리 의사를 불러와. 지금 그레고르가 말하는 소리 들었니?" "사람의 목소리가 아니었어요." 지배인이 소리치고 있는 어머니의 맞은편에서 낮은 목소리로 말했다. "안나! 안나!" 아버지가 현관을 지나 부엌을 향해 외치며 손뼉을 쳤다. "지금 당장 열쇠공을 불러와!" 그러자 두 처녀가 치맛자락을 날리며 현관을 가로질러 뛰어가—어떻게 누이는 그렇게 빨리 옷을 입었지?—현관문을 활짝 열어젖혔다. 하지만 다시 닫히는 소리는 들리지 않았다. 아주 불행한 일이 일어난 집에서 그러하듯 문을 열어두었던 모양이다.

하지만 그레고르는 마음이 더 평온해졌다. 그가 하는 말을 사람들은 더 이상 이해할 수도, 분명히 알아들을 수도 없었지만 그에게는 그 말들이 전보다 더 분명하게 들렸다. 아마도 그의 귀가 그 소리에 익숙해졌기 때문일 것이다. 어쨌든 그들은 지금 그에게 무슨 일이 일어났다고 믿으며 그를 도울 준비를 하고 있었다. 그리고 그들이 침착한 태도로 취한 처음 몇 가지의 조치는 그에게 위안이 되었다. 그는 자신이 다시 인간 세계로 편입될 수 있다고 느꼈기에 의사든 열쇠공이든 누구라도 큰일을 해주길 바랐다. 그리고 결정적인 대화를 위해 그는 조용히 마른기침을 하며 목소리를 분명하게 가다듬었다. 그는 더 이상 제대로 된 판단을 내릴 순 없었지만, 이 소리가 사람의 기침 소리처럼 들리지 않을 거라 생각했기 때문이다. 옆방은 완전히 정적에 휩싸였다. 아마 부모님은 지배인과 함께 테이블에 앉아 속삭이면서 무슨 소리라도 듣기 위에 문 앞에서 귀를 기울이고 있을 것이다.

그레고르는 천천히 의자와 함께 몸을 문 쪽으로 밀더니 의자를 밀치고는 몸을 던져 문을 잡고 똑바로 일어서서—작은 다리 끝 동그란 부분에는 점액이 분비되어 있었다—잠시 몸을 기대고 쉬었다. 그러고 나서 그는 열쇠구멍에 꽂힌 열쇠를 입으로 돌려보았지만 불행하게도 그에게는 이빨이 없는 것 같았다.—대체 무엇으로 열쇠를 잡는단 말인가?—하지만 그의 턱은 매우 튼튼했다. 그래서 그는 그 힘으로 간신히 열쇠를 잡고 돌렸는데, 부주의하는 바람에 어딘가에 상처가 난 듯했다. 입에서 갈색 액체가 흘러나와 열쇠 위를 흘러 방바닥으로 뚝뚝 떨어졌다. "잘 들어보세요." 옆방에 있던 지배인이 말했다. "그가 열쇠를 돌리고 있어요." 그것은 그레고르에게 아주 큰 용기를 주었다. 하지만 아버지와 어머니를 비롯해 그들 모두가 소리쳐 그를 응원해야 했다. "힘내라, 그레고르." 그들이 소리쳤다. "조금만 더 힘을 내, 열쇠를 꽉 잡아!" 그는 노력하는 자신의 모습을 모두가 지켜보고 있다는 생각으로 온 힘을 다해 열쇠를 꽉 물었다. 열쇠가 돌아가자 그의 몸도 같이 돌아갔기에 그는 단지 입으로만 몸을 지탱하고 있었다. 그러다 열쇠를 눌렀고 체중을 실어 열쇠에 매달리기도 했다. 마침내 자물쇠가 철컥하고 열리는 소리에 그레고르는 정신이 들었다. 그는 안도의 숨을 내쉬며 "열쇠공은 필요치 않아."라고 말했다. 그러고 나서 그는 문이 활짝 열리도록 머리를 손잡이 근처로 들이밀었다.

그가 이런 식으로 문을 열어야 했기 때문에 문은 활짝 열렸지만 밖에서는 그의 모습이 보이지 않았다. 그는 문의 나무를 따라 천천히, 그리고 아주 조심스럽게 바깥으로 몸을 돌려야만 했다. 거실로 들어서기 직전에 벌러덩 나가떨어지지 않기 위해서였다. 그 동작이 너무 어려워 그가 다른 것에는 신경 쓸 여력조차 없었을 때 지배인이 큰 소리로 "오!" 하고 외치는 소리가 들렸으며— 마치 거센 바람 소리 같았다—이제 그도 지배인을 볼 수 있었는데, 문에 가장 가까이 서 있던 지배인은 벌어진 입을 손으로 가린 채 보이지 않는 어떤 압력에 이끌리듯 천천히 뒷걸음질 치고 있었다. 어머니는—지배인과 함께 있었음에도 불구하고 잠자리에 들 때 풀어놓은 머리가 마구 헝클어진 채로 거기 서 있었다—먼저 두 손을 모으고 아버지를 바라보다가는 그레고르를 향해 두 걸음 다가오더니 둥그렇게 펼쳐진 치마 한가운데로 힘없이 쓰러져, 얼굴을 가슴 깊숙이 묻었다. 아버지는 그레고르를 다시 방에 밀어 넣을 것처럼 주먹을 꽉 쥐었다. 그러고는 적의에 가득 찬 불안한 얼굴로 거실을 둘러보다가 손으로 눈을 가리고 거대한 가슴이 들썩일 정도로 울었다.

그레고르는 거실로 나가지 않고 안쪽에서 단단하게 걸린 한쪽

문 나무에 기대어 서 있었다. 그의 몸은 반쪽과 그 위로 갸우뚱하게 치우쳐 있는 머리만 보였고, 그는 그 상태인 채로 다른 사람들을 쳐다보았다. 그 사이 밖은 점점 환해져서 길 건너편에 마주 서서 끝없이 이어진 어두운 회색 건물—그것은 병원이었다—의 한 부분이 뚜렷하게 보였는데, 그 전면을 엄격하게 꿰뚫고 규칙적으로 창문들이 나 있었다. 비가 아직 내리고 있었는데 눈에 보이는 굵은 빗방울이 하나씩 하나씩 땅으로 뚝뚝 떨어지고 있었다. 테이블 위에는 아침 식사를 하고 난 그릇들이 잔뜩 놓여 있었다. 아버지에게 아침은 하루 중 가장 중요한 시간이었다. 여러 종류의 신문을 보며 몇 시간을 보냈기 때문이다. 바로 맞은편 벽에는 군대 시절 그레고르의 사진이 걸려 있었다. 대위 차림의 그가 손에는 검을 쥐고 아무 걱정 없이 웃으며, 자신의 당당한 태도와 제복에 경의를 표할 것을 요구하는 듯한 모습이 담겨 있었다. 현관으로 향하는 문이 열려 있었고 현관문도 열려 있었기에 현관 앞쪽과 아래로 내려가는 계단이 보였다.

"자, 그럼." 그레고르가 입을 열었다. 그는 자신이 유일하게 평정심을 유지하고 있는 사람이라는 것을 알았다. "당장 옷을 입고 견본을 꾸려 출발할게요. 제가 갈 수 있게 해주실 거죠? 지배인님이 보시다시피 저는 고집불통이 아니에요. 저는 기꺼이 일을 할 거예요. 물론 출장은 힘들지만 일하지 않고 살 순 없으니까요. 어디 가셨나요, 지배인님? 가게로 가셨어요? 네? 이 모든 일들을 사실대로 보고하실 건가요? 지금은 일시적으로 일을 하지 못하고 있지만 예전의 제 실적을 생각해 주세요. 어려운 상황을 극복하고 난 뒤에 더 열심히 일하고 성실하게 집중력을 발휘할게요. 제가 사장님께 충실한 직원이라는 것을 지배인님도 잘 알고 계시잖아요. 게다가 저는 부모님과 누이도 신경 써야 해요. 저는 지금 대단히 곤란한 상황이에요. 하지만 다시 극복해 낼 거예요. 그러니 상황을 더 악화시키진 말아주세요. 회사에서 제 편이 되어주세요. 사람들이 외판 사원을 좋아하지 않는다는 걸 알고 있어요. 그들은 외판 사원이 돈을 많이 벌고 멋있는 생활을 한다고 생각해요. 하지만 그러한 편견을 바꿀 수 있는 특별한 계기가 있는 것도 아니잖아요. 그렇지만 지배인님, 지배인님께선 이 문제에 대해 다른 직원들보다 훨씬 더 통찰력이 있으세요. 네, 저희끼리만 하는 말입니다만 사장님보다도 더 잘 알고 계십니다. 사장님은 회사의 소유주인 만큼 직원들에게 불리한 판단을 내리기 쉬우니까요. 지배인님도 잘 아시다시피 외판 사원들은 일 년 내내 거의 가게 밖에서만 있으니 아주 쉽게 험담이나 예상 밖의 일들, 근거 없는 모함에 대한 희생양이 되잖아요. 하지만 그들은 아무것도 알 수 없어요. 출장에서 집으로 돌아오면 지쳐 있고, 단지 원인도 찾을 수 없는 나쁜 결과가 자신의 몸에 생겼다는 것만 알게 되죠. 그리고 그것에 대응할 수조차 없다는 것을 지배인님께서도 잘 아시잖아요. 지배인님, 제발 제 말이 어느 정도는 옳다는 말 한 마디 하지 않은 채 가지는 마세요!"

하지만 그레고르가 첫 마디를 꺼냈을 때 지배인은 이미 몸을 돌려버렸고, 입을 벌리고 어깨를 움츠린 채로 그를 돌아보았다. 그리고 그레고르가 말하는 동안 그는 잠시도 가만히 있지 못하고 그레고르에게서 눈을 떼지 못한 채 문을 향해 아주 조금씩 움직이고 있었다. 마치 그 방을 나가서는 안 된다는 금지령이 내리기라도 한 듯이. 어느덧 그는 현관에 이르러 갑자기 몸을 빠르게 움직여 거실로부터 마지막 발걸음을 뗐는데, 그 광경을 본 사람이라면 그의 발바닥에 불이라도 붙었다고 생각했을 것이다. 그런데 현관에서 그는 마치 초자연적인 구원의 힘이 그곳에서 그를 기다리고 있기라도 한 듯 계단을 향해 오른팔을 한껏 뻗었다.

그레고르는 비록 회사에서 자신의 위치가 위험에 처하진 않을지라도, 지배인을 이런 식으로 보내서는 안 된다고 생각했다. 부모님은 이러한 상황을 잘 이해하지 못했다. 그들은 지난 수년간 그레고르가 이 회사에서 자리를 잘 잡아 평생 생활이 보장되어 있다고 믿고 있는 데다가 지금 당장 눈앞에 펼쳐진 문제 때문에 앞날을 내다볼 여유가 없었던 것이다. 그러나 그레고르는 자신의 앞날을 예견할 수 있었다. 지배인을 붙들어 그를 달래고 설득해서 마침내 그의 마음을 사로잡아야만 했다. 그레고르와 가족들의 미래는 거기에 달려 있는 것이다! 그의 누이가 거기 있었더라면! 그녀는 영리했다. 그레고르가 아직 조용히 누워 있을 때 그녀는 이미 울고 있었다. 지배인은 여자한테 약했기 때문에 누이가 현관문을 닫고 이 끔찍한 상황에 대해 그를 설득했다면 그는 그대로 따랐을 것이다. 하지만 누이가 없었기에 그레고르가 이 모든 상황을 해결해야 했다. 그는 현재 그가 제대로 움직일 수 없다는 것을 인지하지 못하고 아마도, 아니 거의 확실하게 다른 사람들이 그의 말을 잘 이해하지 못한다는 것을 생각하지도 못한 채 열린 문틈으로 몸을 밀어 넣었다. 벌써 우스꽝스러운 모습으로 현관 앞의 난간을 두 손으로 꽉 움켜쥐고 있는 지배인이 있는 곳으로 가려고 했던 것인데, 잡을 곳을 찾자마자 즉시 작은 비명을 지르며 수많은 작은 발들을 깔고 엎어졌다. 그는 넘어지면서 이 아침 처음으로 육체적 안정을 느꼈다. 그의 작은 다리들이 단단한 바닥을 딛고 섰던 것이다. 그가 기뻐하고 있다는 걸 알기라도 하듯 다리들은 그에게 완전히 복종했으며, 심지어 그가 가고 싶은 방향으로 잘 움직여주었기에 그는 이제 곧 고생이 끝날 거라고 믿었다. 하지만 그가 몸을 통제하기 위해 몸을 흔드는 순간, 그와 그다지 멀리 떨어져 있지 않은, 그와 마주하고 있던 어머니가 갑자기 팔을 쭉 뻗치고 열 손가락을 활짝 펼치더니 펄쩍 뛰어오르며 외쳤다. "도와줘요, 오, 세상에, 도와줘요!" 어머니는 그레고르를 더 잘 보기 위해 머리를 숙인 듯했으나 반대로 그녀의 몸은 무의식적으로 뒷걸음질 치고 있었다. 어머니는 뒤에 테이블이 있다는 것도 까맣게 잊은 채 그 위에 올라앉았다. 그때 그녀가 커다란 커피 주전자를 건드려 카펫 위에 커피가 쏟아졌지만 그녀는 그것도 알아채지 못했다.

"어머니, 어머니." 그레고르가 낮은 목소리로 부르며 어머니를 바라보았다. 그 순간 그는 지배인에 대한 생각은 완전히 잊고 있었다. 반면에 흘러내리는 커피를 보자 그는 자신의 턱을 이용해 커피를 쩝쩝거리고 싶은 충동을 억제할 수 없었다. 그 모습을 본 어머니는 또다시 소리쳤고 테이블에서 내려와 서둘러 달려오던 아버지의 품에 안겼다. 그러나 이제 그레고르는 부모님께 신경 쓸 여유가 없었다. 지배인이 이미 계단에 가 있었기 때문이다. 그는 난간에 턱을 괸 채 마지막으로 한 번 더 뒤돌아보았다. 그레고르는 그를 따라잡기 위해 확실한 자세로 달렸고, 지배인은 뭔가를 예감이라도 한 듯 몇 계단을 한꺼번에 뛰어내리며 사라져버렸다. "으아!" 하고 외치는 그의 소리가 계단 전체에 울려 퍼졌다. 불행하게도 이런 식으로 사라진 지배인의 모습이 지금껏 평정심을 유지하던 아버지의 마음을 완전히 자극했던 것 같다. 아버지는 지배인을 쫓아가든지, 아니면 최소한 지배인을 쫓아가는 그레고르를 방해하지는 말아야 했다. 하지만 아버지는 오른손에는 지배인이 모자, 코트와 함께 의자 뒤에 두고 간 지팡이를 잡고, 왼손에는 식탁 위에 있던 커다란 신문을 들고는 두 발을 쾅쾅 구르며 지팡이와 신문을 휘둘러 그레고르를 방으로 몰아넣으려 했다. 아버지는 그레고르가 아무리 애원해도 들어주지 않았고, 또 아버지가 왜 그러는 건지도 이해할 수 없었지만 그는 겸허히 고개를 숙였다. 하지만 그럴수록 아버지는 더욱 세게 발을 구를 뿐이었다. 건너편에 있던 어머니는 차가운 날씨에도 불구하고 창문을 열어젖히고는 창가에 기대어 창밖으로 얼굴을 내민 채 손으로 얼굴을 감싸고 있었다. 골목과 거실 사이에서 바람이 불어와 창문 커튼이 펄럭였고, 식탁 위에 있던 신문이 부스럭거리다가 몇 장이 바닥으로 날리며 떨어졌다. 아버지는 "쉬익!" 하는 야만적인 소리를 내면서 거칠게 그를 방으로 몰았다. 하지만 그레고르는 뒷걸음질 치는 연습을 한 적이 없기에 아주 천천히 움직일 수밖에 없었다. 만약 그가 몸을 뒤로 돌릴 수 있도록 내버려두기만 했더라도 그는 즉시 방으로 돌아갔을 텐데, 시간을 잡아먹으면서 천천히 몸을 돌리다가는 어느 순간 아버지의 인내가 한계에 도달할까 봐 두려웠고, 순간순간 아버지가 쥐고 있던 지팡이가 그를 가격해 그의 등이나 머리에 치명상을 입힐까 봐 두려웠다. 하지만 그에게는 어찌할 도리가 없었다. 뒷걸음질 치면서 방향조차 전혀 가늠할 수 없다는 것을 깨달은 그는 경악하며, 불안한 곁눈질로 계속해서 아버지를 주시했다. 그는 최대한 잽싸게 몸을 돌리고 싶었지만 실제로는 몹시 느렸다. 아버지도 그의 선한 의도를 알아챈 듯 그를 방해하지 않았고, 멀리 떨어져 지팡이 끝으로 그가 가야 할 곳을 가리키며 도와주었다. 아버지가 이 참을 수 없는 쉿쉿 소리만 멈춰준다면! 그 소리는 그레고르를 혼란스럽게 만들었다. 쉿쉿 소리가 그를 아주 정신없게 만들었을 때쯤 그는 완전히 돌아설 수 있었다. 다행히도 문 앞까지 도착해 문틈으로 머리를 집어넣었지만, 몸이 너무 넓었기에 들어갈 수 없었다. 물론 아버지는 지금 상황에서 그레고르가 충분히 들어갈 수 있도록 다른 쪽 문을 마저 열어주어야겠다는 생각은 결코 하지 못했다. 아버지는 가능한 한 빨리 그를 방으로 밀어 넣어야겠다는 생각뿐이었다. 아버지는 또한 그레고르가 일어날 수 있도록, 또 문을 통과하기 위해 필요한 번거로운 준비 같은 것 역시 해주지 않을 것이다. 그는 지금 더 큰 소리를 내며 마치 그레고르 앞에 아무런 장애물이 없는 것처럼, 전보다 더 다그치며 그레고르를 앞으로 몰았다. 그레고르의 뒤에서 들리는 소리는 더 이상 아버지 한 사람만의 소리로 들리지 않았다. 이젠 정말로 재미 같은 건 없어진 그레고르는—어떻게든 되겠지 하며—전력을 다해 문으로 몸을 밀어 넣었다. 그러자 몸의 한 부분이 들리면서 기울어진 채 열린 문틈 사이에 끼어 한쪽 옆구리에 상처가 났고 하얗게 칠한 문에 흉한 얼룩이 생겼다. 문틈에 꽉 끼인 그는 혼자서는 전혀 움직일 수 없었고, 한쪽 편의 작은 다리들은 공중에서 버둥대고 있었으며, 다른 쪽 다리들은 바닥에 고통스럽게 눌려 있었다. 그때 뒤에서 아버지가 이 방법밖에 없다는 듯 그를 아주 세게 발로 밀쳤고, 그는 피를 철철 흘리며 방 안으로 나가떨어졌다. 아버지가 지팡이로 문을 쾅 닫자 드디어 사방이 정적에 휩싸였다.

2

기절하듯 깊이 잠들었던 그레고르는 저녁 무렵이 되어서야 깨어났다. 푹 잠이 들어서 휴식을 충분히 취한 것 같은 느낌이 들었기에 그는 무언가가 방해하지 않았더라도 곧 깨어났을 테지만, 누군가가 급히 달려가는 듯한 발소리와 조심스럽게 문을 닫는 소리 때문에 잠에서 깨어났다. 가로등의 희미한 불빛이 천장과 가구의 꼭대기까지 비추었지만 그레고르가 있는 아래쪽은 어두웠다. 그는 무슨 일이 일어났는지 살펴보기 위해 이제야 비로소 배우게 된 서툰 더듬이질을 하면서 문가 쪽으로 천천히 몸을 움직였다. 왼쪽 옆구리에 길게 찢어진 상처가 당겨서 불편했으며, 양쪽 다리 모두 절뚝거렸다. 게다가 아침에 있었던 사건으로 다리 하나가 심하게 다쳤기 때문에—다리 하나만 다쳤다는 것은 기적 같은 일이었다—제대로 움직이지 못한 채 질질 끌고 다녔다.

그레고르는 문가 쪽에 이르러서야 무엇이 자신을 유인했는지 알게 되었는데, 그것은 바로 음식 냄새였다. 우유 위에 흰 빵 조각들이 담긴 접시가 있었던 것이다. 그는 아침과는 달리 몹시 배가 고팠기에 그것을 발견하고는 웃음을 터뜨릴 뻔했다. 그는 우유 접시에 머리를 담그다시피 했다. 그러나 곧 실망하며 물러섰다. 왼쪽 옆구리에 통증이 있었기에 먹는 것이 힘들었고—숨을 헐떡거리며 몸 전체를 움직여야만 먹을 수가 있었다—평소에 즐겨 마셨던 것이라 분명 누이가 갖다 놓았을 우유인데도 전혀 맛이 없었기 때문이다. 화가 난 그는 접시에서 멀어지며 방 한가운데로 기어들이갔다.

그레고르가 문틈으로 내다보니 거실에 가스등이 켜져 있었다. 평소 같았으면 이 시간에 아버지가 어머니와 여동생에게 큰 소리로 저녁 신문을 읽어주었을 텐데 지금은 아무 소리도 들리지 않았다. 누이는 아버지가 신문을 읽어준다는 이야기를 항상 그에게 편지로 썼는데 최근에는 그러지 않은 모양이다. 분명 집이 비어 있진 않았는데도 집 안은 너무 조용했다. "식구들은 이렇듯 얼마나 고요한 생활을 하고 있는가."라고 말하며, 그는 자신 앞에 놓인 어둠을 응시하다가 부모님과 누이에게 이런 생활을 할 수 있게 해준 자신에 대해 자부심을 느꼈다. 하지만 지금 이 모든 고요함과 부유함, 만족스러움이 충격적인 일로 끝나야 하는 것인가? 그는 이런 생각에 빠져들지 않기 위해 방 안을 이리저리 왔다 갔다 하며 몸을 움직였다.

기나긴 저녁 시간 동안 양쪽 옆문이 조금 열렸다가 금방 닫혔다. 누군가가 들어오려다가 망설였던 것 같다. 그는 거실 쪽으로 통하는 문 앞에서 대기하고 있었다. 자신의 방에 들어오려다 주저하는 사람이 있다면 어떻게든 들어오도록 하거나, 아니면 적어도 그가 누군지 알고 싶었기 때문이다. 하지만 더 이상 문은 열리지 않았기에 그레고르는 헛수고를 한 셈이었다. 오전에 문이 잠겨 있을 때는 다들 문을 열고 들어오려고 했으나, 지금 그가 문 하나를 열어놓았고 오전에 다른 사람들이 열어놓았을 다른 문으로는 아무도 들어오지 않았으며 열쇠도 이제는 밖에 꽂혀 있었다.

밤이 되어서야 거실 불이 꺼졌기에 그는 부모님과 누이가 그때까지 안 자고 있었다는 걸 확인할 수 있었으니, 이제야 세 사람 모두 발끝으로 걸어서 멀어지는 소리가 분명히 들렸기 때문이다. 아침이 될 때까지 아무도 그레고르의 방에 들어오지 않을 테니 그는 아무런 방해도 받지 않고 자신의 삶에 어떤 계획을 세워야 할지 충분히 생각할 수 있었다. 하지만 그는 오 년 전부터 썼던 이 방에 그저 넓적하게 널브러져 있어야만 했기에 불안해지기 시작했다. 그는 수치심을 느꼈으나 반은 무의식적으로 몸을 돌려 소파 밑으로 재빨리 기어들어갔다. 등이 좀 눌리고 머리를 들 수 없었음에도 그는 아늑함을 느꼈다. 하지만 그의 몸통이 너무 넓적한 나머지 소파 밑에 완전히 감출 수 없다는 게 유감스러웠다.

그는 밤새 거기서 머무르며 잠깐 선잠이 들었다가 곧 배가 고파 다시 깼는데, 자신의 처지에 대해 걱정과 불분명한 희망에 잠기기도 하며 보냈다. 그러면서 그는 당분간은 행동을 조심하며 가족들을 신중히 생각해서 자신의 지금 상태로는 가족들에게 야기할 수밖에 없는 유쾌하지 못한 일들을 견딜 수 있게끔 해주어야겠다고 결론지었다.

이른 아침, 그레고르는 그가 방금했던 결심을 시험해 볼 기회가 생겼다. 누이가 옷을 다 입고 난 뒤 문을 열고는 긴장한 눈빛으로 그를 들여다보고 있었기 때문이다. 누이는 그를 금방 발견하지 못했으나 소파 밑에 있는 그를 보자—어딘가에는 분명 있을 것 아닌가, 날아갈 수도 없을 테니—너무 놀라서 문을 쾅 닫아버렸다. 하지만 곧 그녀는 자신의 행동을 후회라도 하듯이 문을 다시 열어 중환자나 낯선 남자에게 다가오듯 발끝으로 살금살금 걸어왔다. 그레고르는 소파 가장자리까지 머리를 최대한 내밀어 누이를 살펴보았다. 그녀는 그가 배가 고픔에도 우유를 먹지 않았다는 것을 눈치 채고 그의 입에 맞는 다른 음식을 가져올 것인가? 누이가 그렇게 해주지 않는다면 그는 누이의 발밑에 엎드려 먹을 것을 구걸하기보다는 차라리 굶어죽는 게 나을 거라 생각했다. 누이는 우유가 조금 쏟아져 있었지만 아직 그대로 남아 있는 것을 확인하고는 약간 놀라며 곧바로 접시를 집어 들었는데, 맨손이 아닌 천 조각을 대고 집어 들고 나갔다. 그레고르는 누이가 우유 대신 어떤 음식을 가져올지 몹시 궁금해서 이런저런 생각을 했다. 하지만 누이가 신경 써서 가져온 것은 그가 짐작할 수 없던 것들이었다. 누이는 그의 입맛을 시험해 보려고 온갖 음식을 가져와 신문지에 펼쳐 놓았으니 말이다. 오래되고 반은 썩은 야채, 저녁 식사 후에 남은 딱딱한 화이트소스가 잔뜩 묻은 뼈다귀, 건포도와 아몬드 몇 개, 이틀 전 그레고르가 먹기 싫다고 했던 치즈 한 조각, 마른 빵, 버터를 바른 빵 하나와 버터와 소금이 첨가된 빵이 있었다. 그리고 분명 그레고르만 사용하도록 정해 놓았을 접시를 놓고 물을 따랐다. 그러고 나서 누이는 그레고르가 그녀의 앞에서는 먹지 않을 거라는 세심한 생각으로 서둘러 방에서 나가더니, 그레고르가 편하게 하고 싶은 대로 하라는 뜻으로 열쇠를 돌려 문을 잠가주기까지 했다. 그는 음식을 먹기 위해 다리를 재빨리 움직여 이동했다. 그는 어떤 통증도 느끼지 못했기에 상처가 벌써 아물었다는 걸 알아채고는 깜짝 놀랐다. 한 달 전에 칼로 손가락을 살짝 베인 상처가 그저께까지 아팠기 때문이다. '이제 그만큼 감각이 무뎌진 것인가?'라고 생각하며 다른 어떤 음식들보다 먹고 싶은 욕구가 강렬했던 치즈를 마구 핥았다. 그는 만족스러워 눈물까지 흘리며 치즈, 야채, 소스를 연달아 먹어치웠다. 오히려 신선한 음식은 맛이 없었고 냄새조차도 불쾌했기에 그는 먹고 싶은 음식과 조금 거리를 두고 떼어놓기도 했다.

누이는 그레고르에게 이제 물러가라는 신호라도 보내듯 열쇠를 천천히 돌렸다. 그는 이미 모든 음식을 다 먹어치운 뒤 그 자리에 게으르게 널브러져 잠들어 있었다. 그럼에도 그는 열쇠 돌리는 소리에 깜짝 놀라 소파 밑으로 기어들어갔던 것이다. 누이는 방 안에 잠깐 머물렀으나 음식을 다 먹어치운 그레고르는 배가 불러 좁은 소파 밑에서 숨조차 제대로 쉴 수 없었다. 그는 답답해서 조금 불거진 눈으로, 아무 영문도 모르는 누이가 그가 남긴 음식뿐만 아니라 먹지 않은 음식들까지도 이젠 쓸모없다는 듯 빗자루로 쓸어 재빨리 통에 쏟고는 나무 뚜껑으로 덮어 밖으로 들고 나가는 것을 보았다. 누이가 몸을 돌려 나가자 그는 소파 밑에서 기어 나와 몸을 쭉 펴며 부풀렸다.

그레고르는 이런 식으로 매일 음식을 얻어먹었다. 부모님과 하녀가 자고 있는 아침에 한 번, 그리고 그들이 점심을 먹은 후에 한 번 더 먹었다. 그 시간이면 부모님이 낮잠을 자고 누이가 하녀에게 심부름을 보내기 때문이었다. 그들도 물론 그레고르가 굶어죽기를 바라진 않겠지만, 그가 먹고 있는 것에 대해서는 전해 듣는 것 이상으로 알고 싶진 않았던 것이다. 어쩌면 누이가 조금이라도 부모님의 고통을 덜어주고 싶었기 때문인지도 모른다. 실제로 부모님은 이미 충분히 고통받고 있을 테니까.

어떤 핑계를 대고 첫날 오전에 의사와 열쇠공을 돌려보냈는지 그는 알 수 없었다. 그 누구도, 심지어 누이까지도 그가 사람의 말을 알아들을 수 있다고 생각하진 않았다. 그는 누이가 방에 들어와 탄식을 하며 기도하는 소리를 듣는 걸로 만족해야만 했다. 후에 누이가 그런 상황에 어느 정도 익숙해졌을 때쯤—결코 완전히 익숙해질 순 없지만—그는 누이가 하는 말의 선한 의도를 종종 알아챘다. 그녀는 그가 음식을 싹싹 비웠을 땐 "오늘은 맛있었나 보네."라고 말했고, 그러지 않았을 땐 "그대로 있네."라며 슬픈 목소리로 말했는데, 점점 그 횟수가 늘어갔다.

그레고르가 직접 새로운 이야기를 들을 순 없었지만, 그는 옆방에서 들리는 소리를 통해 많은 것을 알게 되었고 말소리가 들리기라도 하면 문가로 달려가 귀를 기울였다. 특히 가족들은 처음에는 비밀스럽게 이야기를 나누었는데 어떤 이야기든 그와 관련되지 않은 대화는 없었다. 이틀 동안 식사 시간마다 앞으로의 상황을 어떻게 헤쳐 나갈지 의논하는 말소리가 들려왔고, 그 시간 외에도 그 일에 관해 의논하는 소리가 종종 들려왔다. 그것은 아마 어느 누구도 혼자 집에 있기를 꺼려했고, 집 전체를 비울 수도 없었기 때문일 것이다. 게다가 하녀 한 명이 바로 첫날—그녀가 이 사건에 대해 얼마만큼 알고 있는지는 확실치 않지만—무릎을 꿇고 어머니에게 자신을 해고시켜 달라며 간청했고, 그런 십오 분 후에 떠나면서 그녀는 어머니가 자신에게 최선의 호의를 베풀기라도 한 것처럼 눈물로 감사 인사를 전하며, 그 누구도 요구하지 않았지만 이 집에서 일어난 일을 아무에게도 말하지 않겠다고 굳게 맹세했다.

그리하여 이제 누이와 어머니가 요리를 해야만 했다. 하지만 가족들은 거의 먹지 않았기에 요리를 하는데 그리 많은 힘이 들진 않았다. 누군가가 음식을 더 먹으라고 권하는 건 헛수고였고 그럴 때면 다른 이는 "고맙지만 됐어요."라고 말하거나 그와 비슷하게 거절을 하곤 했던 것이다. 무언가를 마시는 일도 거의 없는 듯했다. 때때로 누이가 아버지께 직접 맥주를 갖다드리겠다고 하면 아버지는 아무 말도 하지 않았고, 그럴 때면 누이는 아버지가 이런 저런 생각을 하시지 않게 집사에게 맥주를 가져오라고 하겠다고 말했다. 그때서야 아버지는 "관둬라." 하고 큰 소리로 말했으며, 식구들은 더 이상 권하지 않았다.

아버지는 이미 첫날에 어머니와 누이에게 재정 상태와 앞으로의 전망에 대해 말했다. 아버지는 식탁에서 일어나 오 년 전 사업에 실패했을 때 건진, 장부와 증서가 들어 있는 작은 금고를 가져왔다. 그레고르는 아버지가 복잡한 자물쇠를 열어 내용물을 꺼낸 뒤 다시 닫는 소리를 들었고, 그때 아버지가 했던 말은 그레고르가 갇혀 있던 이후에 들었던 최초의 행복한 소식이었다. 그는 아버지가 지금껏 사업 실패 후 남은 재산이 하나도 없다고 생각해왔다. 그리고 아버지는 그것과 상반되는 이야기를 한 적이 없었기에 그레고르도 더 이상 묻지 않았다. 그레고르의 목표는 단 한 가지, 아버지의 사업 실패로 불행해진 가족들을 하루 빨리 행복하게 만들어주는 것뿐이었다. 그래서 그는 최선을 다해 일했고, 금세 능력을 인정받아 일반 점원에서 성과급을 받을 수 있는 외판 사원이 된 것이다. 그는 자신이 일한 만큼 즉시 성과급을 받았고 가족들은 그것을 보며 행복해했다. 그때가 가장 좋았던 시절이었다. 그 후로 그레고르는 가족들의 생활비로 많은 돈을 갖다 주었으나, 이미 그 생활에 익숙해진 가족들은 예전처럼 행복해하진 않았다. 물론 그레고르가 가족들에게 생활비를 줄 때면 고마워했기에 그도 기쁜 마음으로 돈을 건넸지만 고마움 그 이상도 이하도 아니었다. 다만 누이동생만은 그레고르에게 더없이 다정하게 대해 주었기에, 그는 자신과는 달리 음악을 사랑하고 감동적으로 바이올린을 켜는 누이를 위해 내년에는 어마어마한 비용을 들여서라도 음악학교에 진학시켜야겠다고 생각했다. 그레고르가 도시에 잠깐씩 머무를 때면 그는 여동생과 음악학교 진학에 관해 이야기하곤 했지만 그것은 그저 실현 불가능한 아름다운 꿈이라고만 여긴 부모님은 그 이야기를 썩 달가워하지 않으셨다. 그러나 그레고르는 그 일에 관해 아주 구체적인 계획을 세웠기에 크리스마스 날 저녁에 식구들에게 그 계획을 이야기하고 싶었던 것이다.

그레고르가 식구들의 말에 귀 기울이며 문가에 몸을 기대고 있자 쓸모없는 별의별 생각이 다 떠올랐다. 때때로 그레고르는 피곤한 나머지 아무 소리도 들리지 않았고, 기운이 빠져 문에 머리를 부딪곤 했다. 그럴 때면 그는 정신을 번쩍 차려 고개를 들었다. 그의 방 안에서 작은 소리라도 들릴라치면 옆방에 있던 식구들 모두가 침묵에 휩싸였기 때문이다. 그러다 아버지가 "또 뭘 하고 있는 거지."라고 문가 쪽을 향해 말했고, 잠시 후에 하던 이야기를 이어 갔다.

그레고르는 집안 사정에 대해 이제 충분히—아버지가 그 일에 대해 자주 설명하기도 했으며, 또 아버지의 말을 한 번에 잘 이해하지 못하는 어머니 때문에 그가 여러 번 되풀이해서 말했기 때문에—알게 되었다. 그나마 다행인 것은 전부터 갖고 있던 재산이 아주 조금 있었는데 거기에 이자가 붙었다는 것이다. 게다가 그레고르가 매달 갖다 주는 생활비를—그 자신의 몫은 몇 굴덴에 지나지 않았다—아버지가 아껴서 저축해 두었던 것이다. 그레고르는 문 뒤에서 고개를 연신 끄덕이며 아버지의 신중함과 절약 정신에 감탄하고 있었다. 만약 모아둔 돈으로 사장의 빚을 갚아 나갔더라면 좀 더 빨리 이 직책에서 벗어날 수 있었겠지만, 지금 상황에선 아버지가 그 돈을 저축해 둔 것이 천만다행이다 싶었다.

그러나 아버지가 저축해 둔 돈의 이자만으로는 일 년, 기껏해야 이 년 정도밖에 버틸 수 없을 것이다. 만약의 사태에 대비해 그 돈은 비상금으로 갖고 있어야 했고 따로 생활비가 필요했다. 아버지는 건강한 편이었지만 오 년 전부터 아무 일도 하지 않은 노인이었기에 그에게 무언가를 기대한다는 것은 무리였다. 그동안 아버지는 힘들게 일해 왔으나 성과를 거두지 못한 생활을 접고 처음으로 휴식을 취했던 것이다. 그 오 년 동안 아버지는 몸에 지방이 많아져 움직임이 둔해졌고 천식이 있는 어머니는 집 안을 왔다 갔다 하는 것조차 힘겨워했다. 그렇게 이틀에 한 번 꼴로 창문을 열고 환기를 시키며 소파에서 휴식을 취해야만 하는 늙은 어머니가 돈을 벌어야 하는가? 그럼 여태껏 풍족한 생활을 하고 예쁜 옷을 입고 늦잠을 자며, 가끔 집안일을 거들고, 때때로 작은 오락에 참여하며 바이올린만 연주하던, 이제 고작 열일곱인 누이동생이 돈을 벌어야 하는 것인가? 이제 가족들이 당연히 돈을 벌어야 한다는 이야기가 나올 때면 그레고르는 자괴감과 슬픔으로 몸이 뜨거워져, 문에서 떨어져 그 근처에 있는 서늘한 가죽 소파에 몸을 던졌다.

그는 자주 거기서 잠 한숨 자지 않고 웅크린 채 밤을 새웠다. 아니면 큰 힘이 드는 것을 겁내지 않고 안락의자를 창가로 밀고는 창문 아래의 벽을 기어올라 안락의자에 몸을 의지한 채 창가에 기대곤 했다. 예전에 창밖을 보면서 느꼈던 해방감을 떠올리면서. 시간이 흐를수록 그는 사물이 조금만 멀리 있어도 점점 희미하게 보였다. 맞은편에 있었기에 너무 자주 보았던 병원도 이젠 보이지 않았다. 또한 그가 한적하지만 도시적인 샤로텐 가에 살고 있다는 것을 명확히 인지하고 있지 못했다면, 그는 잿빛 하늘과 땅이 구분되지 않는 황야에 살고 있다고 믿었을지도 모른다. 섬세한 누이가 단지 두 번, 의자가 창가에 있는 것을 보았는데 누이는 그 후로 방을 치우고 난 뒤 의자를 다시 창가 쪽으로 갖다놓았고 안쪽 창문까지 열어놓곤 했다.

그레고르가 누이와 이야기를 나눌 수 있어 그녀가 그를 위해 하는 모든 일에 고마움을 전할 수만 있다면 누이는 조금 덜 힘들었을지도 모른다. 하지만 그럴 수 없었기에 괴로웠다. 누이는 힘든 일들을 최선을 다해 견뎌내려 했고 시간이 지날수록 잘 적응해 갔으나 그레고르는 모든 사실을 훨씬 더 명확히 알 수 있게 되었다. 그는 이제 누이가 방에 들어오는 것이 끔찍해진 것이다. 그녀는 누구에게도 그레고르의 방을 보여주지 않기 위해 그토록 신경을 쓰면서 방으로 들어오자마자 창가로 달려가 질식이라도 할 것처럼 급하게 창문을 열어젖혔고, 심지어 추운 날씨에도 창가에서 깊은 숨을 내쉬었다. 그녀가 이렇게 하루에 두 번씩 뛰어다니며 소란을 피웠기에 그때마다 그레고르는 깜짝 놀라 소파 밑으로 기어들어가 덜덜 떨었다. 그러면서도 그는 누이가 창문을 닫은 채 그와 있을 수 있었다면 자신이 이렇게까지 괴롭진 않았을 거란 생각이 들었다.

그레고르가 변신한 지 한 달쯤 됐을 무렵이었다. 그날은 그레고르가 꼼짝 않고 창가에 서서 창밖을 바라보고 있었는데, 누이가 평소보다 좀 더 일찍 들어와서 그의 모습을 본 것이다. 그는 누이가 창문을 열 때 방해가 되는 곳에 서 있었기에 이젠 그녀가 들어오지 않을 거라 예상했다. 누이는 깜짝 놀라 뒤로 물러서면서 문을 닫고 나갔다. 아무것도 모르는 이가 봤다면 아마도 그레고르가 숨어 있다가 그의 누이를 물어버리기라도 하려는 줄 알았을 것이다. 물론 그레고르는 소파 밑으로 들어가 몸을 숨겼다. 하지만 누이는 정오가 되어서야 들어왔고 평소보다 훨씬 불안해 보였다. 그레고르는 누이가 아직도 자신을 보는 것을 견디지 못하고 또 앞으로도 견딜 수 없으리란 걸 알았다. 또한 자신의 일부분이라도 보게 되면 도망치지 않기 위해서 얼마나 애써야 하는지도 알고 있었다. 그래서 그레고르는 자신의 등 위에—이것을 하는데 네 시간이 걸렸다—시트를 지고 소파로 날라 자기 몸을 죄다 가려서 누이가 허리를 굽히더라도 자신을 볼 수 없게끔 정돈해 놓았다. 만일 누이가 이 시트가 불필요하다고 생각했다면 치웠을 것이다. 이런 식으로 완전히 시야를 가리는 것은 그레고르에게도 유쾌하진 않았다. 하지만 누이는 시트를 그대로 두었고, 그는 자신이 새롭게 만든 장치를 누이가 어떻게 받아들이고 있는지 보려고 조심스럽게 시트를 약간 들었을 때 그녀가 고마움의 눈길을 보냈다고 생각했다.

처음 두 주 동안에 부모님은 그의 방에 들어올 엄두조차 못 냈기에, 그레고르는 그들이 지금 누이가 하는 일을 크게 인정하고 있는 소리를 종종 들을 수 있었다. 부모님은 그동안 누이가 별로 도움이 안 되는 여자아이라고 생각하셨기에 자주 누이한테 화를 내곤 했다. 그러나 이제 두 분은 그레고르의 방 앞에서 기다리며 누이가 그의 방을 청소하고 나오자마자 방은 어떤지, 그가 무엇을 먹었는지, 어떤 행동을 했는지, 증상이 나아지고 있는지에 관해 상세하게 듣고 싶어 하셨다. 어머니는 가능한 한 빨리 그레고르를 보고 싶어 했으나 아버지와 누이는 합리적인 이유를 대며 어머니를 말렸다. 그래서 그는 그 이유에 대해 아주 주의 깊게 들었는데, 그것은 그레고르가 듣기에도 매우 합당한 것이었다. 그러나 나중에 그들은 어머니를 힘으로 제지해야만 했다. 그럴 때마다 어머니는 "그레고르에게 가야 해요. 그 앤 가엾은 내 아들이에요! 내가 내 아들을 보러 간다는데 왜 말리는 거예요!" 하고 소리쳤다. 그런 어머니의 외침을 듣고 그레고르는 어머니가 매일은 아니라도 일주일에 한 번쯤은 들어오는 게 좋을지도 모른다는 생각이 들었다. 용기를 냈지만 그래도 누이동생은 아직 어린아이이고 그렇기 때문에 깊이 생각하지 못하고 이런 힘든 일을 떠맡은 그녀보다는, 어머니라면 모든 것을 훨씬 더 잘 이해할 수 있을 거라고 생각했기 때문이다.

어머니를 보고 싶어 하던 그레고르의 소원은 금세 이루어졌다. 그는 부모님을 생각해서 낮 동안은 창가 쪽으로 나가지 않았으나 그가 기어 다니는 바닥은 고작 몇 제곱미터밖에 되지 않았기에 계속 거기만 기어 다닐 수도 없었고, 가만히 누워만 있는 건 밤에만 하기에도 벅찼다. 또한 먹는 것도 그다지 즐겁지 않았기에 그레고르는 벽과 천장을 가로질러 기어 다니는 습관을 들이며 기분을 달랬다. 특히 그는 천장 위에 매달려 있을 때 가장 기분이 좋았다. 바닥에 누워 있을 때와는 달리 편하게 호흡할 수 있었기 때문이다. 어떨 때 그는 천장에서 가벼운 진동을 느끼며 행복한 기분으로 마음을 놓고 있다가 털썩 소리를 내며 바닥에 떨어질 때도 있었지만, 예전과는 달리 자신의 몸을 잘 통제할 수 있었기에 천장에서 떨어져도 크게 다치지 않았다. 누이는 그레고르가 새롭게 발견한 재미를 알아냈기에—그레고르는 기어 다니며 군데군데 점액질을 묻혔다—그가 편하게 돌아다닐 수 있도록 방해가 되는 옷장과 책상을 치우기로 마음먹었다. 하지만 그녀 혼자서는 할 수 없는 일이었다. 그렇다고 아버지께 부탁할 수도 없었고, 분명 하녀의 도움도 얻지 못할 것이다. 열여섯 살쯤 된 하녀는 지난번 하녀가 그만둔 후에도 혼자서 씩씩하게 자리를 지키고 있었지만 늘 부엌문을 잠그고 있었으며, 특별히 필요할 때만 열게 해달라고 부탁했기 때문이다. 그리하여 누이가 생각해 낸 가장 좋은 방법은 아버지가 안 계실 때 어머니를 불러오는 것이었다. 어머니는 기뻐서 흥분한 상태로 왔으나 그레고르의 방문 앞에 이르자 아무 말도 하지 않았다. 물론 누이가 먼저 방 안이 제대로 되어 있는지 살핀 뒤 어머니를 들여보냈다. 그레고르는 재빨리 시트를 더 바짝 끌어당겨 주름지게 만들어 시트가 우연히 소파 위에 던져진 것처럼 해놓았다. 게다가 이번에 그레고르는 시트 밑으로 내다보지 않았다. 이번에는 어머니 얼굴을 보는 것은 단념했고 그저 어머니가 방에 들어왔다는 것에 만족했다. "들어오세요. 없어요." 누이가 말했다. 누이는 분명 어머니의 손을 잡아끌었을 것이다. 그레고르는 무겁고 오래된 옷장을 힘없는 여자 둘이서 밀어내고 있으며, 특히 누이가 많이 애쓰고 있기에 어머니는 누이에게 조심하라고 말했고, 누이는 그 말에 신경 쓰지 않으며 그 일의 대부분을 혼자 하고 있다는 사실을 소리를 통해 알고 있었다. 일은 아주 오래 걸렸다. 그리고 십오 분간 실랑이를 벌이던 어머니는 옷장을 그냥 여기에 놔두자고 말했다. 그 이유는 첫째, 옷장이 너무 무거워 아버지가 오시기 전에 일을 마무리하지 못하고 옷장을 방 한가운데에 두게 되면 그레고르가 이동하는데 방해가 되기 때문이고 둘째, 그레고르가 가구를 치우는 것을 좋아할지 싫어할지 확신이 안 서기 때문이라는 것이었다. 어머니 생각에는 후자의 경우일 것 같다는 것이다. 텅 빈 벽을 보고 있노라니 가슴이 답답해지는데 그레고르 역시 오랫동안 이 가구들에 익숙해져 있었는데 어찌 이런 기분이 들지 않겠느냐는 것이다. 그러면서 어머니는 그레고르가 빈 방에 버려진 기분이 들 것이라고 했다. "안 그러니?" 그레고르가 어디 있는지도 정확히 모르는 어머니는 혹시라도 그가 자신의 목소리를 들을까 봐 속삭이듯 소리를 낮추었고, 설사 들었어도 이해하지 못하겠지만 아주 작은 소리조차도 들려주지 않겠다는 듯이 말했다. "만약 가구를 치워버린다면 그 애가 낫길 바라는 희망마저 저버리고 그저 무관심하게 내버려두겠다는 뜻이 아니겠니? 그러니 그 애가 다시 돌아왔을 때 아무것도 변한 게 없도록 해서 그동안의 일들을 좀 더 쉽게 잊을 수 있도록 원래의 상태대로 놔두는 게 가장 좋을 것 같구나."

어머니의 말을 듣고 난 뒤 그레고르는 식구들 안에서 단조로운 생활을 하며 사람들과 직접 대화를 하지 못했기 때문에, 몸이 바뀐 지 두 달이 지나면서 자신의 이해력이 떨어졌다는 것을 확실히 느꼈다. 그가 자신의 방이 완전히 비워지기를 진심으로 원하고 있다는 것이 달리 설명되지 않았기 때문이다. 그러지 않고서야 아무런 장애물 없이 몸을 자유롭게 움직일 수 있다 해도 오래되어 익숙한 가구들로 아늑하게 꾸며진 이 따뜻한 방을 동굴처럼 바꾸고 싶겠는가? 또한 인간으로서 살아왔던 지난 시간을 동시에, 그렇게 빨리, 완전히 잊고 싶겠는가? 그레고르가 인간으로서 살아왔던 시간을 잊으려던 순간 한동안 들을 수 없었던 어머니의 목소리가 그의 마음을 움직였다. 그 어떤 것도 치워서는 안 되는 것이다. 모든 것이 그대로여야만 했다. 가구가 자신에게 주는 긍정적인 효과를 포기해서는 안 되는 것이었다. 무의미하게 기어 다니는데 이 가구들이 장애물이 된다면 그것은 손해가 아니라 오히려 큰 장점인 것이다.

그러나 안타깝게도 누이의 생각은 달랐다. 누이는 특히 그레고르와 관련해서는, 물론 그녀의 생각이 전적으로 틀리진 않았지만 부모님 앞에서 종종 전문가처럼 굴었는데, 이번에도 어머니의 충고가 누이에게는 옷장과 책상뿐만 아니라 꼭 필요한 소파를 제외한 모든 가구들을 치워야 되는 충분한 이유가 되었다. 누이가 그렇게 원했던 이유는 어린 마음에 생긴 반항심이나 최근에 예기치 않게 얻게 된 자신감 때문만은 아니었다. 누이는 실제로 그레고르가 기어 다니기 위해서는 널찍한 공간이 필요하며, 가구 따윈 전혀 필요 없다는 걸 직접 보았기 때문이다. 그리고 어쩌면 그 나이 또래의 소녀들이 그렇듯 무슨 일이든 스스로 만족할 때까지 해야만 하는 소녀적 감성 때문일지도 모른다. 그래서 그레테로 하여금 그레고르의 입장을 좀 더 극단적인 상황으로 만들어, 지금보다 자신이 할 수 있는 일이 더 많아지도록 하고 있는지도 모른다. 그럴 것이, 텅 빈 네 벽 가운데에 그레고르 혼자 덩그러니 있으면 그런 방에는 그녀 자신 외에는 아무도 들어올 용기를 내지 못할 테니까 말이다.

그리하여 누이는 자신의 생각을 굽히지 않았고, 이 방 안에 있는 것만으로도 불안해서 어찌 할 바를 모르던 어머니는 이내 입을 다물고 옷장을 밀어내는 누이를 힘껏 도왔다. 그런데 그레고르는 옷장 없이 지낼 수는 있었지만 만약을 대비해 책상은 필요했다. 여자들이 안간힘을 쓰며 옷장을 밖으로 밀어내자, 그레고르는 자신이 그 상황에 개입할 수 있을지를 살펴보기 위해 최대한 조심스럽게 소파 밑에서 머리를 내밀었다. 그러나 유감스럽게도 어머니가 먼저 방으로 돌아왔다. 그레테는 옆방에서 옷장을 더 이상 옮기지 못하고 그것을 끌어안은 채 끙끙대며 이리저리 흔들어대고 있었다. 어머니는 그레고르의 모습에 익숙지 않았기에 그는 자신이 어머니를 깜짝 놀라게 할지도 모른다는 생각에 뒷걸음질 치며 소파 뒤쪽 끝으로 재빨리 달려갔다. 그러나 시트가 조금 움직이는 것은 어쩔 수 없었다. 그것은 어머니의 시선을 끌었고, 어머니는 아무 말 없이 잠시 조용히 서 있다가 그레테에게로 돌아갔다.

그레고르는 거듭해서 스스로에게 다짐했다. 뭔가 큰 변화가 생기는 것이 아니라 가구 몇 개만 옮기는 것뿐이라고. 그러나 그녀들이 계속 드나드는 소리, 속삭이는 소리, 바닥에 가구를 끄는 소리 등 사방에서 들려오는 그 소리는 그에게 큰 소동처럼 느껴져서, 머리와 다리를 바짝 안쪽으로 모아 바닥에 납작 엎드렸지만 이 모든 것을 더 이상은 견디지 못할 거라고 하릴없이 중얼거릴 수밖에 없었다. 그녀들은 그의 방을 완전히 정리했고, 그레고르가 좋아했던 물건들까지 모두 치워버렸다. 톱과 공구가 들어 있던 옷장은 이미 밖으로 내갔고, 그가 대학 시절, 중고등학교 시절, 그리고 심지어 초등학교 시절부터 과제를 해왔던 책상마저 들어내려고 흔들고 있었다. 이제 그레고르는 그녀들이 선한 의도로 그러는 건지 생각해 볼 틈도 없었고 그녀들의 존재조차 잊고 있었다. 일하느라 지친 그녀들은 서로 아무 말이 없었고 무거운 발자국 소리만 들렸을 뿐이다.

그리하여 마침내 그가 벌떡 일어섰다. 여자들은 옆방에서 책상에 기댄 채 잠시 쉬고 있었다. 그는 어떤 것부터 구해내야 할지 고민하다 네 번이나 가던 방향을 바꾸었다. 그때 이미 비어버린 벽에 모피를 입은 여인의 그림이 걸려 있는 게 눈에 띄었다. 그는 재빨리 그림 위로 기어 올라가 유리에 몸을 밀착했고, 그것은 그의 뜨거운 배에 기분 좋게 와 닿았다. 이 순간 그레고르가 자신의 몸으로 완전히 덮고 있는 이 그림만큼은 아무도 빼앗아가지 못할 것이다. 그는 여자들이 오고 있는지 살피기 위해 거실 문 쪽으로 고개를 돌렸다.

얼마 후에 여자들이 방으로 돌아왔다. 그레테는 어머니의 팔을 잡고 부축하고 있었다. "이제 뭘 가져가지?" 그레테가 말하며 주위를 둘러보았다. 그러다 그녀는 벽에 붙어 있는 그레고르와 시선이 마주쳤다. 어머니가 있었기에 그레테는 애써 침착한 척하며, 혹시라도 어머니가 둘러볼까 봐 자신의 얼굴을 어머니 쪽으로 돌리며 떨리는 목소리로 말했다. "어서 가요. 거실에서 좀 쉬셔야겠어요." 그레고르는 그녀의 의도를 눈치 챘다. 누이는 일단 어머니를 피신시킨 뒤 그를 벽에서 쫓아내려는 것이었다. 할 테면 해보라지! 그레고르는 한껏 힘을 주며 그림을 꽉 붙들었다. 그레테의 얼굴로 뛰어들망정 결코 이 그림을 빼앗기지 않겠다는 심정으로.

그러나 그레테의 말은 오히려 어머니를 불안하게 만들었다. 옆으로 비켜 선 어머니가 꽃무늬 벽지 위에 있는 커다란 갈색 얼룩을 보았기 때문이다. 어머니는 그것이 그레고르라는 사실도 의식하지 못한 채 소리를 질렀다. "세상에, 오, 신이시여!" 그러더니 어머니는 모든 것을 체념한 듯 소파 위로 쓰러져 꼼짝도 하지 않았다. "왜 이래, 오빠!" 누이가 주먹을 치켜들고는 그를 노려보면서 소리쳤다. 그 말은 그가 변신한 이후, 누이가 처음으로 직접 건넨 말이었다. 누이는 쓰러진 어머니를 깨울 약을 찾으러 옆방으로 달려갔다. 그레고르도 돕고 싶었지만—그림을 지켜낼 시간은 충분했다—유리에 너무 찰싹 달라붙어 몸을 떼어내기가 힘들었다. 그는 마치 누이에게 예전처럼 조언을 해줄 수 있다는 듯 옆방으로 갔다. 그러나 그가 할 수 있는 건 아무것도 없었고 그저 누이 뒤에

멍하니 서 있을 수밖에 없었다. 그동안 누이는 여러 약병들을 뒤지다가 돌아서더니 그레고르를 발견하고는 너무 놀라 약병 하나를 바닥에 떨어뜨리고 말았다. 병이 깨지면서 유리 조각이 튀어 그레고르의 얼굴에 상처를 입혔고, 뭔가 독한 약품이 그의 주위에 흘렀다. 그러자 그레테는 서둘러 최대한 많은 약병들을 집어 들고 어머니에게 달려갔고 발로 문을 쾅 닫았다. 이제 그레고르는 어머니와 차단될 수밖에 없었다. 어쩌면 그의 잘못으로 어머니가 죽게될지도 몰랐기에 절대 문을 열어선 안 되었다. 그는 어머니에게 가야만 하는 누이를 쫓고 싶지 않았기에 그에게는 지금 기다리는 것만이 최선이었다. 자괴감에 빠진 그레고르는 안절부절못하고 벽, 가구, 천장 등 모든 곳을 기어 다녔다. 그러다 마침내 방 전체가 그를 둘러싸고 빙빙 돌기 시작했을 때, 절망에 빠진 그는 커다란 탁자 한가운데로 떨어지고 말았다.

　잠시 시간이 흘렀고, 지쳐버린 그레고르는 조용한 가운데 계속 누워만 있었다. 그때 벨이 울렸다. 하녀는 부엌에 숨어 있었기에 누이가 문을 열어주었다. 아버지였다. "무슨 일이냐?" 아버지의 첫마디였다. 그는 그레테를 보면서 무슨 일이 일어났는지 짐작할 수 있었다. 그레테는 아버지의 가슴에 얼굴을 묻고 나직한 목소리로 말했다. "어머니가 쓰러지셨어요. 다행히 지금은 좀 괜찮아지셨고요. 오빠가 갑자기 나타났거든요." "내 그럴 줄 알았다." 아버지가 말했다. "늘 그렇게 얘기했건만 여자들은 왜 말을 듣지 않는 건지." 그레테가 아버지에게 건넨 짧은 한 마디를 아버지는 나쁘게 해석했고, 아버지는 분명 그레고르가 여자들에게 어떤 위해를 가했을 거라 생각하고 있었다. 그레고르는 아버지에게 어떠한 변명도 할 수 없었고 그럴 만한 시간도 없었기에 어떻게 해서든 그를 진정시킬 방법을 찾아야만 했다. 그래서 그레고르는 아버지가 현관에 들어설 때 바로 그와 마주칠 수 있도록 자신의 방문 앞으로 얼른 도망쳐 문에 바짝 몸을 붙였다. 자신은 곧 방으로 돌아갈 거라는 선한 의도를 갖고 있으니, 굳이 아버지가 자신을 쫓아 들여보내지 않아도 단지 문만 열어준다면 그는 곧 자신의 방으로 사라질 수 있다는 걸 보여주고 싶었기 때문이다.

그러나 아버지는 그런 섬세한 것까지 알아볼 기분이 아니었다. 그는 안으로 들어서면서 "아!" 하고 외쳤는데 화가 나면서도 기쁘기도 한 듯한 어조였다. 그레고르는 문에서 몸을 돌리고는 아버지를 보기 위해 고개를 쳐들었다. 그레고르는 아버지를 지금 그렇게 서 있는 모습으로 마주칠 거라곤 전혀 생각해 보지 못했다. 그레고르는 요즘 기어 다니는 연습을 하느라 집안 상황이 어떻게 변하고 있는지 예전만큼 신경을 쓰지 못했기에 변화를 받아들일 마음의 준비도 하지 못했다. 그럼에도 불구하고 저기 서 있는 사람이 내 아버지란 말인가? 그레고르가 출장 갔다 돌아오면 늘 피곤에 지친 모습으로 침대에 누워 있던 그 사람이 맞는가? 그가 집에 돌아온 저녁이면 똑바로 일어나기도 힘들어 환영의 뜻으로 겨우 팔만 들어 올리며 안락의자에 앉아 잠옷 바람으로 그를 맞이했던 그 사람이 맞는 것인가? 일 년에 몇 번, 가족들이 다 함께 산책을 나가곤 했던 일요일이나 공휴일에, 천천히 걷는 어머니와 그레고르 사이에서 낡은 외투를 입은 채 더욱 천천히 걸으며 지팡이에 몸을 의지한 채 조심조심 걸음을 옮기며, 무슨 할 말이라도 있으면 가던 길을 멈추고는 동행한 사람들을 부르던 그 사람이 맞는 것인가? 그런데 지금 아버지는 꼿꼿한 자세로 서 있었다. 금색 단추가 달린 빳빳한 푸른색 은행원 제복을 입고, 빳빳하게 세운 재킷의 깃 위로 강인한 두 턱이 보였고, 숱 많은 눈썹 밑에는 생기 있는 검은 눈동자가 신중한 눈빛을 보내고 있었으며, 늘 헝클어져 있던 흰머리는 한 치의 흐트러짐 없이 곱게 빗어 가르마를 타고 있었다. 아버지는 금빛으로 된 은행 이니셜을 새긴 모자를 벗어 방 안을 가로질러 소파 위로 던졌다. 그러고는 긴 옷자락을 뒤로 젖히고 바지에 손을 쿡 찔러 넣은 채 얼굴을 찌푸리며 그레고르에게 다가갔다. 아버지가 무슨 생각을 하고 있는 건지 아버지 자신도 모르는 듯했다. 그는 평소보다 더 높이 발을 들어 올리며 걸었고, 그레고르는 그의 장화 크기에 놀랐지만 크게 신경 쓰지 않았다. 그레고르는 자신의 새로운 생활이 펼쳐진 첫날부터 아버지가 자신에게 엄격하게 대한다는 것을 알았다. 그래서 그는 아버지를 피해 도망쳤고 아버지가 멈추면 따라 멈추고 아버지가 움직이면 따라 움직이며 앞으로 달렸다. 그런 식으로 그들은 몇 바퀴나 맴돌

앗다. 특별한 일이 벌어진 것은 아니었고, 그레고르의 동작이 너무 느렸기에 누군가에게 쫓기는 듯한 모습도 아니었다. 그는 벽이나 천장으로 도망가면 아버지가 오해할까 두려워 한동안 바닥에만 머물러 있었다. 아버지가 한 걸음 떼어놓는 동안에도 자신은 수없이 움직이며 도망가야 했기에 그 상태를 오래 견디기는 힘들 것 같아 걱정스러웠다. 이미 오래전부터 폐의 상태가 좋지 않았기에 점점 숨 쉬기가 힘들어졌다. 그는 달리기 위해 온 힘을 모으느라 비틀거리며 가고 있었지만 이제 눈을 뜨는 것조차도 힘겨웠다. 그러다 보니 어쨌든 꽤 신경을 써서 깎은 모서리와 뾰족한 곳투성이인 가구들로 가려져 있기는 했지만, 자유롭게 비어 있는 네 벽이 있다는 사실마저도 거의 잊고 있었다. 그때 갑자기 그를 향해 뭔가가 날아들더니 그의 앞에 떨어졌다. 사과였다. 그러고는 곧바로 사과 하나가 더 날아왔다. 깜짝 놀란 그레고르는 옴짝달싹할 수 없었다. 어차피 아버지가 그를 조준하며 계속 사과를 던졌기에 움직여봤자 별 소용이 없었다. 아버지는 접시에 있던 사과를 주머니에 가득 넣고 그레고르를 향해 계속 던졌다. 작고 빨간 사과들이 바닥에 굴러다니며 서로 부딪쳤다. 그중 비교적 약한 힘으로 던진 사과 하나가 그레고르의 등을 스치고 지나갔으나 다행히 비껴갔다. 그러나 뒤이어 날아온 사과가 그레고르의 등을 정확히 맞혔다. 그는 겨우 몸을 끌고 달아나려 했으나 계속되는 통증에 못이라도 박힌 듯 한 발자국도 움직이지 못한 채 정신을 잃고 그 자리에서 몸을 쭉 뻗었다. 그레고르가 마지막으로 보았던 것은, 비명을 지르는 누이에 앞서 자기 방문을 벌컥 열며 어머니가 속옷 바람으로 달려 나오는 모습이었다. 누이는 어머니가 쓰러졌을 때 좀 더 호흡하기 쉽도록 겉옷을 벗겨주었던 것이다. 어머니는 아버지에게 달려갔다. 가는 도중에 풀어놓은 치마가 하나씩 흘러내리며 바닥에 떨어졌고, 어머니는 그 치마들 위로 위태롭게 달려가 두 손으로 아버지를 끌어안고는 제발 그레고르를 살려달라고 애원했다. 그러나 그레고르는 점차 시력을 잃어가고 있었다.

3

그레고르를 한 달 넘게 고생시킨 깊은 상처는—사과는 그 누구도 제거하려고 하지 않았기에, 그것은 마치 눈에 보이는 기념비처럼 그의 몸뚱이에 그대로 박혀 있었다—아버지에게까지도, 그레고르가 비록 지금 마음 아프고 혐오스러운 모습일지라도 적으로 대하거나 쫓아내서는 안 되고, 그것을 참아내는 것이 가족의 의무라는 사실을 되새긴 듯했다.

큰 상처를 입은 그레고르는 어쩌면 영원히 움직일 수 없을지도 몰랐다. 최소한 자신의 방이라도 돌아다니기 위해서는 상처 입은 노병처럼 천천히, 오랜 시간을 기다린다 하더라도—높은 곳으로 기어 올라가는 것은 엄두조차 낼 수 없었다―그의 상태는 점점 나빠지고 있었지만 그 대신, 그는 그 이상으로 충분히 보상받았다는 생각이 들었다. 늘 저녁 무렵이면 그는 벌써 한두 시간 전부터 예리하게 관찰을 하는데, 거실 문이 열리고, 그의 방은 어두웠기에 거실에서 보면 잘 보이지 않았지만 그의 방에서는 거실이 잘 보였기에, 그는 방에 누워 불이 밝혀 있는 식탁에 둘러앉아 있는 가족들을 지켜보았다. 또한 가족들이 나누는 이야기도 들을 수 있었으니 이것은 이 모든 것을 그에게 허락한다는 의미이기도 했다. 이는 가족들이 그를 대하는 태도가 예전과는 많이 달라졌음을 보여주는 것이었다.

물론 그레고르가 피곤한 몸으로 작은 여관의 눅눅한 침대에 누워 언제나 조금은 그리워하던 예전의 활기찬 대화는 더 이상 찾아볼 수가 없었다. 지금은 너무도 조용한 분위기였다. 저녁 식사를 마친 아버지는 안락의자에서 잠이 들었고, 어머니와 누이는 서로 조용히 하라고 주의를 주었다. 어머니는 불빛 아래에서 몸을 숙여 양장점에서 맡긴 고급 내의를 바느질했다. 누이는 판매 사원이 되었고, 후에 좀 더 나은 자리로 옮기기 위해 속기와 불어를 공부했다. 때때로 아버지는 잠에서 깨어, 마치 본인이 잠이 들었다는 사실조차도 모르는 듯 어머니에게 "오늘도 너무 오래 바느질을 하는군!" 하고 말하며 곧바로 다시 잠이 들었고 어머니와 누이는 피곤해하면서도 마주 보며 웃었다.

아버지는 일종의 고집을 피우듯 집에서도 제복을 입고 있었다. 그는 제복을 입은 채 잠을 잤기에 그의 잠옷은 늘 옷걸이에 그대로 있었다. 아버지는 그렇게 옷을 차려 입고 자리에서 졸고 있었다. 마치 자신은 늘 일할 준비가 되어 있고 상사의 명령을 기다리고 있다는 듯 말이다. 그랬기 때문에 어머니와 누이가 신경 써서 관리했음에도 불구하고 처음부터 낡아보였던 아버지의 제복은 더욱 낡아졌다. 때때로 그레고르는 늘 반질반질하게 윤을 낸 금색 단추가 달린 지저분한 옷을 입고 불편해하면서도 고요히 잠든 아버지의 모습을 저녁 내내 지켜보곤 했다.

열 시가 되면 어머니는 조용히 아버지를 깨웠다. 아버지는 새벽 여섯 시에 나가야 했기에 침대에서 편히 자라는 것이었다. 그러나 아버지는 일을 나가게 된 이후로 늘 고집을 부리며 의자에서 잠을 잤고, 거기서 더 자겠다고 버텼기에 아버지를 의자에서 침대로 옮기는 것은 몹시 힘이 들었다. 그럴 때마다 어머니와 누이는 아버지에게 조용히 이런저런 경고를 했지만 그는 십오 분쯤 눈을 감고 버틴 채 고개를 가로저으며 일어나지 않았다. 그러면 어머니는 아버지의 소매를 잡아당기며 귓속말을 하면서 아버지를 타일렀고, 누이도 하던 일을 멈추고 어머니를 거들었지만 아버지는 꼼짝도 하지 않고 오히려 의자 깊숙이 파고들었다. 하는 수없이 여자들이 아버지의 팔을 어깨에 두르자 그때서야 그는 눈을 떴고, 그녀들을 쳐다보며 "이런 게 인생이지. 이것이 내 지난날에 대한 휴식이야."

라고 말했다. 그러고는 여자들에게 기대며, 자신에게도 스스로가 가장 무거운 짐이라는 듯 귀찮아하며 일어섰고 그녀들이 문까지 부축하도록 했다. 문 앞에 이르자 그는 이제 혼자 가겠다는 눈짓을 보내며 혼자 걸어갔으나 어머니는 바느질감을, 또 누이는 펜을 팽개쳐버리고 계속 뒤를 따라가며 그를 도와주려고 애썼다.

가족들도 이렇게 지쳐 있는데, 아무리 도움이 절실한 그레고르라 할지라도 누가 그를 보살펴줄 수 있겠는가? 살림은 점점 더 궁핍해져 가정부조차 둘 수 없었다. 단지 흰머리를 산발한 거구의 가정부만이 아침저녁으로 힘든 일을 도와주러 오곤 했다. 어머니는 많은 양의 바느질을 하면서도 집안 살림을 했으며, 특별한 모임이나 행사가 있을 때마다 어머니와 누이가 기쁘게 달았던, 대물림 받은 장신구들마저도 모두 팔아야 했다. 저녁에 그레고르는 식구들이 장신구를 팔고 난 뒤 얼마를 받았는지에 관한 얘기를 들었던 것이다. 그러나 가장 큰 문제는 그레고르를 어떻게 옮겨야 할지 모르기 때문에 지금의 처지에 비해 너무도 큰 이 집을 떠날 수 없다는 것이었다. 하지만 그레고르가 생각하기에 가장 큰 문제는 그것이 아니었다. 자신은 상자에 숨구멍 몇 개만 뚫어 그 속에 넣으면 쉽게 옮길 수 있었기 때문이다. 가족들이 집을 옮기지 않는 가장 큰 이유는 아마도 주변 친척들 중 그 누구도 겪지 않은 불행을 자신들만이 겪고 있다는 생각으로 절망에 빠졌기 때문일 것이다. 가족들은 세상이 가난한 사람들에게 요구하는 모든 것들을 충족시키고 있었다. 아버지는 하급 직원들에게 아침 식사를 갖다 주었고, 어머니는 모르는 이들의 빨래를 하며 헌신했으며, 누이는 판매대에서 고객들을 응대하느라 바쁘게 뛰어다녔다. 그것이 가족들이 할 수 있는 최선이었다. 그리고 어머니와 누이가 아버지를 침대로 옮기고 돌아와 하던 일을 멈추고는 서로 뺨을 맞대고 가까이 앉아, 어머니가 그레고르의 방을 가리키며 "저 문을 닫아라, 그레테."라고 말하며 여자들이 눈물을 흘리거나 아니면 눈물조차 없이 식탁을 바라보고 있는데 자신은 다시금 어둠 속에 있을 때면, 그레고르는 등허리의 상처가 처음처럼 아파왔다.

그레고르는 거의 며칠 밤낮 동안 깊은 잠을 이룰 수 없었다. 때때로 문이 열릴 때면 그는 예전처럼 자신이 가족의 문제를 떠맡으려는 생각을 해보았다. 그는 오랜만에 사장과 지배인, 직원들, 눈치 없는 견습공, 다른 가게의 친구 두세 명, 시골 여관의 직원, 사랑스럽지만 덧없는 기억, 그가 오랫동안 환심을 사려 했던 모자가게의 여직원이 생각났다. 그들은 낯선 사람들 혹은 이미 잊힌 사람 속에 뒤섞여 떠올랐다. 그러나 그들은 그와 그의 가족들을 도울 수는 없었기에 더 이상 그들이 생각나지 않자 그는 오히려 기뻤다. 그렇다고 해서 그는 지금 가족을 걱정하고 싶진 않았다. 그저 가족들이 자신을 잘 보살피지 않는 것에 분노가 일었을 뿐이었다. 특별히 먹고 싶은 것도 없고 배도 고프지 않았으나 그는 식품 저장고에 가서 어떤 것을 먹을지 생각해 보려 했다. 누이는 더 이상 그레고르가 어떤 음식을 좋아할까 고민하지 않았고 출근 전 아침과 점심 때 방 안으로 아무 음식이나 발로 급히 밀어 넣었다. 그러다 저녁이 되면, 그레고르가 그 음식을 맛이라도 보았는지 혹은 전혀 먹지 않았는지 신경도 쓰지 않고 빗자루로 쓸어버렸다. 매일 저녁에 하던 방 청소도 아주 금방 끝냈다. 벽에는 더러운 얼룩이 줄줄이 생겼고, 방 안은 먼지와 쓰레기 뭉치로 가득했다. 그레고르는 처음에 누이가 들어올 때쯤이면 그녀의 잘못을 깨우치기 위해 쓰레기가 있는 쪽에 서서 그녀의 눈에 띄도록 했다. 그러나 그가 몇 주일을 그렇게 서 있어도 누이의 태도를 변화시킬 순 없었을 것이다. 그녀 역시 그레고르와 마찬가지로 더러운 것이 눈에 띄어도 그냥 방치해 두기로 한 듯싶었다. 그녀는 다른 가족들과 마찬가지로 지나치게 예민해져 있었지만 그레고르의 방 청소는 자신의 몫이라는 듯 신경을 곤두세우고 지켰다. 어느 날은 어머니가 물 몇 통을 사용해서 그레고르의 방을 청소했는데—방에 습기가 가득 차 그레고르는 괴로워하며 소파 위에서 꼼짝도 하지 않고 누워 있었다—어머니는 그 일로 몹시 비난을 받았다. 저녁에 누이는 그레고르의 방이 달라졌다는 것을 알고는 몹시 기분이 상해 거실로 달려가, 그녀를 진정시키려고 두 손을 드는 어머니 앞에서 울음을 터뜨렸다. 그 소리에 부모님은—소파에 있던 아버지도 무척 놀라셨다—놀라서 어쩔 줄을 몰라 하며 누이를 바라보기만 했다. 오른쪽에서는 아버지가 그레고르의 방 청소를 누이에게 맡기지 않았다며 어머니를 나무랐고, 왼쪽에서는 누이가 어머니에게 다시는 그레고르의 방을 청소하지 말라며 소리를 질렀다. 어머니는 몹시 흥분한 아버지를 침실로 끌고 가고, 몸을 떨며 흐느끼던 누이는 작은 주먹으로 식탁을 내리쳤다. 그레고르는 문을 닫아 이런 장면과 소음을 차단해 줄 사람이 아무도 없다는 것에 화가 나 씩씩거렸다.

그러나 누이가 직장생활을 하느라 전보다 그레고르에게 소홀해졌을지라도 아직은 그녀를 대신해 어머니가 그의 방 청소를 해서는 안 되었는데, 그러면서도 그레고르에게 소홀히 하지 않았다. 이제는 가정부가 있으니 말이다. 늙은 과부였던 그녀는 튼튼한 체구로 험난한 인생을 극복하며 살아왔기에 그레고르를 조금도 겁내지 않았다. 호기심 때문이 아니라 우연히 그녀는 그레고르의 방문을 열었다가 그를 보아버렸는데, 너무나 놀란 그는 누가 쫓는 것도 아닌데 여기저기 내달리기 시작했고, 그녀는 두 손을 포개 가슴을 감싸 안으며 놀라서 꼼짝 못 하고 서 있던 적이 있었다. 그 후로 그녀는 아침저녁으로 잠깐이라도 문을 열고는 그레고르를 들여다보았다. 처음에 그녀는 "이리와, 이 늙은 쇠똥구리야!" 혹은 "저 쇠똥구리 좀 봐!"라며 제 딴에는 친근하게 부르며 그레고르를 자기 쪽으로 오라고 했다. 그러나 그녀가 아무리 말을 걸어도 그레고르는 마치 문이 열리지도 않은 것처럼 아무 말 없이 자기 자리에서 꼼짝도 하지 않고 그대로 있었다. 이렇듯 가정부가 자신의 기분에 따라 그를 대하게 내버려두는 대신 가정부에게 매일 방 청소를 하라고 시켰으면 얼마나 좋을까! 한 번은 어느 이른 아침에—봄이 오고 있었는지 그날은 비가 세차게 내리며 유리창을 때리고 있었다—가정부가 또 그레고르에게 말을 걸었다. 그러자 그는 너무 기분이 나빠서 마치 공격이라도 하려는 듯, 그러나 느리게 힘없이 방향을 바꿔 그녀와 맞섰다. 그러나 그녀는 조금도 두려워하는 기색 없이 입을 크게 벌린 채 문가에 있던 의자를 쳐들었다. 그녀는 분명 의자로 그레고르의 등을 내리치려 했던 것이다. 그레고르가 방향을 바꾸자 그녀는 "더 이상은 안 되겠지?"라고 말하며 다시 의자를 제자리에 내려놓았다.

　그레고르는 이제 거의 아무것도 먹지 않았다. 그는 재미로 음식을 조금 물고 가서는 몇 시간을 그렇게 물고 있다가 다시 뱉었다. 그는 변화된 방 때문에 우울해져서 식욕도 사라졌다고 생각했으나 곧 그 변화에 익숙해졌다. 가족들이 방 한 칸을 세 명의 남자들에게 세를 주었는데, 안 쓰는 물건들을 그의 방에다 들여놓았기에 방 안의 물건이 점점 늘어난 것이다. 이 진지한 신사들은—그레고르가 문틈으로 본 바로는 셋 다 턱수염이 무성했다—자신들의 방뿐만 아니라 집안 전체 살림살이와 부엌까지도 지나치게 꼼꼼하게 살폈다. 그들은 불필요한 물건이나 더러운 것들을 내버려두지 못했다. 또한 그들은 자신들이 쓰던 물건들을 갖고 들어왔기에 그레고르의 방은 팔 수도 없고, 버리지도 못할 물건들로 가득 채워졌다. 가정부는 당장 필요치 않은, 부엌에 있던 석탄통과 쓰레기통을 그레고르의 방에 처박아놓았다. 다행히 그레고르는 그 물건과 그것을 붙들고 있는 손만 보았다. 아마 시간이 나거나 기회가 있으면 가정부는 그 물건들을 다시 가져가거나 버릴 생각이었던 것 같은데 그 물건들은 처음 그 자리에 계속 놓여 있었다. 그래서 그레고르는 기어 다닐 공간이 없었기에 직접 잡동사니들을 헤치고 들어가 옮겨야만 했다. 그러고 난 후에는 죽을 만큼 지치고 슬퍼서 한동안 꼼짝도 할 수 없었으나 그러면서도 그는 그 일에 점점 재미를 느끼기 시작했다.

때때로 신사들은 거실에서 함께 저녁 식사를 했기에 그 시간에는 종종 거실 문이 닫혀 있었다. 그러나 그레고르는 굳이 문이 열리기를 바라지 않았다. 어쩌다 저녁 시간에 몇 번 문이 열려 있어도, 비록 그레고르는 가족들이 눈치 채지 못한다 해도, 자기 방의 가장 어두운 구석에 누워 있었다. 그런데 한 번은 가정부가 거실로 통하는 문을 살짝 열어놓았는데, 신사들이 저녁에 들어와 불을 켰을 때까지도 그대로 열려 있었다. 그들은 예전에 아버지와 어머니, 그레고르가 식사를 했던 식탁의 상석에 앉아 냅킨을 펴고 나이프와 포크를 손에 들었다. 곧 어머니가 고기요리를 들고 나타났고 누이가 켜켜이 높이 쌓은 감자요리를 들고 그 뒤를 따랐다. 음식에서는 뜨거운 김이 무럭무럭 피어올랐다. 신사들은 마치 그 음식을 점검이라도 하듯 요리 위로 몸을 굽혔다. 그리고 나머지 두 남자들보다 윗사람인 듯한 가운데에 앉은 남자가 고기가 충분히 부드럽게 익었는지 아니면 다시 요리를 하라고 돌려보내야 하는지 확인하기 위해, 고기 한 점을 자신의 접시에 옮겨 담지도 않은 채 잘라보았다. 그가 만족해하자 긴장하고 있던 어머니와 누이도 다행이라는 듯 안도의 숨을 쉬며 미소를 보였다.

가족들은 부엌에서 식사를 했다. 아버지는 부엌으로 들어서기 전에 거실로 들어가 손에는 모자를 쥔 채 몸을 굽혀 인사를 하고는 식탁 주변을 한 바퀴 돌아서 갔다. 그러자 신사들 모두 자리에서 일어나 수염이 덥수룩한 입으로 뭐라고 중얼거렸다. 그 후 자기들만 남자 그들은 아무 말도 없이 먹는 데에만 집중했다. 이상하게도 그레고르는 음식을 먹을 때 나는 여러 소리들 중에서 언제나 거듭해서 음식을 씹고 있는 그들의 이빨 소리를 구분해 낼 수 있었다. 마치 음식을 먹기 위해서 이빨은 사람에게 필수이며 이빨 없이는 결코 멋질 수 없다는 걸 보여주기라도 하듯 말이다. 그레고르는 근심에 찬 목소리로 "나도 뭔가 먹고 싶어. 하지만 저런 음식 말고 다른 거. 아, 배고파 죽을 것 같아!"라고 혼잣말을 했다.

그날 저녁—그레고르는 저녁 내내 바이올린 소리가 들렸는지는 기억하지 못했다—부엌에서 바이올린 소리가 들려왔다. 저녁 식사를 마치고 가운데에 앉았던 신사가 신문을 꺼내 나머지 사람들에게 한 장씩 나눠주고, 등을 기대고 신문을 읽으며 담배를 피우려던 참이었다. 바이올린의 연주가 시작되자 신사들은 관심을 갖더니 일어서서 발끝으로 현관문 쪽으로 가서 서로의 몸을 밀착시키고 서 있었다. 그러자 부엌에 있던 아버지가 그 소리를 듣고는 "혹, 연주 때문에 불쾌하신가요? 당장 멈추라고 하겠습니다."라고 하자 가운데에 있던 신사가 "오히려 그 반대입니다."라고 말했다. "괜찮으시다면 따님께서 이쪽으로 와서 좀 더 편안하고 아늑한 공간에서 연주하셨으면 하는데요?" "오, 그러도록 하지요."라며 아버지는 마치 자신이 바이올린 연주를 하고 있던 것처럼 말했다. 신사들은 거실로 가서 기다렸고, 곧 아버지가 악보대를, 어머니는 악보를, 누이는 바이올린을 들고 왔다. 누이는 차분하게 연주를 준비했다. 부모님은 한 번도 방을 세놓은 적이 없었기에 신사들에게 지나치게 예의를 갖추었고, 자신들의 자리에 앉기조차도 꺼려했다. 아버지는 제복 단추 사이에 오른손을 찔러 넣은 채 문가에 기대어 있었고, 신사 한 명이 어머니에게 의자를 권하자 어머니는 그 의자를 옮기지도 못하고 의자가 있던 구석 자리로 가서 앉았다.

누이가 연주를 시작하자 아버지와 어머니는 누이의 손을 따라 시선을 움직였다. 그레고르도 바이올린 소리에 이끌려 앞으로 나아가 거실 쪽으로 머리를 내밀었다. 그레고르는 요즘 들어 자신이 다른 사람들을 크게 신경 쓰지 않는다는 사실에도 놀라지 않았다. 예전에는 그런 조심성이 그의 자랑이었고 또한 지금은 그가 방에 있던 먼지를 잔뜩 뒤집어썼고, 실오라기, 머리카락, 음식물 찌꺼기가 그의 등과 옆구리에 붙어 있었기 때문에 더욱 몸을 숨겨야 할 이유가 있는데도 말이다. 전에는 하루에도 몇 번이나 카펫에 드러누워 몸을 비비며 그런 것들을 떼어내기도 했지만 지금은 거의 신경 쓰지 않았으며, 이러한 상태인데도 그는 망설임 없이 깨끗한 거실로 나아갔던 것이다.

어쨌거나 아무도 그를 신경 쓰지 않았다. 가족들은 온통 바이올린 연주에 심취해 있었던 반면, 신사들은 바지 주머니에 손을 넣은 채 그들 모두가 악보를 읽을 수 있을 만큼 누이와 가까이 서 있었기에 연주에 방해가 되었다. 잠시 후 그들은 고개를 숙인 채 낮은 소리로 대화를 나누다가 창가 쪽으로 자리를 옮겼고, 아버지의 근심스러운 시선을 받으며 그 자리에 서 있었다. 신사들은 아름답고 즐거운 연주를 기대했다가 다소 실망한 듯했다. 그들은 연주가 지루해졌음에도 불구하고 예의를 지키고 있다고 시위하는 듯했다. 그들이 코와 입으로 담배 연기를 뿜어내는 태도로 미루어 대단히 신경질이 나 있다는 것을 알 수 있었다. 그럼에도 누이는 매우 아름답게 바이올린을 켰다. 누이의 얼굴은 옆으로 기울어져 있었고, 슬픔이 어린 눈은 차분하게 악보를 따르고 있었다. 그레고르는 앞으로 좀 더 나아가 누이와 시선을 마주칠 수 있도록 머리를 바닥에 바짝 붙였다. 이렇게 음악에 흠뻑 취한 그를 과연 동물이라고 할 수 있는가? 그는 마치 고대하던 낯선 음식을 향한 길을 찾은 듯했다. 그레고르는 누이가 있는 곳까지 기어가 그녀의 치맛자락을 당겨, 이 자리에 있는 그 누구도 자신만큼 누이의 연주를 가치 있게 생각하는 사람은 없으니, 그녀가 바이올린을 들고 자신의 방으로 와 달라는 암시를 해야겠다고 결심했다. 누이가 들어오면 자신이 살아 있는 동안은 누이를 내보내지 않으리라. 그는 방문 쪽에서 공격하는 이들과 맞설 생각이었다. 그의 혐오스런 모습이 처음으로 쓸모 있게 된 것이다. 그러나 그러기 위해서 누이는 강요가 아니라 자발적으로 그의 옆에 있어야만 한다. 누이를 그의 옆 소파에 앉혀 자신의 말에 귀 기울이게 할 것이다. 그러고는 그가 누이를 음악학교에 보내기로 결심했었고 이렇게 불행한 일이 생기지 않았더라면 지난 크리스마스 때—크리스마스가 지났던가?—그 어떤 반대에도 불구하고 자신의 계획을 알렸을 것이라고 털어놓을 생각이었다. 그의 계획을 들으면 누이는 분명 감동의 눈물을 흘릴 것이고 그는 그녀를 일으키며, 출근하고부터는 리본이나 깃을 두르지 않았던 그녀의 목에 키스할 것이다.

"잠자 씨!" 가운데에 있던 신사가 아버지에게 소리치며 다음 말을 잇지 못하고 검지손가락으로, 서서히 앞으로 다가오는 그레고르를 가리켰다. 그러자 연주는 멈추었고, 가운데에 있던 신사는 머리를 한 번 흔들며 자신의 친구들을 보고 웃더니 다시 그레고르를 바라보았다. 아버지는 그레고르를 쫓기 전에 신사들을 먼저 진정시켜야겠다고 생각했다. 하지만 신사들은 전혀 놀란 기색 없이 바이올린 연주보다 그레고르를 더 관심 있게 지켜보는 듯했다. 아버지는 신사들 앞으로 가서 두 팔을 벌리면서 그들을 방으로 들여보내려 했고, 그들이 그레고르를 보지 못하도록 머리로 가렸다. 아버지의 이러한 행동 때문인지 아니면 그레고르 같은 이웃이 옆방에 함께 살고 있다는 걸 미리 알려주지 않았기 때문인지, 신사들은 조금 화가 난 듯 보였다. 그들은 아버지가 해명해 주기를 바라면서 불안한 듯 수염을 잡아당기며 천천히 자신들의 방으로 돌아갔다. 그러는 동안 누이는 연주를 갑자기 중단하게 된 것에 대해 실망했다가 곧 안정을 되찾았다. 한동안 누이는 아무렇게나 늘어뜨린 두 손에 바이올린과 활을 들고, 아직 연주를 하고 있는 것처럼 악보를 바라보다가 갑자기 정신을 차리고는, 숨이 가빠 소파에 앉아 있는 어머니 무릎에 바이올린을 올려놓고 옆방으로 달려갔다. 아버지가 신사들을 떠밀듯 방으로 몰았기에 그들은 거의 방에 다다랐다. 누이는 능숙하게 이불과 베개를 공중에 펼치며 정리했고, 신사들이 방에 들어오기 전에 정리를 다 끝내고는 재빨리 그곳에서 빠져 나왔다. 아버지는 그동안 지니고 있던 신사들에 대한 예의도 잊은 듯 고집을 부렸다. 아버지가 계속 그렇게 신사들을 밀치자 가운데에 있던 신사가 화를 내며 발을 쾅 하고 굴렀고 그때서야 아버지는 행동을 멈추었다. "이로써 모든 걸 분명히 하겠습니다." 그는 손을 들며 눈으로 어머니와 누이를 찾았다. "저는 이 집과의 불쾌한 관계를 고려하여."—그러면서 그는 바닥에 침을 뱉었다—"당장 이 집을 나가겠습니다. 물론 이 집에서 며칠간 머물렀던 방세도 지불하지 않을 것입니다. 또한 당신들을 상대로 타당한 무언가를 청구해야 할지에 대해서 생각해 보겠습니다." 그가 말을 멈추고 무언가 기대하는 듯한 눈빛으로 앞쪽을 바라보았다. 그러자 그의 두 친구가 말했다. "우리 역시 이 집을 나가겠습니다." 그러고 나서 그는 문고리를 잡고 쾅 소리가 나도록 문을 세게 닫았다.

아버지는 두 손으로 허공을 더듬으며 비틀거리면서 자신의 안락의자로 걸어가 털썩 주저앉았다. 평소대로라면 그는 저녁잠을 자려고 누워 있을 테지만, 제대로 가누지 못하고 세차게 흔들리는 그의 머리를 통해 그가 잠들지 않았음을 알 수 있었다. 그레고르는 좀 전에 신사들에게 발견되었던 그 자리에 계속 있었다. 자신의 계획대로 되지 않은 것에 대한 실망과, 또 어쩌면 너무 많이 굶어서 허약해진 탓에 그는 움직이지 못했던 것이다. 그는 곧 모든 게 한꺼번에 무너지며 자신을 덮칠 거라는 확신이 들어 두려움에 떨며 기다리고 있었다. 그래서 그는 떨고 있는 어머니의 무릎에서 바이올린이 떨어지는 소리를 듣고도 놀라지 않았다.

"아버지, 어머니." 누이가 식탁을 손으로 내리치며 말했다. "이제 더 이상은 안 되겠어요. 무슨 상황인지 이해되지 않으신다 해도 저는 이미 알고 있어요. 저는 이 괴물을 오빠라고 부르지 않을 거예요. 우리는 이것에게서 벗어나야 해요. 우리는 최선을 다해 이 괴물을 보살펴왔어요. 그 누구도 이런 우리를 비난할 순 없을 거예요."

"그렇고말고." 아버지가 혼잣말을 했다. 아직도 호흡이 가빴던 어머니는 어찌해야 할지 모르겠다는 얼굴로 입을 막고 조용히 기침을 했다.

누이는 급히 어머니에게 달려가 이마를 짚어보았다. 누이의 말을 듣고 뭔가 큰 결심을 한 것 같은 아버지는 몸을 곧게 펴고 앉아 신사들이 저녁 식사를 마친 식탁의 접시들 사이에 있는 자신의 모자를 매만지며 이따금씩 그레고르를 쳐다보았다.

"우리는 이제 이것에서 벗어나야 돼요." 어머니는 기침을 하느라 아무 말도 듣지 못했기 때문에 누이가 아버지에게 말했다. "이게 아버지 어머니 두 분을 죽이고 말 거예요. 확실해요. 우리가 이렇게 힘들게 일하고 있는데, 집에서마저 이런 고통을 겪게 된다면 누구도 견딜 수 없을 거예요." 그리고 나서 그녀는 너무도 격렬하게 울음을 터뜨렸고 그 눈물이 어머니의 얼굴을 타고 흘러 어머니는 떨어지는 눈물을 기계적인 손동작으로 닦아냈다.

"얘야." 아버지는 누이를 가엾게 여기며 다 이해한다는 듯한 어조로 말했다. "그럼 우리가 뭘 어떻게 해야 하겠니?"

누이는 조금 전에 확고한 태도와는 달리 우느라 기운이 빠져서 그런지 그저 어깨만 들썩일 뿐이었다.

"혹시 저 애가 우리가 하는 말을 알아듣기라도 한다면." 하고 아버지가 질문하다시피 말하자 누이는 울면서 그건 말도 안 되는 일이라는 듯 거세게 손을 저었다.

"혹시 저 애가 우리가 하는 말을 알아듣기라도 한다면." 아버지가 반복해서 말했는데, 그것은 불가능한 일이라는 듯 눈을 감는 누이의 생각에 동의했다. "만일 그렇다면 저 애와 협상이라도 할 수 있을 텐데. 하지만……."

"쫓아내야 해요." 누이가 외쳤다. "그게 최선의 방법이에요, 아버지. 이게 오빠라는 생각은 하지 마세요. 불행하게도 우린 너무 오랫동안 그렇게 믿어왔어요. 하지만 이게 어떻게 오빠일 수 있겠어요? 만약 이게 오빠라면, 이런 동물과 우리가 결코 한집에 살 수 없다는 것을 깨닫고 알아서 집을 나갔을 거예요. 그랬더라면 비록 오빠는 없을지라도 우린 그럭저럭 살아갈 수 있었을 거고, 그에 대한 좋은 기억만 간직했을 거예요. 그런데 이 괴물은 우리를 괴롭히고, 신사들마저 내쫓으며 이 집안 전체를 차지하려고 하잖아요. 우리를 거리로 내쫓으려는 게 확실해요. 보세요, 아버지." 누이가 갑자기 소리를 질렀다. "또 시작하고 있어요!" 누이는 그레고르로서는 전혀 이해할 수 없는 공포에 사로잡혀 어머니 곁을 떠났다. 그레고르와 가까이 있을 바에는 차라리 어머니를 희생시키겠다는 듯, 누이는 의자에 앉아 있는 어머니를 두고 재빨리 아버지 뒤로 달려갔다. 이를 본 아버지는 흥분하며 자리에서 일어나 두 팔을 들어 누이를 보호하려 했다.

그러나 그레고르는 그 누구도, 특히 누이를 위협할 생각은 전혀 없었다. 다만 그는 자신의 방으로 돌아가기 위해 몸을 돌렸을 뿐이었다. 그는 고통을 참아가며 몸을 돌리며 계속 머리를 들어 바닥에 내리쳐야 했기에, 그의 행동은 눈에 띄게 되었다. 그러다 그는 잠시 멈춰 주위를 둘러보았다. 다들 그의 선한 의도를 알아챈 듯했다. 그들은 그저 잠시 충격을 받았던 것뿐이었다. 모두들 아무 말도 없이 슬픈 얼굴로 그레고르를 바라보았다. 피곤에 지쳐 반쯤 감긴 눈으로 어머니는 의자에 다리를 뻗어 모은 채 누워 있었다. 아버지와 누이는 나란히 앉아 있었는데 누이는 아버지의 목에 손을 얹고 있었다.

'이제 몸을 돌려도 되나 보다.' 그렇게 생각하며 그레고르는 다시 움직이기 시작했다. 그는 몹시 힘들어서 숨이 가빠왔고 틈틈이 쉬어야만 했다. 누구도 그를 내몰지 않았으며 모든 게 전적으로 그에게 맡겨져 있었다. 그는 몸을 돌리자마자 곧바로 되돌아가기 시작했다. 그는 자신의 방이 그렇게 멀다는 것에 놀랐고, 체력도 약한 자신이 어떻게 그 먼 거리에서 여기까지 왔는지 알 수 없었다. 그는 조금이라도 빨리 기어가기 위해 집중하고 있었기에, 식구들이 그를 방해하지 않으려고 단 한 마디 말도 하지 않고 있다는 사실조차도 알지 못했다. 이윽고 방문 앞에 이르러서야 비로소 그는 목이 뻣뻣하다고 느끼며 완전히는 돌리지 못했지만, 머리를 돌려 자신의 뒤에서 누이가 일어난 것을 제외하고는 아무것도 변하지 않았음을 보았다. 그는 마지막으로, 잠이 든 어머니를 스치듯 바라보았다.

그가 방으로 들어가자마자 급히 문이 닫히며 굳게 잠겼다. 그레고르는 등 뒤에서 갑자기 들리는 소리에 너무 놀라 다리가 오그라들었다. 문을 그렇게 재빨리 닫은 사람은 누이였다. 누이가 그곳에 서서 기다리다가 가벼운 걸음으로 뛰어왔기에 그레고르는 그 소리를 전혀 듣지 못했던 것이다. "드디어 해냈어요!" 누이가 열쇠로 문을 잠그며 부모님에게 소리쳤다.

"그럼 이제 어쩌지?" 그레고르는 혼잣말을 하며 어둠 속을 두리번거렸다. 그는 곧 자신이 더 이상 꼼짝도 할 수 없다는 것을 깨달았다. 그는 이 작고 가느다란 다리들로 여태껏 버텨온 것이 기적이라고 생각했기에 놀라지 않았다. 그러면서 그는 갑자기 모든 게 편안하게 느껴졌다. 온몸이 아팠지만 머지않아 이 고통들도 서서히 줄어들면서 마침내 사라지게 될 것이다. 그는 이제 등에 박힌 썩은 사과와 부드러운 먼지로 뒤덮인 상처 부위에도 거의 통증을 느끼지 못했다. 그는 가족들에게 연민과 사랑을 느끼며 그들을 떠올려보았다. 자신이 사라져야 한다는 그의 생각이 누이의 생각보다 더 확고해졌다. 시계탑의 시계가 새벽 세 시를 알릴 때까지 그는 내내 이런 공허하면서도 평화로운 생각에 빠져 있었다. 창밖이 점점 밝아지고 있는 것을 그도 보았다. 그러고는 그의 머리가 자신도 모르게 아주 힘없이 떨어졌고 콧구멍에서 마지막 숨이 약하게 흘러나왔다.

이른 아침이 되어 가정부가 들어왔을 때—문을 세게 닫지 말라고 몇 번이나 부탁을 받았으나, 힘이 넘치고 성미가 급한 그녀가 온 이후로 더 이상은 조용히 잠을 잘 수가 없을 정도로 그녀는 문을 쾅쾅 닫아댔다―평소처럼 그녀는 그레고르를 들여다보았고 별다른 특이점을 찾진 못했다. 그러나 그녀는 그가 일부러 움직이지 않고 뭔가 기분이 언짢은 태도를 보인다고 생각했다. 그녀는 그레고르에게 분별력이 있다고 믿었다. 그래서 그녀는 마침 들고 있던 긴 빗자루로 그레고르를 간질였다. 아무런 반응이 없자 화가 난 그녀는 그를 쿡 찔러보았고, 아무런 저항도 하지 않고 그대로 밀려나자 그때서야 자세히 살펴보았다. 사태를 파악한 그녀는 눈을 크게 뜨고는 나직이 휘파람을 불었다. 곧 그녀는 방문을 활짝 열고는 어둠 속에서 크게 외쳤다. "여기 좀 보세요. 이게 죽었어요. 여기 뻗어 있는데 완전히 죽었다고요!"

잠자 부부는 침대에서 벌떡 몸을 일으키고 앉아, 가정부가 전하는 말을 이해하기보다 그녀의 기습에 대한 놀란 마음을 진정시키고 있었다. 그리고 나서 곧 서둘러 자리에서 내려왔다. 잠자 씨는 어깨에 이불을 두르고, 잠자 부인은 잠옷 바람으로 나와 그레고르의 방으로 갔다. 그때 거실 문이 열렸다. 신사들이 이 집에 들어온 후로 그레테는 거실에서 잠을 잤다. 그녀는 전혀 잠을 자지 않은 것처럼 옷을 갖춰 입고 있었으며 창백한 얼굴이 그걸 증명하고 있었다. "죽었어?" 본인이 직접 확인할 수도 있었고 굳이 확인할 필요도 없었음에도 잠자 부인은 가정부를 쳐다보며 물었다. "그런 것 같은데요."라고 말하며 가정부는 빗자루로 그레고르를 밀어보았다. 그러자 잠자 부인은 그러지 못하도록 말리려다 내버려두었다. "자, 이제 하느님께 감사드려도 되겠군." 잠자 씨가 말하며 성호를 긋자 세 여자들도 따라했다. 계속 그레고르를 주시하던 그레테가 말했다. "얼마나 말랐는지 보세요. 꽤 오랫동안 아무것도 먹지 않았어요. 방에 넣어주었던 음식을 그대로 갖고 나왔으니까요." 그때서야 그들은 그레고르의 몸이 납작해지고 메말라 있다는 것을 알아챘다. 그는 이제 더 이상 다리로 몸을 떠받치며 들어 올리지 않았고 그 밖에 다른 곳으로 시선을 돌려놓지도 않았다.

"그레테, 잠깐 방으로 따라오너라." 잠자 부인이 슬픈 미소를 지으며 말하자 그레테는 그레고르를 돌아보지도 않고 부모님을 따라갔다. 가정부는 문을 닫고 모든 창문을 열어젖혔다. 이른 아침이었지만 신선한 공기 속에 따뜻한 기운이 밀려왔다. 어느덧 삼월 말이었기 때문이다.

세 신사들은 자신의 방에서 나와 놀라며 아침 식사를 찾아 두리번거렸다. 그러나 식구들은 이미 신사들을 잊고 있었다. "아침 식사는 어디 있어요?" 가운데에 있던 신사가 투덜거리듯 가정부에게 물었다. 그러나 가정부는 손가락을 입에 대고 그들에게 그레고르의 방으로 가보라는 듯 손짓했다. 그러자 그들은 그레고르의 방으로 들어갔다. 그의 방은 이제 너무도 밝아졌다. 그들은 다소 낡은 윗옷 주머니에 손을 찔러 넣은 채 그레고르를 에워싸고 있었다.

그 순간 침실 문이 열리면서 제복을 입은 잠자 씨가 한쪽 팔에는 아내를, 다른 팔에는 딸을 거느리고 나타났다. 다들 조금씩 운 흔적이 얼굴에 남았다. 이따금 그레테는 아버지의 팔에 얼굴을 묻곤 했다.

"당장 내 집에서 나가시오!" 잠자 씨가 여자들을 거느린 채 문 쪽을 가리키며 말했다. "무슨 말씀이신지?" 가운데 신사가 당황하면서도 어이없다는 미소를 띠며 말했다. 그의 뒤에 있던 나머지 두 신사들은 뒷짐을 지고 계속 손을 비비며, 이 싸움은 분명 자신들에게 유리할 거라 기대하고 있는 듯했다. "말한 그대로요." 잠자 씨는 그렇게 말하고는 여자들과 함께 한 줄로 서서 신사들에게 다가갔다. 그러자 신사들은 아무 말 없이 서서 뭔가 새로운 생각을 정리하는 듯 바닥을 내려다보더니 "그럼 나가겠소."라고 말했다. 그러고는 모욕감을 느꼈는지 잠자 씨를 쳐다보며 이 결심에 대해서 그의 동의를 구하는 듯했다. 잠자 씨는 눈을 몇 번 크게 깜박이더니 짧게 고개를 끄덕였다. 그러자 그 신사는 정말로 즉시 성큼성큼 걸어가 현관으로 향했다. 손을 비비던 동작을 멈추고 잠시 서 있던 두 친구들은 마치 잠자 씨가 앞서 나간 친구보다 먼저 현관 쪽으로 가 자신들이 그 친구를 따라가지 못하게라도 할 것처럼 불안해하며 달려갔다. 세 사람 모두 현관에 있는 옷걸이에서 모자를 집어 들고 지팡이통에서 지팡이를 꺼내 말없이 인사를 하고는 집을 떠났다. 그래도 못 미더웠는지 잠자 씨는 두 여자들과 함께 현관 밖으로 나가 난간에 기대어, 세 신사들이 천천히 긴 계단을 내려가며 계단이 꺾이는 층마다 사라졌다 다시 나타나는 모습을 바라보고 있었다. 그들이 밑으로 내려갈수록 잠자 씨의 가족들도 점점 무관심한 모습을 보였다. 그러다 그들 위로 당당하게 고기를 들고 올라오는 정육점 직원과 마주치자 잠자 씨와 여자들은 이제 마음이 한결 가벼워진 듯 집 안으로 들어왔다.

그들은 그날 하루는 출근하지 않고 산책을 하면서 쉬기로 했다. 그들은 그럴 자격이 있었으며 분명 휴식이 필요했기 때문이다. 그래서 그들은 식탁에서 세 통의 결근계를 쓰기 시작했다. 잠자 씨는 감독에게, 잠자 부인은 주문자에게, 그리고 그레테는 가게 주인에게 각각 썼다. 그때 가정부가 아침 일을 모두 마쳤으니 가겠다고 말하러 들어왔다. 결근계를 쓰던 세 사람은 고개를 들지도 않고 그저 끄덕이기만 했다. 그래도 가정부가 자리를 떠나지 않자 잠자 씨는 다소 화가 난 듯 그녀를 바라보았다. "무슨 일이 더 남았나?" 잠자 씨가 물었다. 그러자 가정부는 그들에게 희소식을 전해야 하는데, 그들이 좀 더 캐물을 때까지 기다려야겠다는 듯 웃으며 문 앞에 서 있었다. 그녀가 일하는 내내 잠자 씨가 거슬려서 화를 냈던, 거의 수직으로 꽂힌 그녀 모자의 타조 깃털이 사방으로 가볍게 흔들렸다. "무슨 일이죠?" 그래도 가정부가 존중하던 잠자 부인이 묻자 그녀가 공손하게 예의를 갖춰 "네."라고 말했다. 가정부는 뭐가 그리 즐거운지 계속 웃음이 나와 말을 잇지 못했다. "그러니 제가 드릴 말씀은 옆방에 있는 저 물건을 잘 처리했으니 어떻게 처리해야 할지 너무 걱정 마시라는 거예요." 그러자 잠자 부인과 그레테는 이어서 결근계를 쓰려는 듯 고개를 숙였다. 기정부가 이제 모든 걸 자세히 설명하려 한다는 것을 알아챈 잠자 씨가 손을 뻗어 제지했다. 더 이상 아무 말도 할 수 없게 되자 그녀는 그때서야 자기가 바쁘다는 걸 깨달았고 기분이 상해서 "안녕히 계세요."라고 말한 뒤 문을 쾅 닫으며 집을 나갔다.

"저녁에는 가정부를 내보냅시다." 잠자 씨가 그렇게 말했으나 부인과 딸은 아무 대답도 하지 않았다. 가정부 때문에 자신들의 평온함을 방해받기 싫었던 것이다. 그녀들은 창가로 가 서로 끌어안고 서 있었다. 잠자 씨는 의자에 앉아 몸을 돌려 조용히 그녀들을 바라보았다. 그러더니 외쳤다. "이제 다들 이리로 와요. 지난 일들은 다 내려놓고. 내 생각도 좀 해줘요." 그러자 그녀들은 그에게로 와 그를 어루만져주었고 각자의 결근계를 마무리했다.

그리고 나서 세 식구는 함께 집을 나섰다. 지난 몇 달간은 상상조차 할 수 없던 일이었다. 그들은 전차를 타고 시내로 나갔다. 그들이 타고 있는 자리에 따사로운 햇살이 비쳤다. 그들은 의자에 편히 등을 기대고 앞날에 대해 의논해 보았는데 자신들의 미래가 그렇게 어두운 것만은 아니라는 결론이 났다. 지금껏 세 사람은 서로의 직장에 대해서 자세히 물어본 적이 없었으나, 그들의 직장이 썩 괜찮은 곳이며 비전이 있는 곳이라는 걸 알게 되었기 때문이다. 지금 당장 상황을 개선하는 최선의 방법은 집을 옮기는 것이었다. 그들은 그레고르가 마련해 주었던 집보다 작고 싸며, 위치가 좋은, 좀 더 실용적인 집을 선택하기로 했다. 서로 대화를 나누면서 잠자 씨와 잠자 부인은 점점 더 활기를 띠는 딸을 바라보았다. 많은 고민과 걱정들로 오랜 시간 동안 힘들었기에 창백해지긴 했으나 어느새 그녀는 아름답고 풍만한 여성이 되어 있었다. 그들은 아무 말 없이 서로를 바라보며 눈빛만으로도 생각을 알 수 있다는 듯, 이제 딸을 위해 괜찮은 남자를 찾아봐야겠다고 생각했다. 그들이 목적지에 도착하자 딸이 제일 먼저 일어나 그녀의 젊은 몸을 쭉 뻗었다. 그들에게 그것은 새로운 꿈이며 멋진 계획에 대한 확신처럼 보였다.

시골 의사

나는 아주 난감했다. 위급한 환자가 있어 먼 길을 가야 했기 때문이다. 중환자는 십 마일이나 떨어진 마을에서 나를 기다리고 있었는데, 매서운 눈보라가 그와 나 사이의 공간을 채우고 있었다. 나에겐 마차 한 대가 있었다. 우리 시골길에 적합한 가볍고 큰 바퀴가 달린 마차였다. 나는 털외투로 꽁꽁 싸매고 진찰 가방을 챙겨 떠날 채비를 한 뒤 이미 마당에 서 있었다. 그런데 말[馬]이 없었다. 내 말은 지난 밤 강추위를 견디지 못하고 죽었다. 하녀는 말을 빌리러 마을 곳곳을 뛰어다녔다. 그러나 소용없는 일이라는 걸 나는 알고 있었다. 눈은 점점 더 많이 내려 옴짝달싹 할 수 없었기에 나는 하릴없이 그곳에 서 있었다. 그때 하녀가 대문 앞에 홀로 나타나 등불을 가로저었다. 하긴 누가 이런 길에 자신의 말을 빌려주겠는가? 나는 다시 한 번 마당을 가로질러 걸었다. 무엇을 어떻게 해야 할지 몰라 심란하고 괴로웠던 나는 수년간 방치해 둔 부서진 돼지우리의 문을 발로 걸어찼다. 그러자 경첩에 매달린 문이 열렸다 닫히며 삐거덕거렸다. 돼지우리 안에서 말의 온기와 냄새가 느껴졌고, 줄에 매달린 희미한 등불이 흔들리고 있었다.

그때 우리 안에서 웅크리고 있던 푸른 눈을 가진 한 남자의 얼굴이 나타났다. "말을 맬까요?" 그가 기어 나오며 물었다. 나는 무슨 말을 해야 할지 몰라 우리 안에 또 무엇이 있는지 살피기 위해 몸을 굽혔다. "자신의 집에 뭐가 있는지 모르시는군요." 내 곁에 서 있던 하녀의 말에 우리 둘은 웃었다.

"이봐, 형제여, 이봐, 자매여." 마부가 소리쳤다. 그러자 옆구리가 탄탄하고 힘이 넘치는 말 두 마리가 서로를 밀치며 다리를 몸통에 바짝 붙인 채, 낙타처럼 잘생긴 머리를 숙이며 그들의 몸집만으로도 꽉 차는 문틈을 비집고 나타났다. 그러나 곧 그들은 다리를 곧게 펴고 똑바로 서서 콧김을 뿜어댔다. "저 사람을 도와줘." 내가 말했다. 그러자 하녀는 잽싸게 마구를 마부에게 건넸다. 그런데 그녀가 마부에게 다가가자마자 그는 그녀를 끌어안더니 자기 얼굴을 그녀의 얼굴에 비벼댔다. 그러자 하녀는 소리를 지르며 나에게 달려왔다. 하녀의 뺨에는 이빨 자국이 빨갛게 두 줄로 남아 있었다. "이런 짐승 같은 놈." 나는 화가 나서 소리쳤다. "매를 맞아야겠느냐?" 그러나 나는 곧 그가 낯선 사람이라는 것과 어디서 왔는지 알 수 없다는 것, 그리고 모든 사람들이 거부하는 일을 자발적으로 나서서 나를 돕고 있다는 사실을 떠올렸다. 그는 마치 내 생각을 읽기라도 한 듯 내 위협에도 개의치 않고 말에게 떠날 채비를 시키며 그저 나를 한 번 힐끗 돌아볼 뿐이었다. 그리고 그가 "타세요."라고 말했을 때는 모든 준비가 다 된 상태였다. 나는 한 번도 이렇게 멋진 말들을 타본 적이 없다는 것을 깨닫고는 즐겁게 말에 올랐다. "말은 내가 몰아야겠다. 넌 길을 모를 테니." 내가 말했다. "물론이죠." 그가 말했다. "나는 당신과 함께 가지 않을 겁니다. 로자와 함께 있을 거니까요." "싫어요." 로자는 피할 수 없는 운명을 예감한 듯 소리를 지르며 집으로 달려간다. 나는 그녀가 문고리를 철컥하고 채우는 소리를 듣는다. 자물쇠를 잠그는 소리도 듣는다. 그리고 자기를 찾지 못하도록 복도와 방을 돌아다니며 모든 불을 끄고 있는 것이 보인다. "자네도 나와 함께 가지." 내가 말한다. "그렇지 않으면 나도 가지 않겠네. 그렇게 급한 일도 아니니까. 이 마차의 대가로 내 하녀를 내어줄 마음은 전혀 없어." "이랴!" 그가 이렇게 말하며 손뼉을 친다. 그러자 마차는 급류에 휩쓸린 나무토막처럼 쏜살같이 내달린다. 나는 마부가 내 집에 들이닥쳐 문을 때려 부수는 소리를 듣는다. 내 눈과 귀는 모든 감각을 압도하는 굉음으로 가득 채워진다. 그러나 그것도 잠시였다. 내 집 마당의 문이 환자의 집 마당과 이어져 있는 것처럼 나는 이미 그곳에 와 있었다. 말은 조용히 서 있었다. 눈이 그치고 달빛이 주위를 비추고 있다. 환자의 부모가 서둘러 집 밖으로 달려 나온다. 환자의 누이도 뒤따른다. 그들은 나를 거의 마차에서 들어내다시피 한다. 그들의 혼란스러운 말들을 나는 이해할 수 없다. 환자의 방 안 공기는 숨도 쉬기 어려울 정도다. 방치된 화덕에서 연기가 난다. 창문을 열어젖히고 싶지만 환자를 먼저 봐야겠다. 야위고, 열은 없지만 차갑지도 따뜻하지도 않은 퀭한 눈빛이다. 내의도 입지 않고 깃털 이불 속에 있던 소년이 일어나 내 목을 끌어안더니 내 귀에 대고 속삭인다. "의사 선생님, 절 그냥 죽게 내버려두세요." 나는 주위를 둘러본다. 아무도 듣지 못했다. 부모는 침묵한 채 고개를 숙이고 서서 내 소견을 기다리고 있고, 누이는 내 왕진 가방을 올려놓을 의자를 가져왔다. 나는 가방을 열고 진료 도구들을 살핀다. 소년은 계속해서 침대에서 일어나 손을 뻗어 더듬으며 내게 자신의 부탁을 상기시키려 한다. 나는 핀셋 하나를 집어 촛불에 대어보고는 다시 제자리에 놓는다. '그래.' 나는 불경스러운 생각을 한다. '이런 경우에는 신神만이 나를 도울 수 있지. 필요한 말을 보내주고, 다급한 상황이니 한 마리 더 보내주며 마부에게는 엄청난 대가를 주시지.' 나는 이제야 다시 로자를 떠올린다. 나는 무엇을 해야 하나? 어떻게 그녀를 구하지? 마부에게서 어떻게 그녀를 구해 내지? 그녀와 십 마일이나 떨어진 곳에서, 마차 앞에서 통제도 되지 않는 이 말들을 가지고 말이다. 어떻게 된 일인지 느슨하게 마구를 맨 말들이 바깥 창문을 열고는, 창문 하나하나에 머리를 하나씩 들이밀며 식구들이 아무리 소리쳐도 동요하지 않고 환자를 지켜보고 있다. '빨리 돌아가야지.' 나는 말들이 빨리 돌아가자고 재촉이라도 하는 것처럼 생각했는데, 내가 더워보였는지 누이는 내 털외투를 벗겼고 나는 그렇게 하도록 내버려두었다. 럼주 한 잔이 나오고, 노인은 내 어깨를 두드린다. 럼주를 내게 권한다는 것은 나를 믿는다는 뜻이다. 나는 고개를 저었다. 속이 좁은 노인은 기분이 상했을 것이다. 그 이유만으로 나는 마시지 않는다. 침대 옆에 있던 어머니가 나를 잡아끈다. 나는 따라간다. 말 한 마리가 천장이 울리도록 크게 우는 사이에 나는 소년의 가슴에 머리를 대어본다. 소년은 내 젖은 수염 아래에서 떨고 있다. 나는 소년이 건강하다는 것을 확인한다. 그의 상태가 조금 좋지 않았기에 걱정하던 어머니는 그에게 커피를 잔뜩 먹였지만, 그는 건강하기에 침대 밖으로 내보내도 된다. 그러나 나는 세상을 개선하는 사람이 아니기에 그가 거기에 누워 있도록 내버려둔다. 나는 지역에 고용된 의사이고 지나칠 정도로 나의 의무를 다하고 있다. 부족한 봉급이지만 나는 관대한 마음으로 가난한 사람들을 도와주길 좋아한다. 나는 로자도 돌봐야 한다. 어쩌면 소년의 선택이 옳을 수도 있다. 나 역시 죽고 싶다. 여기 이 끝없는 겨울에 내가 할 수 있는 것이 무엇인가! 내 말은 죽었고 마을에는 내게 말을 빌려줄 사람도 없다. 돼지우리에서 마차에 맬 마소를 끌어내야만 했다. 만약 그것이 말이 아니었다면 나는 암돼지를 타고 달려와야 했을 것이다. 일이 그렇다. 나는 환자의 가족에게 고개를 끄덕였다. 그들은 그 일에 관해 아무것도 모른다. 설사 알았다 하더라도 믿지 못할 것이다. 처방전을 쓰는 것은 쉽지만 그것을 사람들에게 이해시키는 건 어려운 일이다. 자, 이제 이쯤에서 내 임무는 끝났다. 사람들은 나를 또 한 번 헛고생시킨 것이다. 나는 그런 일에 익숙하다. 야간 비상종 때문에 전 지역이 나를 괴롭게 한다. 하지만 이번엔 로자를 희생시켜야만 했다. 나는 거의 관심을 갖지 않았지만 이 아름다운 소녀는 여러 해 동안 내 집에서 살았다. 이 희생은 너무 크다. 이 가족이 최선을 다한다 해도 내게 로자를 되돌려줄 순 없지만, 그들에게 애원하지 않기 위해서는 내 머릿속을 정리해야만 한다. 그러나 내가 가방을 닫고 털외투를 가져다 달라는 눈짓을 했을 때 가족들은 함께 서 있었다. 손에 든 럼주 잔의 냄새를 킁킁거리며 맡는 아버지, 분명 나에게 실망해서—그렇다, 이 사람들은 나에게 무엇을 기대하고 있는가?—눈물을 글썽이며 입술을 깨무는 어머니, 피가 흥건하게 묻은 손수건을 흔드는 누이. 나는 어째서인지 사정에 따라서는 소년이 정말 아플지도 모른다는 상황을 받아들일 준비를 하고 있었다. 내가 소년에게 다가가자 그는 나를 보며 웃는다. 마치 내가 영양가 있는 수프라도 가져온 것처럼.—아, 지금 말 두 마리는 울어대고 있다. 그 소리는 내가 진찰하기 쉽도록 높은 곳에서 들려오고 있었다.—이제야 나는 찾아냈다. 그래 맞다, 소년은 아프다. 오른쪽 옆구리 허리 근처에 손바닥만 한 크기의 상처가 벌어져 있었다. 상처는 여러 가지 농담濃淡의 장밋빛이다. 깊은 곳은 진하고 가장자리일수록 연해지며 고르지 않은 섬세한 피 알갱이들이 모인 상처가 파헤쳐진 광산처럼 열려 있었다. 멀리서 보니 그랬다. 가까이에서 자세히 들여다보니 상태는 더욱 심각했다. 누가 이것을 편한 마음으로 볼 수 있겠는가? 내 작은 손가락만큼 굵고 긴 벌레들이 본래의 색깔에 피까지 뒤집어써서 분홍색인 채, 상처의 안쪽에 들러붙어 조그만 흰 머리와 수많은 작은 발들로 빛을 향해 꿈틀거리고 있었다. 가엾은 소년을 나는 도울 수 없다. 내가 너의 커다란 상처를 찾아냈다. 너는 네 옆구리에 있는 이 꽃 때문에 죽게 될 것이다. 진찰을 하는 나를 보며 가족들은 행복해한다. 누이는 어머니에게 내가 일하고 있다고 말하고, 어머니는 아버지에게 말한다. 아버지는, 발꿈치를 들고 두 팔로 중심을 잡으며 달빛을 지나 열린 문으로 들어오는 몇몇 손님들에게 말한다. "절 구해 주실 건가요?" 상처 내부에 있는 생명체 때문에 고통스러워하는 소년이 흐느끼며 속삭인다. 내 지역 사람들은 늘 이렇다. 의사에게 항상 불가능한 것을 요구한다. 그들은 오래된 믿음을 잃어버렸다. 성직자는 집에 앉아서 사제복을 차례로 찢는다. 그러나 의사는 모든 것을 섬세한 외과의의 손길로 수행해야 한다. 그들이 나를 신성한 의도로 사용한다면 나 역시 그렇게 하도록 내버려둔다. 하녀마저 빼앗긴 늙은 시골 공의公醫인 내가 뭘 더 바라겠는가. 가족들과 마을의 연장자들이 와서 내 옷을 벗긴다. 맨 앞에 서 있는 선생이 학교 합창단과 함께 집 앞에서 극도로 단순한 멜로디로 노래를 부른다.

그의 옷을 벗기면 치료할 것이다.
치료하지 않는다면 그를 죽여라.
그는 단지 의사일 뿐, 단지 의사일 뿐.

그러고 나서 그들은 내 옷을 벗긴다. 나는 손가락을 수염에 갖다 대고 머리를 한쪽으로 기울이며 조용히 사람들을 바라본다. 나는 아주 침착하다. 모든 것을 확실히 알고 있으며 앞으로도 계속 그러할 것이다. 하지만 그 사실은 내게 아무 도움도 되지 않는다. 그들은 내 머리와 두 발을 잡고 침대로 데려간다. 그들은 나를 벽에다, 상처 옆에다 내려놓는다. 그런 뒤 모두 방에서 나간다. 문이 닫힌다. 노래가 멈춘다. 구름이 달을 스쳐 지나간다. 내 주위에 따뜻한 이불이 놓여 있다. 열린 창 사이로 말들의 머리가 그림자처럼 흔들린다. "아세요?" 나는 누군가 내 귀에 속삭이는 소리를 듣는다. "나는 당신을 별로 믿지 않아요. 자발적으로 오신 게 아니잖아요. 도와주시진 못할망정 제가 죽을 침대마저 좁게 만드시네요. 마음 같아선 당신의 눈을 할퀴고 싶어요." "맞아." 내가 말한다. "수치스러운 일이지. 하지만 난 의사야. 내가 뭘 할 수 있겠니? 나역시 이런 상황이 쉽지 않다는 걸 믿어주렴." "그런 변명으로 나는 만족해야 하나요? 그래요, 그래야겠죠. 난 늘 그래야만 하니까.

난 아름다운 상처를 지니고 이 세상에 왔어요. 그게 내가 가진 전부였죠.""젊은 친구." 내가 말한다. "자네의 단점은 통찰력이 없다는 거야. 나는 온갖 병실에 있어봤지. 자네 상처는 그렇게 심각하진 않아. 도끼로 날카롭게 두 번 베인 거야. 많은 사람들이 자신의 옆구리를 내놓지. 숲속에서 나는 도끼 소리도 듣지 못하고. 점점 더 가까이 다가오고 있는 도끼 소리도 듣지 못하고 말이야." "사실인가요? 아니면 열이 나는 나를 속이고 있는 건가요?""사실이다. 공의의 명예를 걸고 말하는 것이다." 그는 내 말을 받아들이고 침묵했다. 이제는 내가 탈출할 때다. 말들은 여전히 충실하게 자리를 지키고 서 있었다. 나는 옷과 털외투, 그리고 가방을 집어들었다. 옷을 입느라 시간을 지체하고 싶지 않았다. 이곳에 왔을 때처럼 말들이 서두른다면 나는 이 침대에서 내 침대까지 뛰어넘을 수 있을 것이다. 말 한 마리가 창가에서 움직였다. 나는 옷 뭉치를 마차 안으로 던졌다. 털외투는 너무 멀리 날아가 한쪽 팔만 겨우 갈고리에 걸렸다. 그 정도면 됐다. 나는 말 위로 뛰어올랐다. 말 두 마리를 제대로 잡아매지도 못하고, 느슨하게 맨 가죽끈을 끌며 마차를 이리저리 끌고 간다. 털외투 자락이 저 끝에서 펄럭였다. "이랴."라고 말했지만 제대로 움직이지 않았다. 노인처럼 우리는 눈 사막을 천천히 지나갔고, 새롭지만 어딘지 모르게 잘못된 아이들의 노래가 오랫동안 우리 등 뒤에서 들려왔다.

기뻐하라, 환자들이여.

의사가 너희들의 침대에 함께 누워 있으니.

이렇게 해서는 절대 집에 갈 수 없다. 나는 번창했던 의사생활을 잃었다. 후임이 내 자리를 노리지만 이젠 소용없다. 그는 나를 대신할 수 없기 때문이다. 내 집에서는 역겨운 마부가 날뛰며 모든 걸 파괴하고 있다. 로자는 그의 희생양이다. 나는 그것에 대해 생각하고 싶지 않다. 나는 벌거벗긴 채, 이 불행한 시대의 혹한 속에 버려졌다. 이승의 마차와 저승의 말을 타고, 늙은 나는 홀로 떠돈다. 내 털외투는 마차 뒤에 매달려 있지만 나는 잡을 수 없다. 그리고 움직일 수 있는 환자들 중 그 누구도 손가락 하나 까딱하지 않는다. 속았다! 속았어! 야간 비상종이 한 번 잘못 울리는 바람에 영원히 제자리로 되돌릴 수 없게 되었다.

판 결 · 펠리체 B. 양을 위하여 ·

봄이 절정에 이른 일요일 아침이었다. 젊은 상인 게오르크 벤데만은 강물을 따라 길게 늘어선, 조잡하고 낮게 지어진 집들 중 하나인 이 층 자신의 방에 앉아 있었다. 그 집들은 높이와 색깔만 조금씩 다를 뿐 비슷한 형태였다. 그는 현재 외국에 살고 있는 오랜 친구에게 편지 쓰는 일을 이제 막 끝내고 팔꿈치를 책상에 기댄 채, 창밖의 강물과 다리 그리고 저 멀리 연녹색의 강 건너편 언덕을 바라보면서 천천히, 장난하듯 편지 봉투를 봉했다.

그는 자신의 고향 생활에 만족하지 못하고 몇 해 전 러시아로 도피하듯 떠난 친구에 대해 생각해 보았다. 그 친구는 현재 페테르부르크에서 사업을 하고 있는데, 초반에는 번창했으나 오래전부터 침체를 겪고 있다며 가끔 그를 찾아올 때마다 불평을 늘어놓곤 했다. 이국땅에서 소득이 없던 그는 지쳐 있었다. 게오르크는 그를 어린 시절부터 잘 알고 있었는데, 어색해 보이는 덥수룩한 수염은 지병이 있음을 암시하는 듯한 그의 누렇게 뜬 얼굴을 거의 다 덮고 있었다. 친구는 그곳에 있는 동향 사람들과도 거의 연락하지 않았고, 러시아 현지인들과도 교류하지 않는다고 했다. 그렇게 그는 독신으로 생활하고 있었다.

이런 사람에게 무슨 편지를 쓰겠는가. 이렇게 정상적인 궤도에서 벗어난 생활을 하고 있는 사람에게 말이다. 그에게 연민을 느끼지만 그를 도울 순 없다. 그에게 고향으로 돌아와 그의 보금자리를 옮기고, 다시 예전의 친구들과—그것 때문에 그가 괴롭진 않을 것이다—교류하며 친분을 쌓고, 친구들의 도움에 의지하라고 충고해야 하는 것일까? 그러나 그에게 더 많은 호의를 베풀수록 그는 더 치욕스러울 것이며, 그것은 지금껏 그의 모든 노력이 잘못된 것이니 결국 모든 걸 포기하고 고향으로 돌아와 모든 사람들이 놀란 눈으로 멍하게 바라보는 상황을 견뎌내라는 것과 마찬가지다. 또한 그것은 그에게, 친구들은 그를 어느 정도 이해하고 있으니 집에 머물면서 친구들의 성공을 따라야 하는 늙은 어린아이라고 말하는 것과 다를 바 없었다. 그렇다면 그를 괴롭히는 모든 고통은, 목적이 있기에 좋은 결과를 가져다 줄 것이라고 확신할 수 있는가? 아마 그를 고향으로 데려오는 것조차도 힘들 것이며—그도 현재 고향 사람들과 교류하는 것이 힘들다고 말했었다—그는 친구들의 조언에 불쾌해하며 이국땅에서 이방인으로 남아 그들에게서 점점 더 멀어질 것이다. 그러나 그가 그들의 조언에 따라 이곳으로 온다면 그는 친구들과 어울리지 못할 것이며 친구들 도움 없이는 제대로 살 수 없다는 굴욕감을 느끼게 될 것이다. 그렇게 되면 고향도 친구도 사라져버리는 것이니 차라리 이 국땅에 있는 것이 나을 것이다. 이러한 여건에서 어떻게 *그*가 제대로 된 생활이 가능하리라고 생각할 수 있을까?

이러한 이유로 인해서, 먼 지인에게도 서슴지 않고 말할 수 있는 소식도 그에게는 제대로 전할 수 없었다.

그가 마지막으로 이곳을 찾은 지 벌써 삼 년이 넘었다. 그는 러시아의 정치적 상황이 너무도 불확실해서 오지 못했다고 변명을 했다. 소상인들이 잠깐 출국하는 것조차도 허락되지 않는다고 말이다. 그러나 수십만의 러시아인들이 여유롭게 세계 곳곳을 드나들고 있다. 삼 년 동안 게오르크의 생활에도 큰 변화가 있었다. 이 년 전 그의 어머니가 죽었고, 그와 그의 늙은 아버지가 함께 살게 되었다는 소식을 친구도 전해 들었는지 언젠가 편지에 무미건조한 유감을 표했다. 친구는 그런 슬픔을 겪어보지 않았고, 또 먼 이 국땅에 있었기에 그랬을 거라 생각했다. 그 후 게오르크는 다른 모든 이들이 그러하듯이 결단력 있게 사업을 추진했다. 그의 아버지는 어머니가 살아계셨을 때, 사업에 있어서 뜻을 굽히지 않는 독선적인 사람이었기에 게오르크가 스스로 모든 일을 수행하는데 방해가 되었다. 그의 아버지는 여전히 사업에 간여하긴 했으나 어머니의 죽음으로 소극적으로 변했다. 어쩌면 그것은 어떤 우연이나 행운—정말 그럴 가능성이 크다—덕분인지도 모른다. 어찌됐든 이 년 사이에 예상 밖으로 사업이 번창해서 직원도 두 배로 늘어났고 수입은 다섯 배가 되었다. 그리고 앞으로도 계속 발전할 것임이 분명했다.

그러나 게오르크의 친구는 이런 변화에 대해 전혀 알지 못했다. 최근에 그가 조의를 표했던 마지막 편지에서 그는 게오르크에게 러시아로 이민을 오라고 설득했다. 페테르부르크에서 게오르크가 분점을 낼 경우의 전망에 대해 긴 이야기를 늘어놓았던 것이다. 그것은 현재 게오르크의 사업에 비하면 보잘것없는 것이었다. 그러나 게오르크는 자신의 사업이 성공했다는 것을 알리지 않았다. 만약 지금에 와서 그 얘기를 쓴다면 정말 이상해 보일 것 같았다.

그래서 게오르크는 편지에 별 의미 없는 얘기들만 썼다. 나른하고 조용한 일요일에 떠오를 것만 같은 무질서한 기억들에 대한 이야기들을 말이다. 그는 친구가 오랫동안 품어왔을지도 모를 고향에 대한 좋은 인상을 망가뜨리고 싶지 않았다. 그런 생각으로 게오르크는 자신과 별 상관이 없는 남자가 또 그만큼 자신과 별로 상관없는 여자와 약혼을 했다는 사실을 상당히 띄엄띄엄 보낸 편지에 세 차례나 적었다. 그러자 게오르크의 의도와는 달리 친구는 그 일에 대해 흥미를 갖게 되었던 적도 있었다.

그렇지만 게오르크가 편지에 자주 쓰는 얘기는, 자신이 한 달

전에 유복한 가정에서 자란 프리다 브란덴펠트라는 아가씨와 약혼했다는 소식이 아니라 오히려 그러한 얘기들이었다. 그는 종종, 친구와 편지를 주고받으며 이런 특별한 관계를 유지하고 있는 것에 대해 약혼녀와 이야기를 나누었다. "그럼 그분은 우리 결혼식에 오지 않겠네요." 그녀가 말했다. "그래도 나는 당신의 모든 친구에 대해 알 권리가 있어요." "난 그를 괴롭히고 싶지 않소." 게오르크가 대답했다. "날 좀 이해해 줘요. 아마도 그는 올 거요. 적어도 난 그렇게 믿고 있소. 하지만 그는 거의 강제로 오거나 상처를 받을지도 모르오. 나를 부러워하면서 자신에게 만족하지 못하고 무력감마저 느끼며 홀로 떠나게 되겠지. 혼자라는 것—그게 어떤 의미인지 알고 있소?" "그래요, 하지만 우리 결혼 소식을 다른 데서 들을 수도 있지 않겠어요?" "물론, 그것까지 막을 순 없소. 하지만 그의 생활방식으로 봤을 때 그러긴 어려울 거요." "그런 친구가 있다는 걸 알았다면 게오르크, 난 당신과 절대 약혼하지 말았어야 했어요." "그래요, 우리 둘의 잘못이오. 하지만 난 지금도 상황이 달라지는 걸 원치 않소." 갑작스러운 그의 입맞춤에 그녀는 숨을 가쁘게 몰아쉬며 말했다. "이 일로 난 기분이 좋지 않아요." 이 말을 듣고 난 뒤 그는 이 소식을 친구에게 알린다 해도 문제될 것이 없을 거라 생각했다. "난 그런 인간이고, 그도 나를 있는 그대로 받아들여야 해." 그가 스스로에게 말했다. "그와 함께 쌓아온 우정을 위해, 지금의 나에게서 이보다 더 그와 잘 맞는 친구를 만들어낼 순 없어."

그래서 그는 실제로 친구에게, 일요일 아침에 쓴 긴 편지에서 자신의 약혼 소식을 알리며 다음과 같이 말했다.

"희소식을 마지막까지 아껴두었네. 다름이 아니라 나는 프리다 브란덴펠트 양과 약혼하게 되었네. 그녀는 유복한 가정에서 자란, 자네가 이곳을 떠난 뒤 한참 뒤에 이곳으로 이사를 온, 그래서 자네가 잘 알지 못하는 여인이라네. 그녀에 관해서 추후에 더 많은 얘기를 할 기회가 있을 걸세. 오늘은 내가 아주 행복하다는 것만 말해 주겠네. 그리고 자네와 나 사이에 달라진 게 있다면, 자네는 현재 아주 평범한 친구가 아닌 정말 행복해하는 친구를 두었다는 것이네. 그리고 내 약혼녀가 자네에게 안부 인사를 전하고, 곧 편지를 쓸 것이네. 진정한 이성 친구가 생긴다는 것이 독신남에게 그렇게 무의미한 일은 아닐 걸세. 자네가 우리를 보러 오지 못하는 데는 많은 이유가 있다는 걸 알고 있네. 하지만 내 결혼식이 모든 장애물을 던져버릴 수 있는 적절한 기회가 될 수도 있지 않겠나. 어쨌든 어떤 호의도 베풀지 말고 자네의 뜻대로 하게나."

게오르크는 이 편지를 손에 쥐고는 창가를 바라보며 한참을 책상 앞에 앉아 있었다. 아는 이가 골목길을 지나다가 그에게 인사를 건넸으나 그는 의례적으로 웃었을 뿐 제대로 말도 하지 못했다.

마침내 그는 편지를 주머니에 넣고 방에서 나와 작은 복도를 가로질러 아버지의 방으로 갔다. 그곳은 벌써 몇 달 동안이나 출입

하지 않았는데 굳이 그곳에 들어갈 이유가 없었기 때문이다. 매일 가게에서 아버지를 만났고 점심 식사는 같은 식당에서 함께했으며 저녁이 되면 그들은 각자 편한 대로 차려먹었다. 그런 다음에는 게오르크가 과거에 종종 그랬듯이 친구를 만나러 가거나 요즈음 들어 약혼녀를 찾아가지 않을 때면, 거실에 앉아 각자의 신문을 읽곤 했다.

게오르크는 화창한 오전임에도 불구하고 아버지의 방이 상당히 어둡다는 사실에 몹시 놀랐다. 좁은 마당의 반대편에 있는 높은 벽이 그림자를 드리웠기 때문이었다. 아버지는 돌아가신 어머니의 유품이 놓여 있는 구석 창가에 앉아 신문을 읽고 있었는데, 좀 더 잘 보기 위해 신문을 눈앞에서 비스듬하게 붙들고 있었다. 탁자 위에는 먹다 남은 아침 식사가 꽤 많이 남아 있었다.

"아, 게오르크." 아버지가 그를 맞이하려고 일어서며 말했다. 아버지가 걸어가자 무거운 잠옷이 풀어헤쳐지며 끝자락이 펄럭였다. "아버지는 여전히 거인이야." 게오르크는 혼잣말을 했다.

"여긴 너무 어두워요." 그가 말했다.

"그래, 정말 어둡구나." 아버지가 대답했다.

"게다가 창문까지 닫으셨네요."

"난 그게 좋다."

"밖은 아주 따뜻해요." 게오르크는 앞서 한 말에 대답이라도 하듯 말하며 자리에 앉았다.

아버지는 아침 식사를 치우고는 그릇들을 수납함에 올려놓았다.

"말씀드릴 게 있어요." 게오르크는 공허하게, 늙은 아버지의 움직임을 주시하며 계속 이야기했다. "지금 페테르부르크에 제 약혼 소식을 전하려고 해요." 그는 주머니 속에서 편지를 조금 꺼냈다가 도로 넣었다.

"페테르부르크로?" 아버지가 물었다.

"친구가 거기 있거든요." 아버지의 눈빛을 살피며 게오르크가 말했다. 게오르크는 아버지가 이 자리에서 팔짱을 낀 채 엄하게 앉아 계신 모습이 가게에서의 모습과는 아주 다르다고 생각했다.

"오, 그래. 친구한테 말이지." 그의 아버지가 유난히 강조하는 투로 말했다.

"잘 아시잖아요, 아버지. 처음엔 제 약혼에 대해 그에게 알리려고 하지 않았어요. 배려심 때문이었어요. 단지 그 이유뿐이에요. 그가 어려운 사람이란 거 아시잖아요. 다른 누군가에게 제 약혼 소식을 들을 수도 있을 거라 생각했어요. 물론 그의 고독한 생활 방식으로 봤을 때 그러긴 어렵겠지만요. 제가 그것까지 막을 순 없잖아요. 하지만 그에게 직접 말하고 싶진 않았어요."

"그럼 지금은 마음이 바뀐 것이냐?" 아버지는 커다란 신문을 창틀에 놓고 그 위에 안경을 내려놓은 뒤 손을 얹었다.

"네, 제 생각은 정리됐어요. 그가 진정한 친구라면 저의 행복한 약혼으로 인해 그도 행복해질 거라 생각해요. 그러니 더 이상 제 약혼 소식을 미룰 이유가 없어요. 하지만 이 편지를 부치기 전에 아버지께 말씀드리고 싶었어요."

"게오르크." 이가 빠진 입을 길게 늘이며 아버지가 말했다.

"잘 들어라! 넌 이 문제에 관해 의논하고 싶어서 나에게 왔다. 그것은 분명 네게 영예로운 일이다. 하지만 그건 아무것도 아니다. 아니, 네가 진실을 말하지 않는다면 아무것도 아닌 것보다 더 나쁜 것이다. 나는 이 일과 상관없는 문제까지 들춰내고 싶진 않다. 네 어머니가 죽고 난 뒤 좋지 않은 일이 벌어졌다. 하지만 적절한 때가 오겠지. 어쩌면 우리가 생각하는 것보다 더 빠르게 말이다. 사업에 관해, 내가 알지 못하는 것들이 많다. 어쩌면 내 뒤에서 몰래—나한테 숨기는 게 있다고 생각하고 싶진 않다—진행되고 있는지도 모르지. 나는 더 이상 예전 같지 않다. 기억력은 감퇴되고 많은 일들을 다 볼 순 없게 되었지. 그것은 첫째, 자연의 섭리이기 때문이고 둘째, 네 어머니의 죽음에 너보다 훨씬 더 심한 충격을 받았기 때문이다. 하지만 우린 지금 이 편지에 대해 애기해야겠구나. 네게 부탁한다, 게오르크. 더 이상 나를 속이지 마라. 사소한 일이다, 언급할 가치도 없어. 그러니 나를 속이지 마라. 페테르부르크에 정말 친구가 있는 것이냐?"

게오르크는 당황했다.

"제 친구에 대해 신경 쓰지 마세요. 천 명의 친구들도 아버지를 대신할 수 없으니까요. 제 마음 아시죠? 아버지는 아버지 자신을 제대로 챙기지 않으셨어요. 그러나 사람은 나이가 들면 그만큼 자신을 챙겨야 해요. 아버지 없이 제가 무슨 사업을 하겠어요? 아버지가 더 잘 아시잖아요? 하지만 사업이 아버지의 건강을 해친다면, 내일부터라도 영원히 문을 닫을 준비가 되어 있어요. 전 그렇게 내버려두진 않을 거예요. 우선 아버지의 생활방식부터 바꿔야겠어요. 아주 철저하게 말이에요. 아버지는 어둠 속에 앉아 계세요. 거실에는 많은 빛이 들어오고 있는데도 말이죠. 아버지는 기력을 유지하기 위해 적절한 아침 식사를 하는 대신 아주 조금만 드시고 계시죠. 그리고 아버지는 창문을 닫고 계시죠. 신선한 공기는 건강에 좋아요. 안 돼요, 아버지! 의사 선생님을 모셔와 그분의 지시에 따를 거예요. 그리고 아버지의 방부터 바꿀 거예요. 아버지가 앞방으로 옮기시면 제가 이 방으로 옮길게요. 아버지 물건도 그대로 옮길 테니 환경이 바뀌었다고 생각하진 못하실 거예요. 하지만 모든 건 때가 있는 법이죠. 지금은 아버지를 침대에 눕혀 드려야겠어요. 휴식이 필요하세요. 이리 오세요. 옷 벗는 걸 도와드릴게요. 제가 그럴 수 있다는 걸 아시잖아요. 그렇지 않으면 지금 앞방으로 가셔서 제 침대에 좀 누우세요. 그게 가장 현명한 방법 같네요."

게오르크는 아버지 옆에 가까이 서 있었다. 아버지는 백발이 성성한 헝클어진 머리를 가슴 쪽으로 떨어뜨리고 있었다.

"게오르크." 아버지가 움직이지 않고 낮은 목소리로 말했다.

게오르크는 즉시 아버지 옆에 무릎을 꿇었다. 아버지의 지친 얼굴에서 동공이 크게 흔들리며 자신을 응시하고 있었다.

"넌 페테르부르크에 친구가 없다. 너는 항상 농담을 했고 나를 재미있게 했지. 어떻게 거기에 친구가 있다는 것이냐! 난 믿을 수 없다."

"좀 더 생각해 보세요, 아버지." 게오르크가 말했다. 그는 의자에서 아버지를 일으켰고 아버지가 무기력하게 서 있자 잠옷을 벗겼다. "제 친구가 우리 집에 왔었던 건 벌써 삼 년 전의 일이에요. 아버지는 그 친구를 썩 좋아하지 않으셨어요. 그래서 그가 제 방에 앉아 있었는데도 최소 두 번쯤 그가 없는 척했던 적이 있었어요. 아버지가 그를 왜 싫어하는지는 잘 알아요. 제 친구는 좀 특이하니까요. 하지만 그 후에 아버지는 제 친구와 잘 지내셨어요. 저는 그때 그의 이야기를 잘 들어주시고 고개를 끄덕이시며 그에게 질문하시는 아버지의 모습이 자랑스러웠어요. 기억을 더듬어보시면 생각나실 거예요. 그는 러시아 혁명에 대해 믿을 수 없는 얘기들을 늘어놓곤 했죠. 예를 들면 그가 사업차 키예프로 출장을 갔을 때 폭동이 일어나서, 한 성직자가 손바닥에 상처를 내 피로 커다란 십자가를 새겨 그 손을 들어 군중들에게 호소하는 광경을 발코니에서 봤다는 따위의 얘기 말이에요. 그 후로 아버지는 그 이야기를 여기저기에서 몇 번 말씀하셨잖아요."

그러면서 게오르크는 아버지를 다시 앉히고 리넨 속옷 위에 입은 면내의와 양말을 조심스럽게 벗겼다. 아버지의 속옷이 그다지 깨끗하지 않은 걸 본 게오르크는 그동안 아버지에게 소홀했다는 생각이 들어 괴로웠다. 아버지에게 깨끗한 속옷을 마련해 드리는 것은 전적으로 그의 의무였다. 그는 아버지의 앞으로 생활에 대해서 아직 구체적으로 약혼녀와 의논하지는 않았다. 말을 꺼내진 않았으나 그들은 당연히 아버지가 이 낡은 집에 홀로 사실 거라 생각했기 때문이다. 그러나 이 순간 그는 아버지를 모시고 살아야겠다고 단호하게 결심했다. 하지만 좀 더 생각해 보면, 앞으로 결혼 생활을 하며 아버지를 모시는 것은 너무 늦은 일일지도 모른다는 생각이 들었다.

그는 아버지를 두 팔로 안고는 침대로 옮겼다. 그가 침대 쪽으로 몇 걸음 뗐을 때, 아버지가 가슴에 있던 목걸이 시계를 만지고 있다는 걸 알고는 섬뜩한 기분이 들었다. 아버지가 목걸이 시계를 너무 꽉 움켜쥐고 있었기에 그는 잠시 동안 아버지를 침대에 눕힐 수 없었다.

그러나 아버지는 침대에 눕자마자 안정이 되는 듯했다. 그는 스스로 이불을 덮고 나서도 자신의 어깨보다 더 위로 이불을 끌어다 덮었다. 그리고 나서 그는 다정한 눈길로 게오르크를 바라보았다.

"제 친구 기억나시죠?" 그에게 기운을 내라는 듯 고개를 끄덕이며 게오르크가 물었다.

"이불이 잘 덮였느냐?" 아버지는 마치 자신의 발이 제대로 덮였는지 볼 수 없는 것처럼 물었다.

"아버지는 이미 침대에서 안정을 되찾으셨어요." 게오르크가 이불을 잘 여며주며 말했다.

"이불이 잘 덮였느냐?" 아버지가 어떤 대답을 기대하는 듯 다시 한 번 물었다.

"걱정 마세요, 잘 덮였어요."

"아니!" 아버지는 그의 짤막한 대답을 가로막으면서 소리쳤다. 그러고는 담요가 날아가 쫙 펴질 만큼 있는 힘껏 담요를 던지고는 침대 위에 우뚝 서서 한 손으로 가볍게 천장을 짚으며 몸을 지탱하고 있었다. "네가 이불을 잘 덮어주려 했다는 건 알고 있다, 이 녀석아. 하지만 나는 아직 잘 덮이지 않았어. 그리고 이게 내가 가진 마지막 힘이다. 하지만 널 상대하기엔 충분하지. 충분하고말고. 물론 나는 네 친구를 알고 있다. 그 후로 그는 내 마음속에서 아들이 되었지. 그것이 바로 네가 수년간 네 친구에게 거짓말을 한 이유겠지. 왜 그랬느냐? 내가 그를 가엾게 여긴다고 생각하지 않느냐? 그래서 너는 사무실에서 문을 걸어 잠그고—사장은 바쁘니, 방해해서는 안 된다—러시아에 보잘것없는 거짓 편지를 썼던 것이지. 그러나 아버지에게 아들의 마음을 꿰뚫어볼 수 있는 방법을 가르칠 필요는 없다. 지금 너는 그를 굴복시켰다고 생각하겠지. 그래 너무 눌렀어. 지금까지 넌 그를 네 밑에 깔고 앉아 굴복시키며 꼼짝도 못 하게 하고, 그리고 나서 내 착한 아들은 결혼하기로 마음먹으셨지!"

게오르크는 끔찍한 아버지의 모습을 바라보았다. 페테르부르크에 있는 그의 친구, 그의 아버지가 갑작스럽게 너무도 잘 알고 있는 그 친구가 어느 때보다 그의 마음을 사로잡았다. 그는 광대한 러시아 땅에서 길을 잃은 친구를 보았다. 모든 것을 빼앗긴 상점의 텅 빈 문 앞에 있는 그를 보았다. 진열장의 잔해, 부서진 물건의 파편들, 떨어지는 가스등의 갓 사이에 그가 서 있었다. 그는 왜 그토록 멀리 떠나야만 했던 것일까!

"잘 봐라!" 아버지가 외쳤다. 게오르크는 혼란스러워 뭐라도 잡기 위해 침대 쪽으로 달려가다가 중간쯤에서 멈춰 섰다.

"그 계집이 치마를 들어 올렸기 때문이다." 아버지 목소리는 즐겁게 들렸다. "이렇게 치마를 들어 올렸기 때문이야. 더러운 년."

그러고 나서 아버지가 그녀의 모습을 흉내 내기 위해 셔츠를 높이 올리는 바람에 전쟁터에서 생긴 허벅지의 상처가 드러났다. "그 계집이 치마를 이렇게 들추었기 때문에 네가 그 계집에게 관심이 생긴 것이지. 아무런 방해도 받지 않고 그 계집한테서 네 욕심을 채우기 위해 네 엄마와의 추억을 더럽히고, 네 친구를 배신하고, 네 아버지를 침대에 처박고는 움직이지 못하게 했지. 하지만 내가 움직일 수 있느냐 없느냐?"

그러고 나서 아버지는 아무 도움 없이 이리저리로 다리를 뻗었다. 아버지의 얼굴은 깨달음을 얻은 듯 환하게 빛나고 있었다.

게오르크는 가능한 한 아버지와 멀리 떨어져서 구석에 웅크리고 있었다. 오래전에 그는 모든 것들을 면밀히 살피겠다고 굳게 결심한 게 있었다. 어떤 간접적인 공격에도 놀라지 않고, 뒤에서나 앞에서 공격을 당해도 놀라지 않겠다고 말이다. 이 순간 그는 오래전에 잊어버린 결심을 기억해 냈고 다시 또 잊어버렸다. 마치 짧은 실을 바늘에 꿰고 있는 사람처럼.

"하지만 네 친구는 배신당하지 않았다!" 아버지는 검지손가락을 들어 흔들며 그 말을 강조하듯 외쳤다. "나는 이곳에서 그를 대변해 왔다."

"코미디언 같으세요!" 게오르크는 더 이상 참지 못하고 소리를 질렀다. 그러나 곧 자신이 손해라는 것을 깨닫고는 두 눈을 부릅뜨고 혀를 깨물었다. 너무 아파서 몸을 움츠렸지만 때는 너무 늦었다.

"그래, 물론 난 계속 코미디를 해왔지! 코미디라! 좋은 표현이야! 가난하고 늙은 홀아비에게 더 이상 무슨 위안이 남았겠느냐? 말해다오—네가 대답을 하는 한 넌 아직 살아 있는 내 아들이다—불충한 직원들에게 뒷방으로 쫓겨난, 뼛속까지 늙은 내게 더 이상 무엇이 남았겠느냐? 그런데 내 아들은 환호 속에서 온 세상을 뽐내며 돌아다니고 내가 마련했던 가게도 닫고, 노는 데 정신이 팔려 곤두박질치면서, 제 아비 면전에서 점잖은 신사처럼 감정을 숨기고는 몰래 도망쳤지! 내가 널 사랑하지 않는다고 생각하니? 내가, 널 낳은 내가?"

'이제 몸을 앞으로 기울이겠지.' 게오르크는 생각했다. '그가 고꾸라졌으면, 그래서 산산이 부서졌으면!' 이 말들이 그의 머릿속에서 쉭쉭 소리를 내며 맴돌았다.

아버지는 앞으로 기울어졌지만 굴러 떨어지진 않았다. 게오르크가 더 이상 가까이 다가가지 않자 예상했던 대로 그는 다시 몸을 쭉 폈다.

"지금 네가 있는 곳에 있어도 된다. 난 네가 필요치 않아! 넌 네가 이쪽으로 올 힘이 충분히 있지만 네 의지에 따라 행동하고 있다고 생각하는데 너무 확신하진 마라! 아직 난 여전히 너보다 훨씬 더 강자다. 혼자였다면 굴복했을지도 모르지만 네 어머니가 나에게 힘을 주었기에 난 네 친구와 좋은 관계를 유지하고 있고, 또 주머니에는 네 고객들의 명단을 갖고 있다!"

"아버지는 속옷에도 주머니가 있구나!" 게오르크가 혼잣말을 했다. 그리고 이 말 하나로 그의 아버지를 이 세상에 존재할 수 없는 사람으로 만들 수 있다고 생각했다. 그는 모든 것을 자꾸 잊어버렸기 때문에 아주 잠깐 그런 생각을 했다.

"네가 약혼녀의 팔짱을 끼고 내 앞에 나타나기만 해봐라! 난 네 옆에서 그 계집을 없애버릴 수도 있다. 내가 어떻게 할지 넌 모르겠지!"

게오르크는 불신에 찬 얼굴로 인상을 찌푸렸다. 아버지는 자신의 말이 진실이라는 것을 확인하듯, 게오르크가 있는 구석을 향해서 단지 고개를 끄덕일 뿐이었다.

"네가 오늘 나를 얼마나 재밌게 했는지 모른다. 나를 찾아와 네 약혼에 대해 친구에게 알려도 되느냐고 물었지. 그는 이미 알고 있다, 이 어리석은 놈아! 전부 다 알고 있단 말이다! 내가 그에게 편지를 썼다. 네가 나한테서 필기도구를 뺏는 걸 잊어버렸기 때문이지. 그래서 그가 수년째 여기 오지 않는 것이다. 그는 네가 아는 것보다 백 배는 더 잘 알고 있어. 그는 왼손에 뜯어보지도 않은 구겨진 네 편지를 들고 있고, 오른손에는 내 편지를 읽으려고 쥐고 있단 말이다!"

끓어오르는 열정으로 아버지는 자신의 팔을 머리 위로 흔들었다. "그는 너보다 천 배는 더 많이 알고 있어!" 그가 외쳤다.

"만 배겠죠!" 아버지를 놀리며 게오르크가 말했다. 하지만 그의 입에서 나온 말은 아주 진지한 것이었다.

"수년간 나는 네가 그런 질문을 하러 오기를 기다리고 있었다. 넌 내가 다른 걱정거리가 있다고 생각했겠지? 넌 내가 신문을 읽는다고 생각했겠지? 봐라!" 그러고 나서 그는 어떻게 침대로 가져왔는지 모를 신문지 한 장을 게오르크에게 던졌다. 그 신문은 게오르크가 이름조차도 모르는 오래된 신문이었다.

"네가 철이 들기까지 얼마나 오랜 시간이 걸린 줄 아느냐! 네 엄마는 세상을 버려야 했다, 행복한 날은 살아보지도 못하고. 네 친구는 러시아에서 파멸하고 있다. 이미 삼 년 전에 그는 버려진 것이다. 그리고 나, 내 상태가 어떤지 잘 알겠지. 너도 눈이 있으니 보란 말이다!"

"그러니까 아버지는 숨어서 저를 주시하고 계셨군요!"

게오르크가 외쳤다. 아버지는 가엾다는 듯 무심하게 말했다. "넌 빨리 말하고 싶었겠지. 하지만 이제 그건 전혀 어울리지 않아." 그러고 나서 좀 더 큰 소리로, "이제 너 외에도 세상에 무엇이 있는지 알겠지. 이제껏 넌 네 자신밖에 몰랐다! 그래, 너는 원래 순수한 아이였지. 하지만 네 근본은 악마의 탈을 쓴 인간이다! 그러니 명심해라. 나는 지금 너를 익사형에 처하노라!"

게오르크는 쫓기듯 방에서 뛰쳐나왔다. 그의 뒤에서 침대에 있던 아버지가 쿵 하고 떨어지는 소리가 들렸고 그 소리는 계속 귓가에 맴돌았다. 그는 마치 계단이 기울어진 평지라도 되는 것처럼 서둘러 내려가다가 아침 청소를 하러 올라오던 하녀와 부딪쳤다. "세상에!" 하녀가 소리치며 앞치마로 얼굴을 가렸지만 그는 이미 사라지고 없었다. 대문 밖을 뛰쳐나와 그는 도로를 가로질러 쫓기듯 물가를 향해 달려갔다. 굶주린 자가 음식을 움켜쥐듯 그는 이미 난간을 꽉 붙들고 있었다. 그는 넘었다, 어릴 때 부모님의 자랑이었던 뛰어난 체조선수가 되어 난간을 훌쩍 뛰어넘었다. 난간을 쥐고 있던 손의 힘은 점점 약해졌지만 아직 난간을 꽉 붙든 채 그는 난간 기둥 사이로 버스가 지나가는 것을 보았다. 버스는 그가 떨어질 때 나는 소리를 가뿐히 막아줄 것이다. 그는 낮은 목소리로 외쳤다. "사랑하는 부모님, 저는 항상 당신들을 사랑했어요." 그러고 나서 그는 몸을 던졌다.

이 순간 다리 위에는 마치 끝이 없을 것처럼 차들이 끊임없이 오가고 있었다.

단식 광대

지난 몇십 년간 단식 광대에 대한 흥미는 눈에 띄게 줄어들었다. 예전에는 이런 공연을 시에서 직접 개최하며 이윤을 남겼지만 현재는 불가능한 일이 되어버렸다. 시대가 바뀐 것이다. 과거에는 도시 전체가 단식 광대에게 큰 관심을 보였다. 단식이 끝나고 새로운 단식이 이어질 때면 그들의 관심도 점점 높아졌다. 적어도 단식 광대를 하루에 한 번은 봐야 했던 것이다. 또 어떤 사람들은 창살이 달린 우리 앞에 앉아 예약을 할 정도였다. 그래서 효과를 더 높이기 위해 밤에도 불을 피워 광대를 볼 수 있게 했다. 화창한 날씨에는 광대를 가둔 우리를 밖에다 내놓았고, 이것은 아이들에게 큰 관심거리가 되었다. 어른들은 그저 심심풀이로 관람을 했지만 광대를 본 아이들은 놀란 얼굴로 서로의 손을 꼭 잡고서 광대를 바라보았다.

창백한 얼굴의 단식 광대는 몸에 착 달라붙는 검은 옷을 입고 있었기에 갈비뼈가 앙상하게 드러났다. 단식 광대는 의자에 앉는 것도 사양하고 짚더미 위에 앉아 사람들에게 공손하게 인사를 하고는 미소를 띠며 질문에 대답하기도 했다. 또 앙상하게 뼈만 남은 자신의 팔을 사람들이 만져볼 수 있도록 우리 밖으로 뻗기도 했다. 그러다 때때로 그는 상념에 빠져, 우리 안에 있는 유일한 가구이며 그에겐 더없이 소중한 시계 종소리에도 무관심한 반응을 보였고, 반쯤 감긴 눈으로 정면을 응시하면서 입술을 축이기 위해 작은 유리잔으로 물을 조금씩 마실 뿐이었다.

그곳에는 드나드는 관객들 외에도 관객들이 직접 뽑은 감시원이 있었는데 이상하게도 그들은 대개 도축업자들이었다. 그들은 세 명씩 짝을 이뤄 혹시라도 광대가 몰래 음식을 먹을까 봐 철저히 감시하고 있었다. 하지만 그것은 관객들이 의심하지 못하도록 취한 형식적인 조치에 불과했다. 왜냐하면 대부분의 사람들은 단식 광대는 어떠한 일이 있어도, 어떤 강요를 당해도 단식 기간에는 결코 음식을 먹지 않는다는 것을 잘 알고 있었기 때문이다. 단식 광대의 자존심이 그것을 허락지 않았다.

물론 감시원들 모두가 이러한 사실을 이해하고 있진 않았다. 야간에는 종종 감시를 소홀히 하는 감시원들도 있었는데, 단식 광대에게 먹을 것이 있으면 먹으라는 식으로 멀리 떨어져 앉아 카드놀이에 몰두하곤 했다. 그런 감시원들만큼 단식 광대를 가장 고통스럽게 만드는 것은 없었다. 그들의 그런 태도는 단식 광대를 우울하게 만들었고, 단식 행위를 끔찍한 고통으로 만들어주었기 때문이다.

때때로 단식 광대는 광대에 대한 사람들의 인식이 얼마나 잘못된 것인지 깨우쳐주기 위해 기운이 없음에도 불구하고, 감시당하는 도중에도 최선을 다해 노래를 불렀다. 하지만 소용없는 짓이었다. 그들은 그저 광대가 노래를 부르면서도 무언가를 교묘하게 먹을 수 있는 기술에 놀랄 뿐이었으니까. 단식 광대 입장에선 넓은 홀의 희미한 불빛에 만족하지 못하고 공연 관리자가 준 회중전등을 자신에게 비추는 감시원들이 훨씬 더 나은 존재였다. 눈부신 회중전등은 그에게 전혀 방해가 되지 않았던 것이다. 제대로 잘 수는 없었지만 어떤 불빛 속에서도, 또 사람들로 가득 찬 어떤 시끄러운 홀에서도 그는 꾸벅꾸벅 졸 수 있었기 때문이다. 그는 감시원들과 기꺼이 밤을 지새울 수 있었다. 그는 그들과 농담을 나누며, 자신의 방랑생활에 대해 들려주었고 또한 감시원들의 이야기에 귀를 기울이기도 했다. 단식 광대의 이러한 모든 행위는 그가 감시원들을 자신의 곁에 두고, 자신은 결코 우리 안으로 음식을 가지고 오지 않았다는 것과 누구도 따라할 수 없는 단식 행위를 하고 있다는 것을 그들에게 계속 보여주고 싶었기 때문이다.

그러나 광대가 가장 행복했던 시간은, 아침이 되어 광대가 낸 돈으로 마련된 진수성찬의 음식이 들어올 때였다. 밤을 지새우느라 지친 감시원들은 건장한 남자들의 왕성한 식욕을 발휘하며 음식을 향해 달려들었던 것이다. 하지만 광대가 이렇게 감시원들에게 아침 식사를 대접하는 것을 부정적으로 바라보는 사람들도 있었다. 그러나 그것은 지나친 생각이었다. 아침 식사도 주지 않고 밤을 지새우며 광대를 감시하는 일을 할 사람이 어디 있겠느냐고 물으면 감시원들은 망설이며 그럴 수 없다는 것이었다. 그래도 사람들의 의심은 완전히 풀리지 않았다.

　이러한 의심은 단식 행위를 할 때면 늘 따라오는 것이었다. 매일 밤낮을 광대 옆에 붙어서 감시할 수 있는 사람은 없을 것이다. 그렇기 때문에 이러한 단식 행위가 중단되지 않고 계속되고 있는지는 아무도 확신할 수 없었다. 오직 단식 광대 자신만이 그 사실을 알고 있었기에 광대 자신만이 스스로의 단식 행위에 완전히 만족하는 관객이었던 것이다. 하지만 광대는 불만족스러웠다. 사람들이 수척해진 광대를 차마 볼 수 없다며 그를 멀리했기 때문이다. 그렇지만 광대는 단식 행위 때문에 수척해진 것이 아니라 스스로에 대한 불만족 때문이라고 생각했다. 단식 행위가 얼마나 쉬운 일인지 광대 자신 외에는 아무도 몰랐던 것이다. 그는 사람들에게 단식은 아주 쉬운 일이라고 알려주었으나 그들은 믿지 않았다. 좋게 생각하는 사람들은 광대가 겸손하기 때문에 그런 말을 하는 것이라고 했지만, 대부분의 사람들은 광대가 홍보의 목적으로 그러는 것이라고 생각했다. 또한 광대가 단식하는 기술을 습득했기에 그것을 쉽다고 여기며 뻔뻔하게 이야기하는 거라고도 생각했다. 광대는 이 모든 것들을 감수해야 했고 시간이 지날수록 익숙해졌지만 이러한 불만족은 그를 항상 괴롭게 만들었다. 단식이 끝나면 광대에게는 단식 증명서가 발급되었는데 그 후에도 광대는 스스로 우리를 떠난 적이 없었다.

　공연 관리자는 단식 기간을 최대 사십 일로 정했고, 아무리 대도시라도 그 이상은 할 수 없도록 정했다. 그의 경험으로 미뤄볼 때 사십 일이라는 기간은 도시 사람들의 관심을 부추겨 흥미를 끌수 있는 가장 적절한 시간이었던 것이다. 그 기간을 넘으면 관객들의 관심도 떨어지고 손님의 발길도 뜸해지곤 했다. 물론 도시와 시골은 다소 차이가 있었으나 단식 기간을 최대 사십 일로 잡는 것이 일반적이었다. 그렇기 때문에 사십 일째 되는 날엔 열렬한 관객들로 극장을 가득 메우고, 꽃으로 장식된 우리의 문이 열렸다. 군악대가 연주를 했으며 두 명의 의사가 단식 광대를 진찰했고, 마이크를 통해 관중들에게 그 결과가 보고되었다. 그리고 마지막으로 추첨을 통해 선발된 부인들이 기뻐하면서 단식 광대를 두서너 계단 아래로 안내하는 의식이 있었다. 계단 아래쪽 작은 식탁에는 환자가 먹을 음식이 마련되어 있었다.

　하지만 그 순간이 왔을 때 단식 광대는 부인의 안내를 거부했다. 자신에게 몸을 굽히며 손을 내미는 부인의 손에 앙상한 자신의 팔을 올려놓긴 했으나 일어나려고 하진 않았다. 사십 일이 지난 지금, 왜 단식을 중단해야 하는 것인가? 그는 아직도 무한정으로 계속 단식을 할 수 있다고 생각했다. 그런데 왜 이러한 단식의 절정에서 멈추어야만 하는 것인가? 왜 사람들은 내가 단식을 계속할수 있는 영예를 빼앗으려는 것인가? 전 시대를 통틀어 최대의 단식 광대가 될 수 있는 영예를 넘어서―아니, 현재 나는 이미 그런상태일지도 모른다―아무도 닿지 못한 어마어마한 경지에 이르는것이 목표인데 말이다. 그는 단식을 하면서 스스로에게 어떠한 한계도 느끼지 못했다. 자신에게 이토록 찬사를 보내는 사람들은 왜내가 단식을 계속할 수 있도록 참아주지 못하는 것인가? 나는 계속 단식할 수 있는데 왜 그들은 참지 못하는 것인가?

그는 지쳐서 짚더미 위에 앉아 있었다. 이제 얼른 일어나 생각만 해도 역겨운 음식이 있는 곳으로 가야 했다. 그는 부인들 앞에서 차마 역겹다고 할 수 없었기에 참고 있었던 것이다. 그는 겉으로 보기엔 친절하지만 실제로는 너무도 잔인한 부인들의 눈을 바라보며 가느다란 목 위에 매달린 무거운 머리를 흔들었다. 그때늘 해왔던 의식이 거행되었다. 공연 관리자가 와서 아무 말 없이―음악이 너무 시끄러웠기에 아무 말도 할 수 없었다―단식 광대의 팔을 머리 위로 치켜드는 것이었다. 그것은 이 짚더미 위에있는 가엾은 순교자를 하느님께서 굽어 살펴주시라는 의식 같기도 했다. 그는 단식 광대였지만 전혀 다른 뜻에서 순교자이기도했다. 공연 관리자는 마치 깨지기 쉬운 물건을 다루듯 아주 조심스럽게 비쩍 마른 광대의 몸을 붙들었다. 그가 아주 살짝 단식 광대의 몸을 흔들었음에도 광대는 몸을 가누지 못해 다리와 상체가 흔들렸다. 광대는 곧 이러한 모습을 지켜보고 있던 창백한 얼굴의 부인들에게 건네졌다.

광대는 이 모든 것을 견뎌냈다. 광대의 머리는 가슴 위로 늘어져 있어 곧 굴러 떨어질 것만 같았다. 그의 몸은 속이 텅 빈 껍데기 같았다. 자기 보존 본능으로 두 다리는 땅을 딛고 서 있었지만 마치 허공인 것처럼 허우적거렸다. 가벼운 그의 몸은 한 부인에게 전적으로 의지하고 있었다. 부인은 숨을 헐떡였는데, 명예로운 일이 이런 일일 줄은 상상도 못 했던 것이다. 그녀는 광대의 얼굴에 자신의 얼굴이 닿지 않도록 목을 길게 빼고 있었다. 하지만 그 일은 뜻대로 되지 않았다. 반면에 다른 부인은 다행이라고 생각하고 있었다. 그녀는 그 부인을 도와줄 생각은 하지 않고, 바싹 마른 단식 광대의 떨리는 손을 붙잡으며 만족스러운 얼굴을 하고 있었다. 입장이 난처해진 부인은 관객들이 웃음을 터뜨리자 참지 못하고 울음을 터뜨렸고, 미리 대기하고 있던 남자 직원과 교대했다. 곧 음식이 나왔다. 공연 관리자는 반쯤 실신해 잠이 든 것 같은 광대에게 음식을 조금 흘려 넣어주었다. 그러면서 관객의 시선을 돌리기 위해 재치 있는 말들을 늘어놓았다. 마치 단식 광대가 공연 관리자에게 건배를 하자고 속삭이기라도 한 듯이 공연 관리자는 관객들에게 이 말을 전했다.

연주자들은 나팔 소리를 한껏 드높이며 관객들을 최고조로 흥분시켰고 모든 행사가 마무리되었음을 알렸다. 이것에 불만을 드러내는 사람은 없었다. 다만 단식 광대 자신만이 스스로 만족하지 못했을 뿐이었다.

그는 정기적으로 짤막한 휴식을 취하면서 오랜 세월 동안 이렇게 살아왔다. 남들이 보기에는 영예를 안고, 다른 사람들에게 존경받으며 살아왔지만 그는 항상 우울했다. 하지만 아무도 그의 이런 감정 상태를 이해할 수 없었기에 그는 더욱 우울해졌다. 어떻게 그를 위로해 주어야 하는 것인가? 그는 무엇을 원하고 있는 것인가?

그러던 어느 날, 어떤 선량한 사람이 단식 광대에게 다가와 그가 우울한 이유는 단식 때문일 거라고 말했다. 그땐 단식 행위가 한창 진행되던 때였다. 그 말을 들은 단식 광대는 짐승처럼 분노하며 우리의 창살을 흔들어대 관객들을 몹시 놀라게 하기도 했다. 하지만 공연 관리자에게는 이런 일에 대비해 마련해 둔 해결책이 있었다. 그는 모여 있는 관객을 향해, 단식 행위는 사람을 예민하게 만들기 때문에 배부른 사람은 이해하기 어렵다며, 그런 만큼 단식 광대의 행동을 용서해 달라고 말했던 것이다. 그러면서 공연 관리자는 단식 광대가 지금껏 해왔던 것보다 더 오랫동안 단식을 할 수 있다는 주장을 했다며 그의 대단한 노력과 훌륭한 의지, 위대한 자기 부정에 대해 찬사를 늘어놓았다. 그러면서 공연 관리자는 자신의 주장을 뒷받침하기 위해 그곳에서 팔고 있는 여러 사진들을 관객들에게 보여주기도 했다. 그것은 단식 사십 일째가 되던 날, 불면 날아 갈 것처럼 몹시 야윈 단식 광대가 힘없이 침대에 누워 있는 사진들이었다. 단식 광대는 진실과는 거리가 먼 이런 왜곡된 행위에 대해 잘 알고 있었지만 이런 일을 마주할 때마다 그는 몹시 실망하며 약한 모습을 보였다. 이것은 과거의 단식이 어떤 결과를 가져왔는지 보여주는 것이었다. 하지만 단식 광대에게 자신을 이해하지 못하는 세상과 맞서 싸우는 것은 불가능한 일이었다.

광대는 굳은 신념을 갖고 공연 관리자를 주시하고 있었지만, 그는 그 사진들만 보면 창살에서 손을 떼고 짚더미 위로 주저앉곤 했다. 그러다 다시 마음을 가다듬고 나면 관객들은 다시 가까이 모여들어 그를 구경하곤 했다.

이러한 장면을 목격했던 사람들이 몇 년 후에 그 당시를 회상해 본다면 자신이 그때 왜 그랬는지 알 수 없을 것이다. 몇 년 사이 아주 큰 변화가 생겼던 것이다. 거의 갑작스럽게 생긴 일이었다. 그 변화에는 어떤 심오한 이유가 있을 수도 있겠으나 아무도 변화의 원인을 찾아내려 하진 않았다.

대중들로부터 많은 사랑을 받아오던 광대는 어느 날 갑자기, 늘 흥밋거리를 찾아 움직이는 대중들이 새로운 재미를 찾아 자신에게서 떠난 것을 알게 되었다. 그래서 광대는 예전처럼 자신에게 관심을 갖는 곳이 있을까 해서 공연 관리자와 함께 유럽의 반을 돌아다녔으나 소용없는 일이었다. 어디를 가나 단식 행위를 혐오하는 풍

조가 형성되어 있었기 때문이다. 이런 일이 하루아침에 생겨난 것은 아닐 것이다. 돌이켜보면 그는 단식 행위가 인기 절정이었을 때 주의를 기울였어야 했는데 그 당시 무심코 지나쳐버렸고, 지금의 사태를 암시하는 징후들이 있었다는 것을 이제야 떠올렸다.

하지만 이제 와서 대책을 세우는 것은 너무 늦은 일이었다. 그는 언젠가는 다시 단식이 흥행할 것이란 확신이 있었으나 지금 시대의 사람들은 아무도 그것에 관심이 없었다. 그러면 이제 단식 광대는 무엇을 해야 할까? 많은 사람들의 박수갈채를 받았던 그가 작은 도시에 있는 소극장 무대에 설 수는 없었고 다른 일을 알아보기엔 너무 늙었다. 무엇보다 광대는 여전히 단식에 대한 열정이 가득했다.

그래서 단식 광대는 그토록 손발이 잘 맞았던 공연 관리자와 작별하고 어느 큰 서커스단에 입단했다. 그는 자신의 예민한 마음이 다칠까 봐 계약 조건 같은 것은 따져보지도 않았다.

서커스단은 늘 많은 사람들과 동물들, 그리고 여러 기구들이 보충되는 곳이었기에 언제든 활용 가능한 사람들과 도구들이 갖춰져 있었다. 단식 광대 역시 서커스단의 요구에 따라 행동해야 했다. 광대는 그와 더불어 과거에 누렸던 명성까지도 함께 고용된 것이었다. 사실 나이를 먹는다고 단식을 하는 그의 특기가 줄어드는 것은 아니었기에, 전성기를 지나 퇴물이 된 광대가 안정된 서커스단으로 왔다고는 할 수 없을 것이다.

반면에 단식 광대는 예전과 마찬가지로 단식을 할 수 있다고 선언했는데, 그는 자신의 의지대로 할 수 있게 허락해 준다면 세상을 깜짝 놀라게 할 수 있다고 주장했다. 사람들은 그의 뜻대로 하라고 말했다. 하지만 세상의 분위기를 모르고 흥분에 도취되어 있던 광대의 이러한 주장은 단식 관계자들 입장에서 비웃음을 사기에 충분했다.

　하지만 단식 광대도 세상의 분위기를 아주 모르진 않았기에 자신의 우리가 서커스장 한가운데에 들어서지 못하고 사람들의 발길이 잦은 마구간 근처에 놓이게 된 것을 당연하게 받아들였다. 다양한 색깔로 쓰인 선전 문구가 우리를 둘러싸고 있었고, 어떤 행사가 진행되고 있는지 알리고 있었다.

　관객들이 공연 중간에 동물을 구경하러 마구간으로 몰려들었으나 단식 광대 근처에는 아주 잠깐 머물다 금방 자리를 떴다. 마구간으로 가던 사람들은 왜 사람들이 좁은 통로에 멈춰 서 있는지 궁금했다. 단식 광대를 구경하고 있던 사람들마저도 그들에게 떠밀려 그 앞에 오래 머물지 못했다. 단식 광대는 이렇게 몰려드는 사람들을 기다리는 게 삶의 목적이기도 했지만 한편으로 이 시간이 다가오면 광대는 몸서리를 쳤다. 처음에는 단식 광대 역시 공연 중간의 휴식 시간을 기다리며 밀려오는 관객들을 황홀하게 바라보곤 했다. 하지만 그는 곧 관객들이 마구간으로 가기 위해 그곳을 지나가는 것임을 알게 되었다. 광대는 완강한 의지를 가지고 의도적으로 자신을 속이려 했으나 경험에서 비롯된 이러한 괴로움에 대항할 순 없었다. 어쨌든 멀리서 볼 때 관객들의 모습은 장관이었다. 그들이 광대에게 가까이 왔을 때에는 서로 소리를 지르며 난리를 피워 한바탕 소동이 일어났기 때문이다. 광대를 차분하게 보고 싶어 하는 사람도 있었지만 그들 중에는 그저 시간을 때우거나 재미삼아 보는 이들도 있었다. 단식 광대는 그러한 사람들 때문에 더욱 괴로웠다.

한편 물밀듯 밀려오던 관객들이 지나가고 나면 뒤처진 사람들이 왔다. 그들은 마음만 먹으면 편안하게 광대를 볼 수 있었지만 그들은 오로지 동물을 구경하기 위해 단식 광대에겐 눈길조차 주지 않고 빠르게 스쳐 지나갔다. 가끔은 아이를 데리고 온 아버지가 단식 광대를 손가락으로 가리키며 그가 무슨 일을 하는 사람인지 설명해 주기도 했다. 아버지는 아이에게 과거에 단식 광대는 아주 큰 공연장에서 멋진 공연을 했다는 이야기를 해주었다. 그럴 때면 단식 광대는 행복했다. 아이들은 학교에서나 가정에서도 들어보지 못한 얘기였기 때문에 이해하기 어려웠지만 단식이 무엇인지 궁금해하며 호기심 가득한 눈빛을 보였는데, 이것은 광대에게 축복받은 새로운 미래가 다가오고 있음을 예고하는 것이었다. 그럴 때면 단식 광대는 자신이 있는 곳이 마구간 근처만 아니었어도 좀 더 상황이 나았을 거라며 혼잣말을 하곤 했다.

그러나 서커스단 측에서는 마구간의 냄새, 밤만 되면 소란을 피우는 동물들, 맹수들에게 줄 날고기를 운반하는 것, 또 먹이를 줄 때 울부짖는 맹수들의 소리가 광대의 기분을 상하게 하고 심란하게 만든다는 것을 알면서도 신경 쓰지 않았다. 이런 상황에서도 광대는 감독에게 자리를 옮겨달라는 부탁을 하지 못했다. 손님이 이렇게 많은 것은 그나마 동물들 덕분이고 그 때문에 자신을 찾아오는 관객이 있다고 생각했기 때문이다. 게다가 그가 자신의 존재를 드러내려 했다가는, 자신은 오로지 마구간으로 가는 통로를 방해하는 존재라는 것을 재차 확인시키며 어느 구석에 내팽개쳐질지도 모를 일이기 때문이었다.

물론 광대는 작은 방해물에 불과하였고, 그것도 점점 작아지고 있는 방해물일 뿐이었다. 오늘날 단식 광대가 사람들의 이목을 끈다는 것은 이상한 일이었고, 이러한 분위기는 현재 그에 대한 사람들의 인식을 드러내는 것이었다.

그는 자신의 단식 능력의 한계를 시험해 보고 싶었고 이미 그렇게 하고 있었지만 더 이상은 그 무엇도 그를 구원해 주지 못했다. 사람들은 그에게 눈길 한 번 주지 않고 스쳐 지나갔다. 아무나 붙들고 단식이 무엇인지에 대해 설명을 해보라! 그것을 느끼지도 못하는 사람들에게 이해시킬 순 없는 것이다. 아름다웠던 선전 문구들은 더럽혀지고 읽을 수도 없을 만큼 지저분해졌다. 그러다 결국 찢어지고 말았지만 아무도 그것을 새로 만들어 붙여야겠다고 생각하진 않았다.

며칠 동안 단식을 한다고 써 붙였던 작은 숫자판도 처음에는 매일 신경 써서 새롭게 기록하곤 했었지만, 언젠가부터 같은 내용이 적혀 있었다. 그것을 기록하던 단원도 며칠이 지나자 슬슬 귀찮아지기 시작했던 것이다.

단식 광대는 예전에 꿈꾸었던 대로 계속 단식을 했다. 그리하여 그는 자신이 예언했던 기록을 돌파했지만 누구도 그 날짜를 세지 않았기에 광대 자신조차도 자신이 얼마의 기록을 세웠는지 알 수 없었다. 그는 괴로웠다.

그러던 어느 날, 그의 앞을 한가로이 지나가던 행인이 그 오래된 숫자를 비웃으며 사기라고 비아냥거렸다. 그가 말하길, 그 숫자는 사람들의 무관심 속에서 사악함이 만들어낸 가장 악독한 거짓이라는 것이다. 하지만 단식 광대는 결코 사람들을 속이지 않았다. 그는 성실하게 일했으나 세상이 그를 기만하고 제대로 된 보상을 해주지 않았던 것이다.

그 후 오랜 시간이 흘렀고 그런 상태도 끝이 난 어느 날, 감독이 단식 광대의 우리를 보고는 쓸모 있는 우리를 왜 썩은 짚더미만 채워둔 채 방치하고 있느냐고 직원에게 물었다. 하지만 아무도 그 이유를 알지 못하다가 근처에 있던 숫자판을 발견하고 나서야 단식 광대를 기억해 냈다. 사람들은 막대기로 짚더미를 들춰보다가 그 속에 있는 광대를 발견했다.

"아니, 자네 아직도 단식을 하고 있는 건가? 대체 그 단식은 언제 끝나는 것인가?"

감독이 물었다.

"용서하십시오, 여러분."

단식 광대가 아주 작은 목소리로 말했다. 창살에 귀를 바짝 갖다 댄 감독만이 그 소리를 들을 수 있었다.

"물론이지. 용서해야지."

감독은 손가락을 광대의 이마에 갖다 대면서 사람들에게 단식 광대의 상태가 어떤지 알려주었다.

"저는 계속 단식을 해서 여러분을 놀라게 해주고 싶었습니다."

단식 광대가 말했다.

"그럼, 우리도 놀라고 있지."

감독이 말했다.

"하지만 놀라지 마십시오."

단식 광대가 말했다.

"그래, 그렇다면 놀라지 않겠네."

감독이 이어서 말했다.

"그런데 왜 놀라면 안 되는 것인가?"

"단식은 제가 당연히 해야 하는 것이고, 저로선 다른 방법이 없으니까요."

단식 광대가 말했다.

"무슨 뜻인가? 왜 다른 방법이 없다는 건가?"

감독이 물었다.

단식 광대는 작은 머리를 간신히 들어 올려 키스라도 하듯 입술을 뾰족하게 내밀며 감독의 귀에 갖다 댔다. 자신의 말이 조금이라도 새어나가지 않도록 하기 위해서였다.

"저는 맛있는 음식을 찾지 못했기 때문입니다. 맛있는 음식을 찾았다면 아마도 저는 사람들의 관심을 끌려고도 하지 않았을 것이며, 당신이나 다른 사람들처럼 배불리 먹으며 살았을 겁니다."

이것은 단식 광대가 남긴 마지막 말이었다. 하지만 광대의 흐려진 눈에는 계속 단식을 할 수 있다는 자부심과 확신이 담겨 있었다.

"자, 그만 처리하지."

감독이 말했다. 그러자 사람들은 단식 광대를 짚더미와 함께 묻었다. 그리고 그가 있던 우리에는 어린 표범 한 마리를 넣었다. 오랫동안 폐허처럼 방치되었던 우리에서 표범이 뒹구는 모습은 아무리 무딘 사람에게도 활기를 불어넣어 주었다.

감시원들은 아무런 고민도 하지 않고 표범이 좋아하는 음식을 가져다주었다. 표범은 자유조차도 그립지 않은 듯했다. 필요한 모든 것은 넘칠 만큼 다 갖추고 있던 표범의 고상한 몸뚱이는 자유도 함께 지니고 있는 것 같았다. 그 자유는 표범의 이빨에도 깃들어 있는 듯했다. 또한 표범의 목구멍에선 사람들이 결코 참을 수 없을 만큼 강렬한 열기가 뿜어져 나왔다. 그럼에도 불구하고 관중들은 우리 주변으로 몰려들었고 누구도 그곳을 떠나려 하지 않았다.

유형지에서

"정말 신기한 장치지요?"

　장교는 탐험가에게 이렇게 말한 뒤 새삼 놀란 눈빛으로 낯익은 장치를 바라보았다. 탐험가는 여행 중이었는데, 상관의 명령을 거스른 죄로 형을 선고받은 한 병사의 사형 집행에 참석해 달라는 사령관의 제의를 받고 온 것이었다. 탐험가는 예의상 그 제의를 승낙했다. 그러나 이런 처형에 관해서는 이미 이곳 유형지 사람들도 관심을 갖지 않은 지 꽤 오래되었다.

　사방이 적막한 산으로 둘러싸인, 온통 모래밭 천지인 이 골짜기에는 장교와 탐험가, 입이 크고 머리와 수염이 덥수룩하며 얼굴이 시커먼 사형수와 사병만 있을 뿐이었다. 사병은 쇠사슬을 쥐고 있었는데, 여러 갈래로 나뉜 사슬은 사형수의 발목과 손목, 목을 묶고 있었으며 그 가는 쇠사슬 위에 다시 굵은 사슬이 얽혀 있었다. 사형수는 너무 온순했기에 만약 쇠사슬을 풀어준다 해도 언덕을 자유롭게 돌아다니다가 사형 집행을 알리는 휘파람만 불면 금세 다시 돌아올 것만 같았다.

탐험가는 이 장치에 그다지 흥미를 느끼지 못했다. 그는 무심한 얼굴로 사형수 뒤에서 서성거렸다. 반면 장교는 장치를 묻을 땅 속으로 기어들어가기도 하고 사다리를 타고 올라가 장치의 윗부분을 꼼꼼히 살피기도 했다. 이런 일은 기계 병사의 몫이었으나 그는 유독 이 장치에 관심이 많아서인지 아니면 남의 손에 맡길 수 없는 다른 이유가 있는 것인지는 몰라도 스스로 이런저런 일을 직접 처리하고 있었다.

"이 정도면 되겠군!"

장교는 이렇게 외치며 사다리에서 내려왔다. 힘이 들었는지 입을 벌리며 숨을 몰아쉬고 있었는데 군복 깃 속에는 부드러운 여성용 손수건 두 장이 덧대어 있었다.

"그런 군복으로 이런 열대 지방에서 버티시기 힘드시겠군요."

탐험가는 장교의 기대와는 달리 장치에 대해서는 아무런 언급도 하지 않으며 이렇게 말했다.

"그렇습니다."

장교는 이렇게 말하며 준비해 두었던 물통에다 기름 묻은 손을 씻었다.

"하지만 이 군복은 조국의 상징입니다. 우리는 조국을 잃고 싶지 않습니다. 그건 그렇고 이 장치를 좀 보십시오."

장교는 손수건으로 손을 닦으며 장치를 가리켰다.

"얼마 전까진 일일이 다 손으로 해야 했지만 이제는 이 장치가 알아서 다 처리해 줍니다."

탐험가는 고개를 끄덕이며 장교의 뒤를 따라갔다. 장교는 만일을 위한 대비였는지 이런 말도 덧붙였다.

"물론 가끔 고장도 납니다만 오늘은 그렇지 않을 겁니다. 그래도 알 수 없는 일이지요. 장치가 워낙 쉴 새 없이 작동되고 있으니까요. 뭐, 고장이 난다 해도 크게 문제될 것은 없습니다. 금방 수리가 되니까요. 좀 앉으시겠어요?"

장교는 잔뜩 쌓여 있는 등나무 의자들 중에 하나를 꺼내 탐험가에게 권했다. 거절할 수 없었던 탐험가는 커다란 구덩이 옆에 앉아 그곳을 들여다보았다. 구덩이는 그다지 깊지 않았다. 구덩이 한쪽에는 파헤쳐진 흙이 둑처럼 높게 쌓여 있었고, 맞은편에 그 장치가 놓여 있었다.

"사령관께서 이 장치에 대해 이미 말씀하셨는지는 모르겠지만."

장교는 이렇게 말했다. 그러자 탐험가는 그렇다는 건지 아니라는 건지 모를 애매한 손짓을 했다. 장교는 기회는 이때다 싶었는지 반색을 표했다.

"이 장치는……."

장교는 레버를 붙들고 몸을 기대며 말했다.

"전임 사령관께서 발명하신 겁니다. 저는 이 장치를 계획할 때부터 완성될 때까지 그분을 도와드렸습니다. 물론 이 장치를 발명한 것은 전부 전임 사령관의 공로겠지요. 혹시 전임 사령관에 대해 들으셨습니까? 이 유형지를 만드신 것도 온전히 그분의 공이라 해도 과언이 아닐 겁니다. 이 유형지가 너무도 완벽하게 설계되었기에, 후임들이 계획을 세워 새로운 시설을 만든다 해도 소용없는 일이라 생각했습니다. 역시나 예상대로였지요. 신임 사령관도 인정했습니다. 전임 사령관을 모르신다니 유감이군요. 그런데."

장교는 잠시 쉬었다가 계속 말을 이었다.

"제가 너무 장황하게 늘어놓아서 미안합니다만, 어쨌든 우리 눈앞에 있는 이 장치가 바로 전임 사령관이 발명하신 장치인 겁니다. 보시다시피 장치는 세 부분으로 나뉘어 있습니다. 시간이 지나면서 각 부분에 속칭이 생겼는데 밑에는 침대, 위쪽은 제도기, 그리고 가운데 늘어진 부분은 써레라고 불리지요."

"써레요?"

탐험가가 물었다. 그는 장교의 말에 귀를 기울이지 않았기에 재차 확인했던 것이다. 햇볕이 너무 강한 그늘 한점 없는 골짜기는 열기로 가득 차 숨이 턱턱 막혀왔기에 집중할 수 없었다. 그럼에도 장교는 커다란 견장을 달고 그 위로 체인을 늘어뜨린 군복을 입은 채로 열심히 설명하면서 동시에 이곳저곳에 있는 나사들을 바쁘게 조이고 있었다. 그런 장교의 모습을 보며 탐험가는 경탄하지 않을 수 없었다. 사병은 양쪽 손목에 사형수를 맨 사슬을 감고

한 손으로 총을 잡은 채 몸을 기대고, 머리는 아래로 힘없이 늘어
뜨리고는 무관심한 태도로 멍하니 서 있었다. 탐험가는 사병의 그
런 태도를 당연하게 생각했다. 장교는 프랑스어로 말하고 있었는
데 사병도 사형수도 그 말을 알아들을 수 없었기 때문이었다. 그
럼에도 사형수는 장교의 말에 귀를 기울이고 있었다. 그는 반쯤
감긴 눈으로 장교가 가리키는 곳을 바라보았고, 장교가 탐험가를
바라보자 그와 똑같이 탐험가를 바라보았다.

"맞습니다. 써레입니다."

장교가 말했다.

"잘 어울리는 이름이지요. 써레처럼 여러 개의 바늘이 달려 있
고 또 써레와 같은 역할을 하기 때문이지요. 다만 한 군데로 역할
이 집중된다는 점에서 좀 다를 뿐, 오히려 써레보다 더 정교하게
만들어졌답니다. 곧 알게 되실 겁니다. 이 침대 위에 사형수가 눕
게 됩니다. 먼저 장치에 대한 설명을 해드려야 나중에 작동할 때
이해하기가 쉬우실 겁니다. 그리고 제도기의 톱니바퀴는 너무 닳
아서 일단 작동하기 시작하면 무척 시끄러운 소리를 낼 겁니다.
옆 사람이 이야기하는 소리도 들리지 않을 정도니까요. 이곳에서
는 이 장치의 부속품을 구하기가 어렵습니다. 그리고 이 부분이
방금 말씀드린 침대입니다. 여기에 솜을 누빈 요가 깔리게 되지
요. 그것의 용도는 곧 알게 되실 겁니다. 이 요 위에 사형수를 엎
드리게 합니다. 물론 아무것도 입히지 않습니다. 그리고 이것이

사형수를 꼼짝 못 하게 팔을 묶어놓을 가죽끈입니다. 이것은 발을, 또 이것은 목을 묶는 것이지요. 방금 말씀드린 것처럼 이쪽 침대 머리맡, 사형수의 얼굴이 닿는 부분에는 펠트 뭉치가 놓여 있습니다. 이것은 조절하기 쉬운데 사형수가 소리 지르거나 혀를 깨무는 것을 방지하기 위해 입을 틀어막는 것이지요. 물론 사형수는 입에 펠트를 물 수밖에 없습니다. 그렇지 않으면 목에 맨 가죽띠 때문에 목이 부러지게 되니까요."

"이게 솜이란 말인가요?"

탐험가가 물으며 몸을 굽혀 확인했다.

"그렇습니다."

장교가 웃으며 말했다.

"만져보십시오."

장교는 탐험가의 손을 잡아끌어 침대 위를 만져보도록 했다.

"특별히 제작된 솜이지요. 언뜻 보면 보통 솜처럼 보이지만요. 이 요의 용도는 잠시 후에 말씀드리지요."

탐험가는 점점 이 장치에 관심이 생기기 시작했다. 그는 손을 올려 햇빛을 가리며 장치를 쭉 훑어보았다. 정말 특이한 장치였다. 침대와 제도기는 크기가 비슷했기에 마치 한 쌍의 궤짝처럼 보였다. 제도기는 침대 위에서 이 미터 정도 떨어진 곳에 있었고 놋쇠 기둥이 네 귀퉁이에서 그것을 떠받치고 있었다. 햇빛을 받은 놋쇠 기둥이 번쩍거렸다. 그리고 한 쌍의 궤짝 사이로 철사 줄에 매달린 써레가 놓여 있었다.

장교는 조금 전까지만 해도 무관심한 탐험가의 태도를 눈치 채지 못하더니 그가 관심을 보이는 것은 금세 알아차린 것 같았다. 장교는 탐험가가 그 장치를 실컷 살펴볼 수 있도록 잠시 말을 멈추고 기다렸다. 사형수는 탐험가의 행동을 따라 하고 있었다. 하지만 손이 묶여 있었기에 햇빛을 가릴 수 없어 눈을 찌푸리며 장치를 보고 있었다.

"그러니 이 남자가 여기에 엎드린다는 거지요?"

탐험가는 의자 깊숙이 몸을 밀어 넣고 다리를 꼬며 말했다.

"그렇습니다."

장교는 이렇게 말하고는 모자를 뒤로 젖혀 쓰며 뜨거워진 얼굴을 매만졌다.

"침대와 제도기에 각각 전지가 있습니다. 침대는 침대 자체 때문에 전지가 필요하지만 제도기는 써레를 작동시키기 위해 필요하지요. 사형수를 침대에 묶으면 이것은 곧 움직입니다. 사방으로 흔들리면서 움직이게 되지요. 병원 침대와 비슷한 장치입니다. 다만 병원 침대와 다른 점이 있다면, 이 침대는 모든 움직임이 정확한 기계 장치로 계산되어 나타난다는 것입니다. 다시 말해 침대의 움직임과 써레의 움직임이 한 치의 오차도 없이 일치하게 되는 겁니다. 이 써레가 실질적으로 판결을 집행하는 거니까요."

"판결이라고요?"

탐험가가 놀란 듯 물었다.

"아직 모르십니까?"

장교는 입술을 깨물며 말했다.

"제 설명이 명확하지 못했던 것 같습니다. 이해해 주십시오. 전임 사령관께서는 직접 설명하셨는데 이번 신임 사령관은 이런 명예로운 일을 스스로 포기하시더군요. 이렇게 귀한 손님께서 직접 오셨는데도 말입니다."

탐험가는 자신에게 경의를 표하는 장교의 말투가 거북해서 사양한다는 뜻으로 양손을 들어 제지하려 했으나 장교는 계속 말을 이어갔다.

"신임 사령관이 이런 귀하신 분께 판결의 방식도 알려드리지 않았다니 이건 규정을 거스르는 일입니다. 이런……."

장교는 욕설이 튀어나올 뻔한 것을 겨우 참는 듯 이야기를 이어갔다.

"제겐 아무런 지시도 없었으니 제 책임은 아닙니다. 어쨌든 지금 이 판결 방식에 대해 설명할 수 있는 사람은 저밖에 없을 것 같군요. 이것 좀 보십시오."

장교는 군복 가슴에 달린 주머니를 주먹으로 치며 말했다.

"제가 전임 사령관께서 그린 장치의 설계도를 갖고 있습니다."

"사령관이 직접 그린 겁니까?"

탐험가가 물었다.

"그분은 다재다능하셨던 모양이군요. 군인에, 발명가에, 판사에, 게다가 도안까지 그리지 않으셨습니까?"

"그렇습니다."

장교는 잠시 생각에 잠긴 듯한 얼굴로 고개를 끄덕였다. 그러더니 자신의 손을 바라보며, 귀한 설계도를 만지기엔 너무 더럽다는 생각이 들었는지 물통이 있는 곳으로 가서 손을 씻고는 가죽 지갑을 꺼냈다.

"이 판결이 결코 지나치다고 생각하진 않습니다. 단지 죄수의 몸에 자신의 죄목을 새길 뿐이니까요. 예를 들어 이 사형수 같은 경우에는."

장교는 옆에 있던 사형수를 가리키며 말했다.

"'상관에게 복종하라' 라는 문구가 새겨질 겁니다."

그러자 탐험가는 사형수를 슬쩍 바라보았다. 사형수는 고개를 숙인 채 그들이 무슨 이야기를 하는지 귀 기울이려 애쓰는 것처럼 보였다. 그러나 그의 꼭 다문 입으로 미루어 봤을 때, 그는 아무것도 알아듣지 못한 것 같았다. 탐험가는 장교에게 묻고 싶은 게 많았으나 사형수를 보니 더 이상 마음이 내키지 않아 겨우 이렇게 물었다.

"사형수도 본인의 판결 내용을 알고 있습니까?"

"전혀 모릅니다."

장교는 이렇게 말하며 계속 설명을 이어가려고 했으나 탐험가가 재빨리 다시 물었다.

"자기의 판결도 모른다고요?"

"모릅니다."

장교는 같은 대답을 되풀이하면서 탐험가가 왜 그런 질문을 했는지에 대한 부연 설명을 기다리는 듯 잠시 말을 멈추었다. 그러다 곧 말을 이었다.

"굳이 설명할 필요가 있겠습니까? 곧 체험하게 될 텐데요."

그때 탐험가는 사형수가 자신을 바라보고 있다는 것을 느꼈다. 그래서 더 이상 아무 말도 하지 않았다. 마치 사형수는 탐험가에게, 방금 장교가 했던 말을 시인할 수 있는지 묻고 싶은 듯했다. 탐험가는 의자에 기대고 있던 몸을 일으켜 세우며 물었다.

"그래도 자기가 어떤 형을 선고받았는지는 알 것 아닙니까?"

"그것도 모르고 있습니다."

장교는 그렇게 말하며 탐험가의 계속되는 반응에 기분이 들떠 그에게 미소를 지었다.

"그럴 수가!"

탐험가는 자신의 이마를 매만졌다.

"그렇다면 사형수는 지금도 자신의 변호가 얼마나 인정되었는지도 모르겠군요?"

"그렇습니다. 변호할 기회도 없었으니까요."

장교는 이렇게 말하며, 너무도 명명백백한 사실을 말해 봤자 탐

험가만 멋쩍어질 것 같아 이쯤에서 그만두겠다는 얼굴로 시선을
돌렸다.

"그래도 변호할 기회는 줘야 되는 것 아닙니까?"

탐험가는 이렇게 말하며 의자에서 일어났다.

장교는 장치를 설명할 시간이 부족할 것 같아 걱정하며 한 손으
로는 탐험가의 팔을 잡고 다른 한 손으로 사형수를 가리켰다. 그
러자 사형수는 그들이 자신의 이야기를 하고 있다는 걸 알았는지
그 자리에서 얼어붙었고 그 바람에 사병이 쥐고 있던 쇠사슬이 팽
팽하게 당겨졌다. 장교가 말을 이었다.

"그 이유를 말씀드리겠습니다. 저는 이 유형지의 판사로 임명되
었습니다. 젊은 나이지만 사건이 있을 때마다 전임 사령관을 도왔
으며 이 장치에 대해서는 누구보다 잘 알고 있기 때문이지요. 저
는 명백한 사건에 대해서만 판결을 내리는 것을 원칙으로 삼고 있
습니다. 물론 배심제가 있고 항소할 수 있는 재판의 경우에는 다
르겠지만요. 하지만 이 유형지에는 그런 절차는 없습니다. 적어도
전임 사령관이 계셨을 때까지는요. 그런데 신임 사령관이 오고 나
서부터 그가 저의 재판에 관여하려고 하더군요. 지금까지는 제지
할 수 있었습니다. 물론 앞으로도 크게 걱정할 것은 없을 겁니다.
당신께서 이번 판결에 대해 궁금하신 게 많으신 듯하군요. 그러나
보통의 사건과 별반 다를 게 없습니다.

저 녀석은 오늘 아침 중대장의 사무실 앞을 지키게 되어 있었지

요. 그런데 늦잠을 잤지 뭡니까. 그래서 근무 태만으로 고발을 당했지요. 저 녀석의 의무는 한 시간마다 중대장의 방문 앞에서 경례를 하는 것이었습니다. 크게 어려운 일도 아니었습니다. 당연한 의무이기도 하고요. 그런데 어젯밤 두 시쯤 중대장이 부하가 보초를 잘 서고 있는지 확인하기 위해 문을 열어보았는데, 글쎄 저 녀석이 몸을 웅크리고 무릎에 얼굴을 묻고 잠을 자고 있었다는 겁니다. 화가 난 중대장은 승마용 채찍을 들고 저 녀석의 얼굴을 내리쳤답니다. 그런데 잠에서 깬 저 녀석은 용서를 빌기는커녕 중대장의 다리를 붙잡고는 '채찍을 내려놓으시오. 안 그러면 죽여버리겠소.' 라고 소리쳤답니다. 이것이 사건의 전말입니다.

그래서 중대장이 한 시간 전에 저를 찾아왔고 저는 그의 진술을 기록하여 판결을 내린 겁니다. 그리고 나서 저 녀석을 쇠사슬로 묶으라고 지시했습니다. 아주 쉽게 마무리된 사건이지요. 만약 제가 저 녀석을 불러 이런저런 심문을 했다면 저 녀석은 어떻게든 거짓 진술을 했을 테고, 제가 그걸 반박하면 저 녀석은 또 다른 거짓말을 늘어놓았겠지요. 그렇게 거짓말은 끝도 없이 반복되었을 겁니다. 어쨌든 이렇게 체포했으니 이젠 어쩔 수 없겠지요. 그럼 이쯤에서 설명을 끝내도 되겠습니까? 벌써 집행을 시작했어야 하는데 너무 지체됐습니다. 아직 장치에 대한 설명도 다 끝내지 못했으니 서둘러야겠군요."

장교는 탐험가에게 의자에 앉으라고 권하며 장치가 있는 곳으로 다가가 말을 이었다.

"보시면 아시겠지만 이 써레는 사람의 몸에 맞게 설계되었습니다. 이것은 상체에, 또 이것은 다리에 쓰이는 써레지요. 이 작은 써레는 머리에 사용되는 것입니다. 이해되십니까?"

장교는 좀 더 포괄적인 설명을 하기 위해 탐험가를 다정하게 바라보며 인사를 하고는 설명을 이어갔다. 탐험가는 인상을 찌푸리며 써레를 쳐다보았다. 장교의 재판 절차가 만족스럽지 못했기 때문이다. 그러나 그는 이곳이 유형지라는 특수한 장소이고, 군대식으로 조치를 취하는 것이 잘못된 일은 아닐 거라고 생각하며 스스로를 달랬다. 그러면서도 탐험가는 신임 사령관에게 희망을 걸어보기로 했다. 신임 사령관은 이 융통성 없는 장교가 이해하지 못하는 새로운 방법을 시도하려는 것 같았기 때문이다. 아무래도 시간은 좀 걸릴 듯싶었다. 탐험가는 신임 사령관을 염두에 두고 다시 질문했다.

"집행할 때 사령관도 오시나요?"

"글쎄요, 잘 모르겠습니다."

장교는 그의 질문이 불쾌했는지 지금껏 다정했던 표정이 순식간에 일그러졌다.

"제가 서두르는 이유도 그 때문입니다. 그래서 설명도 간단히 해야겠습니다. 내일 이 장치가 깨끗해지면—너무 더러워지는 것이 이 장치의 유일한 단점입니다—보충 설명을 드리겠습니다. 지금은 핵심만 간단히 말씀드리지요. 저 녀석이 침대 위에 누우면 침대는 가볍게 진동하게 됩니다. 그때 써레가 위에서 몸을 향해 내려오게 되지요. 써레는 자동으로 조절되면서 몸에 살짝 닿게 되고, 체구에 맞게 조절이 되면 이 철사 줄이 팽팽하게 당겨집니다. 그러면 써레가 작동하게 되지요. 모르는 사람들은 형이 집행되고 있다는 사실도 알아채지 못하고, 써레가 계속 같은 동작으로 움직인다고 생각하지요. 하지만 써레는 빠르게 움직이면서 바늘 끝으로 계속 몸을 찌르고, 침대의 진동 때문에 몸도 계속 흔들리게 되지요. 써레는 누구나 집행 장면을 잘 볼 수 있도록 유리로 만들어져 있습니다. 써레에 바늘을 박고 고정시키는데 몇 가지 어려운 점이 있었기에 많은 공을 들였지요. 그렇게 수많은 연구 끝에 성공하게 되었습니다. 저희들이 꽤 고생을 했지요. 하지만 그 덕분에 유리를 통해 몸에 어떤 글자가 새겨지는지 누구나 다 볼 수 있게 되었지요. 이쪽으로 오셔서 이 바늘을 좀 살펴보시겠습니까?"

그러자 탐험가는 천천히 자리에서 일어나 장치가 있는 곳으로 다가가 몸을 굽혀 써레 바늘을 살펴보았다.

"보시다시피 두 종류의 바늘이 여러 가지 모양으로 달려 있습니다. 긴 바늘 옆에는 꼭 짧은 바늘이 있는데, 긴 바늘이 글자를 새기면 짧은 바늘에서 물이 뿜어져 나와 피를 씻어주치요. 그렇게 되면 새긴 글자가 또렷하게 보이게 됩니다. 피는 여러 개의 작은 통에 떨어졌다가 큰 통으로 흘러들며, 다시 배수관을 통해 땅속으로 떨어지게 됩니다."

장교는 피가 흐르는 경로를 손가락으로 일일이 가리키면서 말했다. 게다가 더욱 자세히 묘사하기 위해 배수관에 두 손을 대고 피를 받는 시늉까지 했다. 그러자 탐험가는 장교의 그런 행동이 거북했는지 몸을 일으키고는 머리를 돌려 원래 있던 자리로 돌아가려고 했다. 바로 그때 장교가 사형수에게 가까이 와서 장치를 보라고 말했다. 그러자 사형수는 몸을 굽혀 유리를 통해 써레를 들여다보았다. 그러는 바람에 쇠사슬이 당겨져 졸고 있던 사병은 앞으로 조금 끌려왔다. 사형수는 상관들이 보고 있던 장치가 무엇인지 들여다보았다. 그러나 설명을 알아듣지 못했기에 무슨 장치인지는 알지 못했다. 그는 신기한 듯 써레를 아래위로 훑어보고 있었다. 탐험가는 어쩌면 사형수의 이러한 행동이 그의 죄를 가중시킬 수도 있다는 생각에 그를 밀쳐내려 했다. 그때 장교가 한 손으로 탐험가를 붙잡고, 다른 손으로 둑 위에 있던 흙덩어리를 사병에게 집어던졌다. 그러자 졸고 있던 사병은 놀라서 총을 내려놓고는 발을 굴러 두 다리에 힘을 주며 사형수의 쇠사슬을 세게 잡아당겼다. 그러자 사형수는 그 자리에서 쓰러졌다. 사병이 사형수에게 다가가 그를 내려다보았다. 사형수는 쇠사슬에 엉켜 버둥거리고 있었다.

"일으켜 세워!"

탐험가가 사형수에게 관심이 있다는 것을 알아챈 장교가 외쳤다. 탐험가는 써레에 관해서는 별 관심이 없었다. 그는 써레 너머로 몸을 내밀어 사형수의 모습을 관찰하고 있었다.

"살살 다뤄!"

장교가 다시 한 번 소리쳤다. 그러고는 장치를 돌아서 사형수를 향해 뛰어가더니 그의 겨드랑이 밑에 손을 넣어 사병과 함께 다리를 버둥거리는 사형수를 일으켰다.

"이 정도면 대략 알아들었습니다."

장교가 돌아오자 탐험가가 말했다.

"제일 중요한 게 남아 있습니다."

장교가 탐험가의 팔을 붙잡으며 머리 위쪽을 가리켰다.

"저 제도기 안에는 써레를 조절하는 톱니바퀴가 들어 있는데, 그것은 설계도에 따라 조절됩니다. 저는 지금도 전임 사령관의 설계도를 사용하고 있는데 이게 바로 그겁니다."

그러면서 장교는 가죽 지갑 안에서 종이 몇 장을 꺼냈다.

"죄송하지만 만지지는 마십시오. 이것은 정말로 귀한 것이니까요. 자, 앉으시지요. 이 정도 거리에서 보여드려야겠습니다. 거리를 두고 보는 게 오히려 더 잘 보일 겁니다."

장교는 먼저 종이 한 장을 보여주었다. 탐험가는 예의상 찬사를 늘어놓을 생각이었으나 아무리 봐도 그것은 그저 복잡하게 얽힌 수많은 선들이었다. 종이에는 그런 선들로 가득했기에 빈 공간은 거의 보이지 않았다.

"읽어보시겠습니까?"

장교가 말했다.

"모르겠습니다."

탐험가가 대답했다.

"아주 쉽습니다. 참, 정교하지 않습니까?"

"저는 전혀 모르겠군요."

"자세히 보시면 아실 겁니다."

장교는 웃으며 지갑을 다시 군복 주머니에 넣었다.

"학교에서 아이들에게 가르치는 글씨체와는 다르기에 해독하려면 시간이 좀 걸리지만 곧 알게 되실 겁니다. 물론 간단한 글씨는 아닙니다. 글씨가 새겨지는 순간에 바로 숨이 끊어지진 않습니다. 열두 시간이 지나야 숨이 끊어질 수 있도록 조금씩 새겨지는 그런 글씨여야 하지요. 그리고 이 장치는 여섯 시간이 지나야 다시 조절할 수 있습니다. 글씨는 몸에 띠처럼 나타나게 되며 그 주변에는 여러 문양이 새겨지게 되지요. 이제 이 써레뿐만 아니라 이 장치가 얼마나 대단한 건지 아시겠지요? 이것도 좀 보십시오!"

장교는 사다리 위로 올라가더니 톱니바퀴 하나를 돌리며 아래를 내려다보면서 외쳤다.

"조심하십시오. 옆으로 물러나세요."

곧 장치가 작동되기 시작했다. 톱니바퀴의 삐걱대는 소리가 좀 거슬렸을 뿐 전체적으로 정말 멋진 모습이었다. 장교는 톱니바퀴

소리가 못마땅하다는 듯한 얼굴로 그것을 향해 주먹을 휘둘렀다. 그리고 변명을 늘어놓듯이 탐험가를 향해 두 팔을 벌리며 어깨를 으쓱거렸다. 그러고 나서 그는 서둘러 사다리 아래로 내려와 작동되는 장치를 살펴보았다. 그러다가 뭔가 잘못되고 있다는 생각이 들었는지 장교는 다시 사다리 위로 올라가 제도기 속으로 손을 집어넣었다. 그런 다음 놋쇠 기둥을 타고 서둘러 내려왔다. 그는 장치의 소음 때문에 탐험가의 귀에 대고 큰 소리로 외쳤다.

"이제 장치의 기능과 작동에 대해서 어느 정도 아시겠지요? 써레가 등에 첫 글자를 새기면 요가 흔들리면서 몸을 서서히 돌립니다. 그러면 써레의 바늘로 생긴 상처가 요에 닿게 되고, 특수 제작된 요가 피를 멎게 하면서 새로 글씨를 새기도록 도와줍니다. 그리고 몸을 돌리면, 써레의 가장자리에 있는 톱니가 상처에 엉겨 붙은 솜을 떼어내 구덩이에 던집니다. 써레는 이렇게 같은 동작을 반복하면서 열두 시간 동안 글씨를 깊고 선명하게 새기는 겁니다. 처음 여섯 시간 동안은 고통스럽긴 하지만 어느 죄수든 견뎌냅니다. 두 시간이 지나면 죄수는 소리 지를 기운마저 없어지고, 물고 있던 펠트 뭉치를 떨어뜨리게 됩니다. 그러면 베개 위의 전기장치로 달궈진 그릇 속에 죽을 넣어 죄수가 핥아먹을 수 있도록 해줍니다. 저는 지금껏 음식을 거부했던 죄수를 한 명도 보지 못했습니다. 그러나 제 경험상 이렇게 여섯 시간 정도 지나면 죄수들의 식욕도 사라지더군요. 그동안 제가 이곳에서 무릎을 꿇고 앉아 죄수를 살펴본 바에 의하면, 그들은 입 안에 있는 마지막 음식을 삼키지 못하고 입 속에서 돌리다가 구덩이 안에 뱉어버리고 맙니다. 그럴 때마다 저는 그 더러운 것을 얼굴에 뒤집어쓰지 않도록 몸을 움츠려야 하지요. 하지만 여섯 시간 정도 지나면 죄수는 얌전해집니다. 아무리 사나운 죄수도 이때쯤엔 뭔가 알게 되지요. 먼저 눈에 드러나니까요. 그렇게 눈을 시작으로 온몸으로 퍼지게 되는데, 그것을 보고 있노라면 저도 그와 마찬가지로 침대에 누워보고 싶다는 생각이 들기도 하지요. 이렇게 집행의 일부가 마무리됩니다. 그렇게 집행이 끝나면 죄수는 자신의 몸에 새겨진 글자를 읽기 시작합니다. 죄수는 입을 내밀며 뭔가 엿들으려는 듯 귀를 기울입니다. 하지만 글자를 읽는 건 생각보다 쉽지 않습니다. 그런데도 죄수는 자신의 몸에 난 상처를 보며 글자를 읽어나갑니다. 아주 힘든 일이지요. 이 고통스러운 시간은 장장 여섯 시간이나 지속됩니다. 그 과정마저 끝나면 써레가 날카로운 바늘로 죄수의 몸을 찍어 구덩이 속으로 내던집니다. 시체는 피와 솜이 잔뜩 고여 있는 구덩이에 떨어지며 철썩 하는 소리를 내지요. 그렇게 모든 집행이 끝나게 됩니다. 그러면 사병과 저는 시체를 묻어버립니다."

장교의 말을 주의 깊게 듣고 있던 탐험가는 윗옷 주머니에 손을 넣으며 작동하고 있는 장치를 바라보았다. 무슨 영문인지 모르는 사형수는 그저 신기하다는 듯 장치를 바라보고 있었다. 사형수는 몸을 굽혀 머리를 내밀고는 진동하고 있는 바늘을 쳐다보고 있었다. 그 순간 장교의 지시를 받은 사병이 칼로 사형수의 등을 그었다. 그러자 사형수의 셔츠와 바지가 땅으로 떨어졌다. 당황한 사형수는 몸을 가리려고 떨어지는 옷을 주우려 했으나, 사병이 그의 나머지 옷을 벗겨버렸다.

장교는 잠시 장치를 멈추었다. 순식간에 골짜기는 석막해졌고 사형수는 써레 밑에 눕혀졌다. 사형수는 쇠사슬을 푸는 대신 가죽끈에 묶였다. 그때 사형수는 아마 자신의 형벌이 가벼운 것이라고 생각했을지도 모른다. 바로 그 순간 써레가 그에게 더 가까이 내려왔다. 사형수의 몸이 매우 야위었기 때문이다. 써레의 바늘이 사형수의 몸에 닿는 순간 그의 온몸에 소름이 끼쳤다. 사병이 사형수의 오른손을 묶고 있었기에 사형수의 왼손은 허공에서 버둥거렸다.

장교는 사형수의 왼손이 있는 곳에 서 있었는데, 계속해서 탐험가를 주시하고 있었다. 그는 장치에 대한 모든 설명을 마쳤으니 이제부터 실제로 집행되는 장면이 탐험가에게 얼마나 인상적인지 알고 싶은 눈치였다.

그 순간 사병이 너무 세게 당긴 탓인지 사형수의 손목을 묶으려던 가죽끈이 끊어졌다. 사병은 장교에게 도움을 청하려 끊어진 가죽끈을 잡고 흔들었다. 그러자 장교가 장치를 지나 사병에게 달려갔다. 그러고는 탐험가를 향해 웃으며 말했다.

"장치는 매우 복잡한 구조로 되어 있습니다. 그래서 무언가가 부러지거나 끊어지기도 하지요. 하지만 그것 때문에 집행에 지장이 생겨서는 안 되겠지요. 가죽끈 대신 저 쇠사슬을 사용하면 됩니다. 물론 쇠사슬을 쓰게 되면 오른쪽의 진동이 다소 줄어들겠지만 감수해야지요."

장교는 사형수의 손목을 쇠사슬로 묶으면서 말을 이어갔다.

"장치를 보존하는데 필요한 예산이 매우 부족합니다. 전임 사령관이 계셨을 땐 장치를 보존하기 위해 제가 자유롭게 쓸 수 있는 별도의 예산이 있었지요. 그리고 모든 부속품들을 보관할 수 있는 창고도 있었습니다. 솔직히 말씀드리면 제가 그것들을 너무 낭비한 것 같습니다. 다 지난 얘기지만요. 신임 사령관은 낡은 제도는 무조건 바꿔야 한다고 주장하면서 장치 관리를 위한 예산도 직접 관리하고 있습니다. 제가 새 가죽끈을 받기 위해 심부름꾼을 보내면 끊어진 가죽끈을 증거로 가져오라고 명령합니다. 새 가죽끈은 열흘이 지나서야 받게 되지요. 품질도 썩 좋지 않은 것이라 오래 쓸 수도 없습니다. 가죽끈도 없이 어떻게 장치를 작동시키라는 건지 정말 이해할 수가 없습니다."

탐험가는 신중하게 생각했다. 그는 이 유형지의 주민도, 이 유형지가 속한 나라의 국민도 아니었기에 남의 나라 일에 간섭을 해서는 안 될 일이었다. 그가 이 집행에 이의를 제기하거나 반대하는 태도를 보인다 해도, 누군가가 외국인이 왜 끼어드느냐면서 당신은 그럴 자격이 없다고 한다면 어쩔 수 없는 일이었다. 탐험가는 어떻게 해야 할지 몰랐다. 그러면서 그는 자신이 이 여행을 하는 목적은 그저 세상을 보는 눈을 넓히기 위해서일 뿐 다른 나라의 재판에 관여할 생각은 전혀 없다며 스스로에게 변명했다. 그는 이 지역의 재판 과정이 잘못되었고, 비인도적으로 집행되고 있다는 사실에 매우 놀랐지만 한편으로는 이곳에 점점 흥미가 생기기 시작했다.

탐험가에게 사형수는 아무런 관계도 없는 남이며, 같은 국민도 아니었고 또한 동정심을 베풀 만한 사람도 아니었다. 어쨌든 탐험가는 고관들에게서 받은 초대장을 갖고 왔으며 이 지역에서 환영을 받고 있었다. 탐험가는 자신이 이 집행에 초대받은 이유가 집행과 관련해 자신의 의견을 듣고 싶다는 뜻일지도 모른다고 생각했다. 지금까지 탐험가가 들은 바로 미루어볼 때 사령관은 이 재판에 동의하지 않으며, 게다가 장교에 대해 부정적으로 보고 있다는 점에서 더욱 그러했다.

그 순간, 장교가 고함을 지르는 소리가 들려왔다. 장교가 겨우 사형수의 입에 펠트를 쑤셔 넣었는데 그가 참지 못하고 구토를 했기 때문이다. 당황한 장교는 그를 재빨리 끌어당겨 구덩이 쪽으로 머리를 돌리려 했으나 이미 토사물이 장치를 따라 흘러내리고 있었다.

"이게 다 신임 사령관 때문이야!"

장교는 이렇게 외치며 놋쇠 기둥을 마구 흔들었다.

"장치가 돼지우리처럼 더러워졌어!"

장교는 손을 떨며 탐험가에게 그것을 보라는 듯 손으로 가리켰다.

"집행 전날에는 아무것도 주지 말라고 한 시간 동안 사령관에게 얘기했건만 결국 이렇게 되었습니다. 신임 사령관은 저와 생각이 아주 다릅니다. 게다가 사령관의 부인은 사형수의 목구멍에 과자를 넣어주기까지 하더군요. 평생 썩은 고기만 먹던 저런 녀석한테 과자가 웬 말입니까? 뭐, 그건 그럴 수도 있는 일이라 생각하며 참고 딱히 반대하진 않겠습니다. 하지만 새 펠트를 보내달라고 석 달 전부터 그렇게 말해 왔건만 도대체 왜 보내주지 않는 건지 모르겠습니다. 백 명이 넘는 죄수가 입에 쑤셔 넣었던 이 펠트를 물고도 토하지 않을 사람이 어디 있겠습니까?"

고개를 늘어뜨리고 있던 사형수는 이제야 진정이 된 것 같았다. 사병은 사형수의 셔츠로 장치에 묻은 토사물을 닦고 있었다. 그때 장교가 탐험가에게 다가왔다. 그는 왠지 모를 불안감에 한 발 뒤로 물러섰다. 그러자 장교는 탐험가의 팔을 붙들고 잡아끌었다.

"은밀히 상의드릴 게 있는데 괜찮으시겠습니까?"

장교가 말했다.

"말씀하시지요."

탐험가는 시선을 아래로 내리깔며 장교의 말에 귀를 기울였다.

"이 재판 절차와 집행 방법에 대한 설명을 들으시고 또 직접 보셨으니 당신도 감탄하셨겠지요. 하지만 현재 이 유형지에서 이 집행에 동조하는 사람은 거의 찾아볼 수 없습니다. 제가 유일한 대표자로서 전임 사령관의 유산을 관리하고 있지요. 이런 분위기에서는 더 이상 이 처형 방식을 확대해 나갈 수 없습니다. 그저 이곳에서만이라도 유지하기 위해 노력할 뿐이지요. 전임 사령관께서 생존해 계실 때에는 그분을 지지하는 사람이 많았습니다. 그분은 사람들을 설득시키는 힘을 갖고 계셨고 제게도 그런 능력이 있다고 믿고 있습니다만, 그러기 위해서는 권력이 필요하지요. 그래서 그분을 지지하던 사람들도 모두 다 어딘가로 사라진 겁니다. 그러나 분명 어딘가에는 남아 있습니다. 다만 그들이 나서지 않을 뿐이지요. 오늘이라도 당장 카페에 가서 사람들에게 물어보십시오. 다들 애매모호한 태도를 보일 겁니다. 그들이 모두 그분의 지지자들입니다. 하지만 그런 지지자들이 있다 해도 신임 사령관이 부임하여 자신의 주장을 굽히지 않는 지금으로선 아무런 도움이 되지 않습니다. 저는 당신께 묻고 싶습니다. 신임 사령관과 그의 주변 여자들 때문에 평생의 역작인 저 장치가—장교는 장치를 가리켰다—사라져서야 되겠습니까? 그냥 지켜보고만 있어야 합니까? 당신은 외국인이지만 이곳에 며칠간 머물며 지켜보지 않으셨습니까? 지체할 시간이 없습니다. 벌써 저의 재판권을 박탈하려는 움직임이 보이고 있으니까요. 당신께서 오늘 이렇게 집행에 참관하신 것도 특별한 이유가 있을 거란 생각이 듭니다. 그들은 모두 비겁하기에 외국인인 당신을 이곳으로 보낸 겁니다.

예전에는 집행장 분위기가 이렇지 않았습니다. 처형 전날부터 이 골짜기에 수많은 사람들이 몰려왔었지요. 사령관은 오전부터 일찍 부인과 함께 이곳에 와 있었지요. 모든 이들의 잠을 깨우는 나팔 소리가 울려 퍼지면 저는 모든 것이 준비되었다는 보고를 했습니다. 여러 고관들이 모두 참석했지요. 참석자들은 모두 장치를 에워쌌고, 저 등나무 의자들이 바로 그때 사용되던 것들입니다. 관리가 잘 되어 있던 장치는 번쩍번쩍 빛이 났고 집행을 할 때마다 새 부속품을 사용했지요. 저 언덕까지 구경꾼들로 꽉 차서 다들 까치발로 서 있을 정도였습니다. 사령관이 직접 죄수를 써레 위에 눕혔습니다. 지금은 사병이 하고 있는 일이 그 당시에는 저의 일이었고 명예로운 일이었습니다. 그렇게 집행이 시작되었고 소음 하나 없이 기계가 작동되었습니다. 구경꾼들 중에는 모래 위에 드러누워 잠을 자는 사람도 있었지만 정의의 심판은 그렇게 시작되었습니다. 때때로 펠트를 문 죄수의 비명만 정적 속에서 들릴 뿐이었지요. 당시에는 써레의 바늘 끝에서 부식 약품이 흘러나오게 했기 때문에 죄수들이 펠트 뭉치를 물고 있어도 비명이 들렸지요. 현재는 사용이 금지되었지만요. 그렇게 여섯 시간이 지나면 사람들은 더 가까이 와서 구경하고 싶어 했지요. 하지만 그들 모두의 소원을 들어줄 순 없었기에 친절한 사령관은 어린아이들에게 우선권을 주었지요. 그래서 저는 어린아이 둘을 양팔에 끼고 장치 옆에 앉아 있곤 했습니다. 양심의 가책과 고통으로 괴로워하는 죄수의 얼굴에서 신성한 변화의 표정을 보았을 때 그때의 기분이란! 목표에 이르는 순간 어느새 사라지는 정의의 빛을 받고 있는 사람들의 얼굴! 아, 얼마나 화려했던 시절이었는지! 이봐, 자네!"

　감상에 젖은 장교는 자신의 앞에 서 있는 사람이 누구인지조차 잊은 것 같았다. 그는 탐험가를 끌어안고 자신의 머리를 탐험가의 어깨에 기댔다. 당황한 탐험가는 장교의 어깨 너머를 바라보며 불안해하고 있었다. 장치의 청소를 마친 사병은 죽통에 있는 죽을 옮겨 담고 있었다. 속이 진정되었는지 사형수는 죽을 보자 혀로 핥아먹기 시작했다. 그러나 이 죽은 조금 더 있다 먹어야 했기에 사병은 그가 죽을 먹지 못하도록 제지했다. 그러나 곧 사병이 더러운 손을 죽통에 집어넣으며 사형수의 죽을 훔쳐 먹는 처참한 광경이 벌어졌다. 곧 정신을 차린 장교가 말했다.

　"저는 당신에게 동정을 바라지 않습니다. 그때의 상황과 지금은 너무도 다르니까요. 어쨌든 장치는 지금도 스스로 작동하고 있으며 아마 이 골짜기에 홀로 남아도 작동될 겁니다. 또한 시체도, 그때처럼 구덩이 주변에 파리 떼가 모여들지 않아도 자연스럽게 허공에 곡선을 그리며 구덩이로 떨어지게 될 겁니다. 이미 오래전에 다 없어졌지만 당시에는 구덩이 주위에 울타리를 쳐야만 했지요."

　탐험가는 장교의 눈을 피하기 위해 주변으로 시선을 돌렸다. 장교는 그가 골짜기를 바라보고 있다고 생각했다. 이윽고 장교는 탐험가의 손을 잡으며 그의 주의를 끌기 위해 한 바퀴 돌면서 물었다.

"이제 이 추악한 사태가 파악되십니까?"

그러나 탐험가는 아무 대답도 하지 않았다. 장교는 그의 곁에서 떨어져 다리를 벌리고 선 채 손을 허리에 얹고는 한동안 땅만 바라보고 있었다. 그러다 장교는 미소를 띠며 탐험가에게 말했다.

"어제 사령관이 당신을 초청한다고 말할 때 저도 그 자리에 있었습니다. 저도 그의 말을 듣고 있었지요. 사령관의 성향을 잘 알고 있기에 그의 의도를 짐작하고 있었습니다. 그는 저를 내칠 수 있을 만큼 대단한 권력을 갖고 있으면서도 아직까지 그렇게 하지 않고 있습니다. 사령관은 외국인인 당신으로 하여금 저를 비판하도록 계획하고 있는 겁니다. 참 주도면밀한 사람이지요. 당신은 이곳에 오신 지 고작 이틀밖에 안 되었으니 사령관에 대해서는 잘 모르실 겁니다. 또한 당신은 유럽인들의 사고방식을 갖고 있으며, 사형이나 저런 장치로 사형을 집행하는 것에 대해 원칙적으로 반대하는 사람들 중에 하나일 겁니다. 게다가 사람들의 관심조차 멀어진 저 낡은 장치로 형을 집행한다는 것을 보셨지요. 그러니 모든 점에서 볼 때, 사령관의 계획은 아마도 이런 것이겠지요. 당신은 분명 저의 재판 과정이 잘못됐다고 생각하실 겁니다. 그리고 사령관의 입장에서 볼 때 당신께서 그런 사실을 결코 묵과진 않을 거라 생각하겠지요. 당신은 수많은 역경을 통해 확실한 신념을 갖고 계실 테니까요.

그동안 당신은 여러 나라에서 여러 사람들의 특징들을 보셨을 테니 그 모든 걸 존중해야 한다는 사실을 아실 겁니다. 그렇기 때문에 저의 재판 과정에 대해 강하게 부정하진 않으실 거라 믿습니다. 물론 사령관도 그걸 원하진 않을 겁니다. 그저 한 마디 말로 당신의 뜻을 넌지시 내비치는 것만으로도 충분합니다. 물론 당신의 생각이 사령관의 뜻과 일치한다면 말입니다. 사령관은 온갖 술수를 동원에 당신에게 집요하게 질문할 겁니다. 부인들은 그의 주변에 둘러앉아 당신의 이야기를 듣겠지요. 그 자리에서 당신은 '우리나라에는 이런 재판 과정이 없습니다.' 혹은 '우리나라에서는 판결 전에 피고에 대해 심문하는 절차가 있습니다.' 혹은 '우리나라에서는 사형 외에도 여러 형벌이 있습니다.' 혹은 '우리나라에서 고문은 중세시대에나 행해졌던 형벌입니다.' 와 같은 말씀을 하시겠지요. 물론 다 옳은 말씀입니다. 그런 말은 저의 재판 과정에 아무 영향도 미치지 않는 말들이지요. 하지만 사령관은 그 말을 어떻게 받아들일까요? 아마도 사령관은 의자를 박차고 일어나 발코니를 향해 달려갈 겁니다. 부인들이 그 뒤를 따라가겠지요. 사령관은 그때 큰 소리로 외칠 겁니다. 부인들은 그 소리를 천둥소리 같다고 하더군요. 사령관은 '유럽의 위대한 학자이시며 세계 각국의 재판 과정을 연구하시는 저분께서 이 지역의 집행 방식이 비인도적이라고 말씀하셨다. 그러한 비판을 받은 이상 이 집행 방식을 더 이상 유지할 수 없으니, 명령하건대 오늘부터 이 집행 방식은 허용하지 않기로 한다.' 라고 외칠 겁니다.

물론 당신이 사령관이 말한 내용을 말씀하신 적은 없습니다. 또한 저의 판결 방식이 비인도적이라고도 하지 않으셨으며 오히려 당신의 생각으로는 인간적이며, 게다가 이 장치의 위대함에 감탄했다고 사령관에게 항의하실 겁니다. 하지만 소용없는 일입니다. 당신은 부인들로 가득 차 있는 발코니로 나갈 수도 없을 것이며, 어떻게든 주목을 받으려고 소리치려 해도 부인들이 당신의 입을 막을 것이니 불가능할 겁니다. 그렇게 되면 전임 사령관과 제가 그토록 심혈을 기울인 이 장치는 무너지는 겁니다."

탐험가는 웃음이 났지만 애써 참아냈다. 고심하던 문제가 쉽게 풀릴 것 같은 생각이 들었기 때문이다. 탐험가는 뒤로 물러서면서 말했다.

"저의 힘을 너무 과대평가하시는군요. 사령관께서 저의 추천장을 보셨기 때문에 제가 재판 절차를 연구하는 사람이 아니라는 사실을 이미 알고 계십니다. 그러니 제가 어떤 말을 한다 해도 그저 사견일 뿐이지요. 다른 사람들의 의견과 별반 다를 게 없다 이 말입니다. 특히 이 유형지에서 절대적인 권한을 갖고 있는 사령관에 비할 바가 못 되지요. 당신의 생각대로 만약 사령관이 이 장치에 대해 그렇게 확신을 갖고 있다면 저 같은 사람의 의견 따윈 필요도 없이 이 장치와 집행 방식은 더 이상 효력을 발휘할 수 없을 겁니다."

이쯤 했으면 장교도 이해했을 것이다. 그러나 그는 아직도 알아듣지 못한 것 같았다. 장교는 머리를 돌려 사형수와 사병을 바라보았다. 그러자 죽을 먹고 있던 사형수와 사병은 놀라서 하던 일을 멈추었다. 장교는 탐험가에게 가까이 다가와 그의 얼굴을 보더니 그의 윗옷 가슴 쪽으로 시선을 돌리고는 낮은 목소리로 말했다.

"당신은 사령관을 잘 모르시니 그렇게 말씀하시는 겁니다. 실례가 될지는 모르겠으나, 당신은 사령관이나 저희들에게 전혀 해가 되지 않는 분이십니다. 그만큼 당신의 영향력은 대단합니다. 결코 거짓이 아닙니다. 저는 당신이 혼자 이 집행에 참석하신다는 소식을 듣고 정말 기뻤습니다. 사령관이 어떤 조치를 취하든 저는 그의 계획을 역이용해 제게 이롭게 만들 생각입니다. 당신은 헛소문이나 경멸스러운 눈빛에 동요하지 않고—이런 것은 사형 집행에 대한 관심이 지금보다 강했던 그 당시에도 피할 수 없는 것이었지만—제 설명에 귀를 기울이시며 이 장치를 보셨고, 집행 현장까지 참관하고 계십니다. 저는 당신의 판단력을 믿습니다. 만약 의문스러운 점이 있더라도 집행 과정을 보신다면 이해되실 겁니다. 그러니 제발 사령관과 맞설 수 있도록 저를 도와주십시오!"

그러자 탐험가는 장교의 말을 막으며 말했다.

"제가 그런 일을 어떻게 하겠습니까? 불가능한 일입니다. 저는 당신의 일을 방해할 수도, 또 도와드릴 수도 없습니다."

탐험가가 외쳤다.

"그렇지 않습니다."

장교가 단호한 목소리로 말했다. 주먹을 불끈 쥔 장교의 모습을 보자 탐험가는 불안해지기 시작했다. 장교는 상기된 얼굴로 간청하듯 말했다.

"당신은 할 수 있습니다. 제게 성공할 수 있는 방법이 있습니다. 당신은 자신의 힘을 너무 과소평가하시는데 절대 그렇지 않습니다. 이 집행 방식을 유지하기 위해서는 그 어떤 방법이라도 동원해 봐야 합니다. 제게 묘안이 있는데 들어보시겠습니까? 이 계획을 실행하려면 당신은 이 유형지에서 저에 대한 비판을 삼가셔야 합니다. 질문을 한다 해도 당신의 생각을 직접적으로 언급하지 마시고 간략하고도 모호하게 말씀하십시오. 당신이 이런 일에 관해 언급하는 것이 불쾌하며 매우 언짢다는 사실을 알려야 합니다. 그리고 아무리 물어봐도 모호한 이야기밖에는 들려줄 수 없다는 뜻을 내비치면 됩니다. 저는 당신께 거짓말을 하라는 것이 아닙니다. 그저 짤막하게 '집행 장면을 보았습니다.' 혹은 '네, 설명을 충분히 들었습니다.' 이렇게 말씀하시라는 겁니다. 그 정도면 충분하니 더 이상은 필요 없습니다. 이런 식으로 당신이 불쾌하다는 것을 그들에게 알리면 되는 겁니다. 당신이 불쾌한 이유는 얼마든지 있을 수 있으니까요. 사령관은 그것을 오해하며 자기 식으로 해석하려고 애쓸 겁니다.

제 묘안은 바로 이런 것입니다. 내일 사령부에서 사령관이 주최하는 회의가 열리는데 수많은 고관들이 참석할 것입니다. 또한 사령관은 전시회를 계획하고 있습니다. 현재 화랑이 하나 있는데 늘 사람들로 붐빕니다. 저도 그 회의에 참석하긴 하지만 진심으로 내키지 않습니다. 당신도 물론 회의에 초대를 받겠지요. 오늘 제가 말씀드린 대로만 수행해 주신다면 감사하겠습니다. 그러나 만약 당신이 회의에 초대를 받지 못한다면 어떻게 해서든 참석하시겠다고 말씀하셔야 합니다. 그러면 분명 초대를 받으실 겁니다.

당신은 내일 특별석에서 부인들과 함께 있을 겁니다. 사령관은 이따금 두리번거리며 당신의 참석 여부를 살피겠지요. 내일 회의에서는 청중들을 대상으로 하는 그다지 중요하지 않은 의례적인 논의를 할 겁니다. 내용은 주로 항구 건설과 관련된 것인데 늘 논의되던 의제입니다. 그 회의가 끝나면 재판 과정에 대한 얘기가 의제에 오를 것입니다. 만약 사령관께서 이 문제에 관해 언급하지 않거나 발언이 늦어진다면 제가 어떻게든 의제에 오를 수 있도록 힘쓰겠습니다. 전례가 없던 일이긴 하지만 제가 오늘 집행에 관해 간략하게 보고할 것입니다.

사령관은 늘 그렇듯 다정한 미소를 지으며 제게 고마움을 전할 것입니다. 사령관은 감사의 인사를 전하며 '지금 막 사형 집행에 관한 보고를 받았습니다. 제가 말씀드리고 싶은 것은 훌륭하신 학자께서 이번에 이 유형지를 찾아주셨는데 귀한 시간을 내어 직접 현장에 찾아와 주셨고 또한 오늘 이 회의에도 참석하셔서 자리를 빛내주셨습니다. 그런 의미에서 우리가 이 훌륭하신 선생님께, 우리의 오랜 관습에 따른 재판 과정과 집행에 대해 어떤 의견을 갖고 계신지 여쭤보는 자리를 마련하는 게 어떨까요?'와 같은 발언을 하게 될 겁니다. 모두들 박수를 치며 동의할 것이며 저 역시 열렬히 찬성할 것입니다. 사령관은 당신께 인사를 하고는 '여기 있는 여러분들을 대신해 제가 질문을 드리겠습니다.'라고 말할 겁니다. 그러면 당신은 난간 쪽으로 나와 사람들이 다 볼 수 있도록 양손을 난간 위에 올려놓으십시오. 그렇지 않으면 부인들이 당신의 손을 만지작거리며 가만두지 않을 테니까요. 드디어 말씀하실 때가 온 겁니다. 저는 그 시간을 위해 어떻게 참고 기다려야 할지 모르겠습니다. 조금도 주저하지 말고 당당하게 말씀해 주십시오. 호령하듯 단호하게 말씀하십시오. 사령관에게 확고한 당신의 의견을 피력해 주십시오.

물론 당신은 그렇게 하는 것을 꺼리실 수도 있겠지요. 어쩌면 당신의 성격과는 잘 맞지 않는 일일 테니까요. 그리고 당신의 나라에서는 이런 방법을 쓰지 않을 수도 있겠지요. 어쨌든 좋습니다. 저는 그걸로 충분하니까요. 내키지 않으시면 일어서지 마시고, 고관들을 향해 간단히 말씀해 주십시오. 작은 소리로 말해도 괜찮습니다. 그저 당신 앞에 있는 사람들이 들을 수 있을 정도면 충분하니까요. 사형 집행엔 별 관심이 없다거나 톱니바퀴의 소음이라든지 끊어진 가죽끈과 더러운 펠트에 관해서는 언급하지 않으셔도 됩니다. 그 밖에 모든 일은 제가 알아서 처리하겠습니다.

제 의견을 듣고 난 사령관이 참지 못하고 회의장에서 나가버리든가 아니면 무릎을 꿇고 '위대하신 전임 사령관님, 당신께 이렇게 머리 숙여 사죄드립니다.' 라고 참회하게 만들 겁니다. 제 묘안이 어떠십니까? 이 계획이 성공할 수 있도록 도와주십시오. 꼭 그래주실 거라 믿습니다."

장교는 말을 마치고는 탐험가의 팔을 붙들고 깊은 한숨을 쉬며 그를 바라보았다. 장교가 마지막 말을 큰 소리로 외쳤기 때문에 사병과 사형수도 놀라 그를 바라보았다. 그들은 무슨 말인지 알아들을 수 없으면서도 입 안에 든 죽을 우물거리며 탐험가를 바라보았다.

탐험가의 생각은 이미 정해져 있었다. 그는 세상 곳곳을 돌아다니며 온갖 경험을 다 해봤기에 장교의 말에 쉽게 마음이 흔들리지 않았다. 그리고 그는 정직한 사람이었기에 조금도 두렵거나 동요되진 않았으나 사병과 사형수를 보고 있자니 잠시나마 망설여졌다. 그러나 그는 결심을 굳힌 듯 단호하게 말했다.

"그럴 수 없습니다."

그러자 장교는 눈을 크게 뜨고 탐험가를 바라보았다.

"설명을 해야 합니까?"

탐험가가 물었다. 그러자 장교는 아무 말도 하지 않고 고개를 끄덕였다. 탐험가가 계속 말을 이었다.

"저는 당신이 저를 믿고 솔직히 말씀하시기 전부터—저는 저에 대한 당신의 신뢰를 악용할 생각은 추호도 없다는 것을 미리 말씀드립니다―이 유형지의 집행 절차에 제가 관여해도 되는지, 또 그것이 가능하다 해도 성공할 가능성이 있는지 등에 관해 숙고해 보았습니다. 만약 제가 집행 절차에 관여한다 해도 가장 먼저 상대해야 할 사람은 사령관입니다. 당신의 말을 듣고 제 신념은 더 확고해졌습니다. 물론 당신의 말 때문에 제 결심을 굳힌 것은 아니지만, 어쨌든 당신의 열성적이고 확고한 신념에 깊은 감명을 받았습니다."

장교는 아무 말도 하지 않고 장치가 있는 곳으로 다가가 놋쇠 기둥을 잡고 몸을 뒤로 젖히고는 장치를 살펴보았다.

사병과 사형수는 그 사이 조금 친해진 듯 보였다. 사형수는 여전히 묶여 있었으나 그가 사병에게 눈짓을 하자 사병은 그에게 몸을 굽혔다. 그러자 그는 사병에게 귓속말을 했고 사병은 알았다는 듯 고개를 끄덕였다.

탐험가는 장교에게 다가가 말했다.

"당신은 제 생각을 아직 잘 모르실 겁니다. 물론 이 유형지의 재판 과정에 대한 저의 생각을 사령관께 말씀드리겠지만 회의에 참석하진 않을 겁니다. 제겐 그럴 시간이 없으니까요. 배를 타든 어쨌든, 저는 내일 아침이면 이 섬을 떠나게 될 겁니다."

장교는 그의 말을 귀담아듣지 않고 있는 것 같았다.

"당신은 제 생각이 마음에 들지 않으시군요."

장교는 혼잣말처럼 중얼거리며 마치 노인이 어린아이의 장난을 바라보며 자신의 속내를 감추고 있는 듯한 미소를 보였다.

"때가 된 것 같군요."

장교는 눈을 반짝이며 무언가를 원하는 듯한 눈빛으로 탐험가를 바라보았다.

"때라니요?"

탐험가가 의아한 듯 물었으나 그는 대답하지 않았다.

"너는 이제 자유다!"

장교는 사형수를 향해 소리쳤다. 사형수는 믿기지 않는 얼굴이었다.

"넌 이제 자유란 말이다!"

장교가 다시 한 번 말했다. 그때서야 사형수의 얼굴에 생기가 돌았다. '사실인 걸까? 변덕스러운 장교가 일시적으로 한 말은 아닐까? 저 외국인 탐험가가 힘을 쓴 것일까? 대체 무슨 일일까?' 사형수는 이런 생각을 하고 있는 듯한 얼굴이었다. 하지만 그것도 잠시, 사형수는 풀려나기 위해 써레와 침대 사이에 끼인 몸을 마구 흔들어댔다.

"가죽끈 끊어지겠어. 가만히 좀 있어! 풀어줄 테니까!"

장교는 소리를 지르고는 사병을 불러 둘이 함께 가죽끈을 풀었다. 사형수는 아무 말 없이 웃으며 장교와 사병을 번갈아 쳐다보다가 탐험가도 흘끗 보았다.

"끌어내!"

장교가 사병에게 명령했다. 써레 위에서 끌어낼 때에도 바늘 때문에 조심해야만 했다. 하지만 사형수가 서두르는 바람에 등에 몇 군데 긁힌 자국이 생겼다.

그 후로 장교는 사형수에게 전혀 관심을 보이지 않았다. 그는 탐험가에게 다가가 가죽 지갑을 꺼내더니 그 속에서 종이쪽지를 꺼내며 말했다.

"읽어보십시오."

장교가 말했다.

"모르겠습니다. 방금 전에도 말했지만 모르겠습니다."

탐험가가 말했다.

"집중해서 자세히 살펴보십시오."

장교는 탐험가와 함께 쪽지를 읽기 위해 그의 옆에 섰다. 하지만 장교는 탐험가에게 쪽지를 만지지 말라는 듯 높이 쳐들었고 새끼손가락으로 쪽지를 더듬으며 탐험가가 해석할 수 있도록 도와주었다. 탐험가는 장교의 노력에 보답하고 싶었으나 그로서는 전혀 알아볼 수가 없었다. 그러자 장교가 쪽지에 적힌 글자 하나하나를 짚으며 천천히 읽기 시작했다.

" '정의를 수호하라' 고 적혀 있습니다. 이제 읽을 수 있겠습니까?"

장교가 말했다. 그러나 탐험가가 쪽지를 너무 가까이 들여다보았기에 장교는 걱정이 되었는지 쪽지를 뒤로 멀찌감치 떨어뜨렸다. 탐험가는 아무 말도 하지 않았으나 여전히 그것을 읽을 수 없음이 확실했다.

"'정의를 수호하라'라고 적혀 있습니다."

장교는 다시 한 번 말했다.

"그런 것 같기도 합니다."

탐험가가 어쩔 수 없이 그렇게 말했다.

"그럼 좋습니다."

장교는 만족스러운 듯 말하고는 쪽지를 들고 사다리 위로 올라갔다. 그러더니 제도기 안에 쪽지를 깔고 톱니바퀴를 갈아 끼웠다. 톱니바퀴를 교체하는 것은 매우 복잡한 작업인 것 같았다. 장교는 톱니바퀴를 자세히 점검하기 위해 제도기 안에 머리를 집어넣기도 했다.

밑에서 장교를 지켜보던 탐험가는 목이 뻣뻣해지고 내리쬐는 햇볕 때문에 피곤해졌다. 사병과 사형수는 자신들의 일을 하느라 바빴다. 사병은 구덩이 속에 버려졌던 사형수의 옷을 총 끝으로 건져 올렸다. 그러자 사형수가 더러워진 셔츠를 빨았고 잠시 후에 그것을 입자 두 사람은 서로 크게 웃었다. 사형수가 입은 옷이 등 뒤에서 두 쪽으로 갈라져 있었기 때문이다. 사형수는 사병에게 고맙다는 뜻으로 찢어진 옷을 입고 그의 앞에서 춤을 추듯 맴돌았고 사병은 웅크리고 앉아 무릎을 치며 웃고 있었다. 하지만 그들은 상관의 눈치를 보며 행동을 자제했다.

장교는 장치의 점검을 마쳤는지 미소를 지으며 다시 한 번 살펴본 후 제도기의 뚜껑을 닫고 밑으로 내려왔다. 그리고 구덩이 속을 들여다보고 사형수가 옷을 꺼내 입은 것을 확인하고는 손을 씻기 위해 물통이 있는 곳으로 갔다. 그러나 사형수가 빨래를 했기에 물은 너무 더러웠다. 장교는 어쩔 수 없이 모래 속에 손을 집어넣었다. 그러고는 일어나서 군복 상의의 단추를 풀었다. 그러자 그의 깃 속에 덧대어 있던 여성용 손수건 두 장이 바닥으로 떨어졌다.

　"자, 이거 받아. 다시 돌려주겠다."

　장교는 손수건을 사형수에게 건넸다. 그리고 탐험가에게 설명하듯 말했다.

　"예전에 부인들이 선물로 준 겁니다."

　장교는 옷을 하나씩 벗은 뒤 정성껏 개켜놓았다. 그러다 군복 장식을 매만지며 다시 옷을 정리했는데 특히 군복 상의의 체인을 가지런히 정리하기 위해 몇 번이나 옷을 흔들었다. 그러나 그는 정성스레 옷을 개키다가 갑자기 불쾌한 표정을 지으며 구덩이 속으로 던졌다. 이제 마지막으로 그의 손에 쥐어져 있는 것은 가죽끈이 달린 단도뿐이었다. 장교는 칼집에서 칼을 꺼내 부러뜨리고는 가죽끈을 칼에 휘감아 구덩이 속으로 던져버렸다. 그것들은 서로 부딪치는 소리를 내며 구덩이 속으로 들어갔다.

　장교는 벌거벗은 채 서 있었다. 탐험가는 아무 말도 하지 않았다. 무슨 일이 벌어질지 탐험가는 이미 예상하고 있었으나 그는 장교의 행동을 제지할 권리가 없었다. 그동안 장교가 심혈을 기울이던 재판 과정이 탐험가 때문에 위기에 처해질 수도 있으나 탐험가는 그게 자신이 해야 할 일이라 생각하고 있었다. 그런 생각을 하니 만약 탐험가가 장교의 입장이었어도 그처럼 행동했을 기란 생각이 들었다.

처음에 사병과 사형수는 무슨 영문인지 몰랐다. 사형수는 장교에게 손수건을 받고는 몹시 기뻐했다. 그러나 그것도 잠시, 사병이 사형수의 수건을 빼앗자 사형수는 군복 바지와 벨트 사이에 끼어 있던 사병의 손수건을 다시 빼앗으려고 실랑이를 벌였다. 그러다 벌거벗은 장교를 보자 두 사람은 뭔가 심각한 일이 벌어지고 있다는 것을 느꼈다. 사형수는 뭔가 큰일이 벌어질 거라 예감하는 듯했다. '방금 전에는 자신이 벌거숭이가 되었고 이번엔 장교가 그렇게 되었으니 분명 심상치 않은 일이 벌어질 것이다. 저 외국인 탐험가의 지시로 그렇게 된 것일까? 그렇다면 이것은 복수다. 다행히 자신은 최후의 고통을 당하진 않았으나 장교는 마지막까지 고통을 당할 것이다.' 그런 생각을 하며 사형수는 웃고 있었다.

장교는 장치에 매달려 있었다. 장교가 이 장치를 다루는데 능숙하다는 것을 전부터 알고 있었지만, 장교가 스스로 장치를 작동시키는 모습을 본다면 놀라지 않을 사람이 어디 있겠는가. 장교가 써레에 살짝 손을 대자 써레가 아래위로 오르내렸고, 높이를 조절하며 장교의 몸에 맞는 적절한 위치에서 멈추었다. 그런 다음 장교가 침대 모서리에 손을 대자 침대가 진동하기 시작했다. 그러더니 펠트 뭉치가 장교의 입가로 다가왔다. 그러나 장교는 그것만은 몹시 꺼리는 듯했다. 하지만 망설이다가 결국 펠트 뭉치를 물었다. 침대 모서리에는 가죽끈만 남아 있었다. 장교는 굳이 묶일 필요가 없었기에 가죽끈은 불필요했던 것이다. 그러나 그가 가죽끈을 매지 않은 것을 발견한 사형수가 그것을 매지 않으면 집행이 불가능할 거라 생각했는지 사병에게 눈짓을 했다. 두 사람이 다가와 장교를 침대에 묶으려 했다. 그때 장교는 한쪽 다리를 뻗어 제도기를 작동시키는 조절 장치를 누르려다가 두 사람이 다가오는 것을 보고는 동작을 멈추고 그들에게 몸을 맡겼다. 장교의 발은 더 이상 조절 장치에 닿지 않았다. 하지만 사병과 사형수는 조절 장치가 어떤 것인지 찾을 수 없었다. 탐험가는 그냥 지켜보기로 결심했다. 그러나 그럴 필요도 없이 가죽끈을 몸에 묶자 장치가 작동하기 시작했다. 침대가 진동을 하며 수많은 바늘이 장교의 피부 위에서 움직였고 써레가 아래위로 흔들리기 시작했다.

탐험가는 그 모습을 지켜보며 곧 제도기 속의 톱니바퀴가 삐걱대는 소리를 낼 거라 예상했다. 그러나 장치에서는 아무 소리도 들리지 않았다.

장치가 조용히 작동되었기에 세 사람은 그것에 대해 점점 관심을 갖지 않게 되었다. 탐험가는 사병과 사형수를 바라보았다. 사형수는 활기찬 얼굴로 장치의 곳곳을 신기한 듯 살피며 계속 몸을 굽혔다 폈다 하면서 사병에게 뭐라 말하며 손가락으로 장치를 가리키고 있었다. 그런 그들의 모습을 보고 있자니 탐험가는 괴로웠다. 끝까지 그 자리에 남아 있을 생각이었던 탐험가는 두 사람의 행동을 더 이상 지켜볼 수 없었기에 화가 나서 소리쳤다.

"이제 너희들은 돌아가!"

탐험가가 말했다. 사병은 탐험가의 말에 따르려는 듯했으나 그 말을 알아듣지 못한 사형수는 탐험가가 자신을 처벌하는 것으로 오해하고는 그에게 싹싹 빌듯이 애원했다. 탐험가가 고개를 젓자 사형수는 무릎까지 꿇었다. 탐험가는 이제 어떤 말도 통하지 않는다고 생각했는지 두 사람에게 다가가 그들을 쫓아내려고 했다.

그 순간, 머리 위에 있던 제도기에서 시끄러운 소리가 들려왔다. 탐험가는 제도기 쪽을 바라보았다. 톱니바퀴가 고장 난 것일까? 그의 예상대로 큰 소리를 내며 제도기 뚜껑이 열리더니 톱니바퀴 하나가 드러났다. 그러더니 얼마 후 톱니바퀴 전체가 위로 밀려나왔다. 제도기가 압력을 받아 톱니바퀴가 밀려난 듯했다. 톱니바퀴는 제도기 가장자리까지 올라오더니 모래 위로 떨어져 한참을 굴러가다가 쓰러져버렸다. 그러나 머리 위에는 이미 또 다른 톱니바퀴가 나와 있었다. 이어서 큰 톱니바퀴와 작은 톱니바퀴가 나오더니 수많은 톱니바퀴가 연달아 나타나면서 똑같은 동작을 반복했다. 이쯤이면 이제 제도기 안에는 아무것도 남아 있지 않을 거라 생각한 순간 또 다른 톱니바퀴가 나타나면서 모래밭으로 떨어졌고 앞의 톱니바퀴들과 마찬가지로 굴러가다가 쓰러졌다.

이 모든 것을 지켜보고 있던 사형수는 그만 탐험가의 명령을 잊은 듯했다. 사형수는 톱니바퀴를 주시하다가 사병에게 톱니바퀴 줍는 것을 도와달라고 부탁했다. 그러나 사형수는 뒤이어 굴러오는 다른 톱니바퀴 때문에 겁을 먹고는 잽싸게 손을 뒤로 뺐다.

탐험가는 매우 걱정스러웠다. 분명 장치가 망가진 것이다. 처음에 아무 소음도 내지 않고 잘 작동한 것은 속임수였던 것이다. 장교는 이제 마음대로 움직일 수 없었기에 그를 구해 줄 사람은 탐험가밖에 없었다. 탐험가는 온통 톱니바퀴에만 집중하고 있던 터라 장치의 다른 부분은 신경 쓰지 않고 있었다. 하지만 탐험가가 제도기 안에 있던 마지막 톱니바퀴를 본 후 써레를 들여다본 순간 놀라지 않을 수 없었다. 써레가 글자를 새기지 않고 장교의 몸을 바늘로 찌르고 있었기 때문이다. 그리고 침대는 몸을 뒤집어주지 않고 계속 흔들리면서 장교를 바늘이 있는 곳까지 들어 올리고 있었다. 장교가 지금 겪고 있는 것은 이미 고문이 아니었다. 살인이었던 것이다.

다급해진 탐험가는 손을 쭉 뻗어 장치를 정지시키려 했지만 소용없었다. 원래 열두 시간이 지난 후에 작동하도록 되어 있는 날카로운 바늘이 달린 써레도 이미 작동하고 있었고 장교의 몸을 바늘로 찔러 들어 올리며 이동하고 있었다. 물을 뿜어대는 바늘이 작동되지 않아 물도 섞이지 않았는데도 너무 많은 피가 흘러내리고 있었다.

게다가 장치는 또 오작동을 하기 시작했다. 시체가 써레의 긴 바늘 끝에 매달려 계속 피를 뿜어대고 있는데도 구덩이 위에 매달려 떨어지지 않는 것이었다. 써레는 제자리로 돌아가기 위해 이동해야 했으나 무언가가 걸려 있었기에 구덩이 위에서 머뭇거리고 있었다.

"이봐! 와서 좀 도와줘!"

탐험가가 사병과 사형수를 향해 소리치며 장교의 두 발을 붙들었다. 탐험가가 몸으로 장교의 발을 밀고 두 사람이 장교의 머리를 잡아당기면 그의 몸을 빼낼 수 있을 거라 생각했기 때문이다.

하지만 사형수와 사병은 겁에 질려 장교 근처에 가지도 못했다. 사형수는 아예 도망가려는 듯했다. 그러자 탐험가는 두 사람을 장교의 머리 쪽으로 끌고 왔다. 그 순간 탐험가는 장교의 얼굴을 보게 되었다. 살아 있을 때 모습 그대로였다. 그가 그렇게 확신하던 구원의 징조는 보이지 않았다. 그는 입을 굳게 다물었고 눈은 뜨고 있었다. 눈은 평온해 보였으며 어떤 확신에 차 있었다. 그리고 이마에는 커다란 바늘이 조금 솟아 나와 있었다.

탐험가는 사병과 사형수와 함께 유형지의 어느 마을에 들어섰다. 그러자 사병이 어느 한 곳을 가리키며 말했다.

"저곳이 카페입니다."

그곳은 마치 동굴 같았다. 한 건물의 일 층에 있던 카페는 바닥이 깊고 천장이 낮았으며 벽에는 그을음이 가득했기 때문이다. 사람들이 자유롭게 출입이 가능하도록 거리 쪽으로 나 있던 벽은 모두 없앤 상태였다. 카페이긴 했으나 사령부의 웅장한 건물을 제외하고는 이 유형지의 다른 건물들과 마찬가지로 허름했다. 그러나 탐험가는 이 건물이 과거 권력의 힘이 느껴지는 유적지 같다는 생각이 들어 감명을 받았다. 그는 두 사람과 함께 카페 안에서 풍겨 나오는 차가운 곰팡이 냄새를 맡으며, 카페 앞 거리에 있는 빈 테이블 사이를 지나갔다. 사병이 말했다.

"전임 사령관께서 여기에 묻히셨습니다. 목사님이 반대하셔서 마땅한 묏자리를 구하지 못해 한참을 헤매다 이곳에 매장한 것입니다. 장교는 그것을 부끄럽게 여겼기에 당신께 한 마디도 언급하지 않았던 것입니다. 그동안 장교는 밤에 몇 차례 시체를 파내려 했으나 그때마다 들키는 바람에 마을 사람들에게 쫓겨났지요."

사병의 말이 믿기지 않은 듯 탐험가가 물었다.

"무덤은 어디 있지?"

그러자 사병과 사형수는 앞서서 달려가며 무덤이 있는 곳을 손으로 가리켰다. 그러고는 탐험가를 어두침침한 벽이 있는 곳까지 안내했다. 몇몇 테이블에 부두 노동자처럼 보이는 손님들이 있었다. 짧고 거뭇거뭇한 수염이 지저분하게 나 있는 거친 남자들이었다. 다들 낡고 해진 옷을 입고 있는 것만으로도 노동자임을 알 수 있었다. 탐험가가 다가가자 몇 사람이 일어나 그를 경계하듯 벽에 기대고 쳐다보았다.

"외국 사람이군."

주변에서 수군대는 소리가 들려왔다.

"무덤을 보러왔나 봐!"

테이블 하나를 밀어내자 그 밑에 무덤으로 보이는 비석이 드러났다. 테이블로 가려질 만큼 낮은 비석이었다. 거기엔 아주 작은 글씨가 새겨져 있었다. 탐험가는 글자를 읽기 위해 몸을 굽혔다.

'노 사령관, 이곳에 잠들다. 이름을 남기진 않았으나 그를 추모하는 사람들이 그를 위해 무덤을 만들고 묘비를 세웠다. 시간이 흐르면 사령관은 다시 부활할 것이다. 그때가 되면 그는 여기서 그의 추종자들과 함께 유형지를 되찾을 것이니 모두 이 예언을 믿고 기다리라!'

탐험가는 묘비에 적힌 글을 다 읽고 일어섰다. 그러자 주변 사람들도 같이 일어서며 '우리도 읽어보았지만 정말 우스운 얘기요. 그렇지 않소?' 하고 묻는 듯한 얼굴로 웃고 있었다. 탐험가는 아무런 반응도 보이지 않고 그들에게 동전 몇 개를 건네주며, 테이블이 다시 제자리로 옮겨지는 것을 보고는 그곳을 나와 항구로 향했다.

사병과 사형수는 카페에서 아는 사람을 만났는지 그들과 어울리는 듯했다. 그러다 곧 헤어졌는지 탐험가가 배에 오르려고 긴 계단을 반 정도 내려왔을 때, 그들이 서둘러 뒤를 따라오고 있었다. 두 사람은 탐험가에게 같이 가게 해달라고 부탁할 생각인 듯했다.

　탐험가는 이미 계단을 다 내려와 사공에게 기선까지 태워다 달라는 말을 전하고 있었고, 두 사람은 재빨리 계단 아래로 내려오고 있었다. 그러나 큰 소리로 떠들면 일을 그르칠 것 같은 생각이 들었는지 아무 말도 하지 않았다. 하지만 두 사람이 계단을 다 내려왔을 때 탐험가는 이미 배에 올라탔고 육지에서 떨어진 상태였다. 두 사람은 어떻게든 배 위로 오르려고 했다. 하지만 탐험가가 배의 바닥에 있는 굵은 밧줄을 들어 올려 그들이 배에 오르지 못하도록 위협했다.

화부

열여섯 살인 카를 로스만은 하녀에게 유혹당해 그녀를 임신시켰다. 그래서 가엾은 그의 부모는 그를 미국으로 보냈다. 그가 탄 배가 속력을 늦춰 서서히 뉴욕항으로 들어서자 저 멀리 자유의 여신상을 비추던 햇빛이 점점 더 강해지는 기분이 들었다. 칼을 든 자유의 여신상은 이제 막 팔을 치켜든 듯 위풍당당했고, 바람은 주위에서 살랑이고 있었다.

"정말 높구나!"

그 자리를 떠나야겠다는 생각도 하지 못한 채 카를은 혼잣말을 했다. 하지만 점점 많은 짐꾼들이 그의 곁을 지나가게 되면서 그는 서서히 난간 쪽으로 밀려나게 되었다. 그러다 배에서 알게 된 한 남자가 지나가다가 그에게 말했다.

"안 내릴 거예요?"

"곧 내릴 겁니다."

카를이 웃으며 말했다. 힘 센 카를은 여행 가방을 대담하게 어깨에 메고는, 지팡이를 흔들며 저쪽을 향해 가는 남자를 바라보았다. 그러다 문득 아래층 선실에 우산을 두고 왔다는 사실이 떠올랐다. 그래서 카를은 썩 내켜 하지 않는 그 남자에게 자신의 가방을 봐달라는 부탁을 하고는, 돌아오는 길을 제대로 찾기 위해 현재 자신의 위치를 확인한 뒤 서둘러 자리를 떠났다.

하지만 아래층으로 내려와 보니 지름길은 이미 막혀 있었다. 아마도 사람들이 모두 배에서 내렸기 때문인 듯했다. 그래서 그는 수많은 작은 방들과 끝없이 이어진 짧은 계단들을 지나 복잡하게 이어진 복도, 그리고 책상만 들어서 있는 빈 방을 지나치며 길을 찾으려고 고군분투했다. 그러나 그는 이쪽에는 몇 번밖에 와 보지 않았고, 그때도 여럿이 함께 왔었기 때문에 결국 길을 잃고 말았다. 그는 어떻게 해야 할지 몰랐다. 사람은 보이지 않았고 머리 위에서는 수많은 사람들의 발자국 소리만 들릴 뿐이었다. 저 멀리서 이미 수명을 다한 듯한 기계가 마지막으로 작동하면서 마치 한숨 같은 소리를 냈다. 여기저기 헤매고 다니던 카를은 작은 문을 발견하자 무작정 두드렸다.

"열려 있소."

누군가가 소리쳤다. 카를은 안도하며 문을 열었다.

"왜 그렇게 미친 듯이 문을 두드리는 거요?"

체격이 건장한 한 남자가 카를이 들어서자마자 물었다. 위층에

서 비추는 듯한 희미한 불빛이 창으로 들어와 초라한 선실을 밝혔
다. 선실 안에는 마치 창고처럼 침대와 옷장, 그리고 의자가 하나
씩 놓여 있었고 더불어 거구의 남자가 서 있었다.

"길을 잃어버렸어요. 항해할 때는 몰랐는데 정말 크군요."

카를이 말했다.

"그렇소."

남자는 자랑스럽게 말했다. 그러면서도 두 손은 계속 작은 가방
의 잠금장치를 만지작거리며, 가방이 잠기는 소리를 듣기 위해 손
으로 계속 가방을 누르고 있었다.

"어쨌든 안으로 들어오시오. 계속 밖에 서 있을 거요?"

남자가 말했다.

"방해가 되진 않을까요?"

카를이 물었다.

"아, 방해는 무슨!"

"독일인이십니까?"

카를은 먼저 그가 독일인인지 확인하고 싶었다. 미국에 막 도착
한 사람들에게 아일랜드 사람이 위험한 존재라는 말을 자주 들었
기 때문이었다.

"그렇소. 독일인이오."

남자가 말했지만 카를은 아직도 망설여졌다. 그러자 남자는 갑
자기 문고리를 당겨 문을 닫았고 그와 동시에 카를도 안으로 들어

오게 되었다.

"나는 누군가가 복도에서 여길 들여다보는 걸 무척 싫어하오."

남자는 다시 가방을 매만지며 말했다.

"복도를 지나가면서 아무나 여길 들여다보고 있으니 어떻게 참겠소?"

"하지만 지금 복도에는 아무도 없는데요."

침대 모서리에 불편하게 서 있던 카를이 말했다.

"지금은 그렇소만."

남자가 말했다.

'지금이 제일 중요한 거 아닌가. 말이 안 통하는군.'

카를이 그런 생각을 하고 있을 때 남자가 말했다.

"침대에 좀 누우시오. 거긴 좀 넓으니."

카를이 침대 위로 훌쩍 뛰어오르려고 몸을 날리다가 실패했다. 그는 머쓱한 웃음을 지으며 침대로 들어갔다. 그러다 갑자기 소리쳤다. "맞다, 내 가방!"

"가방이 어디 있소?"

"갑판 위에 있는데 아는 사람한테 맡겨 두고 왔어요. 그 사람 이름이 뭐였더라?"

카를은 여행을 위해 어머니가 겉옷 안쪽에 만들어준 안주머니에서 명함을 꺼냈다.

"부터바움이군요, 프란츠 부터바움."

"중요한 가방이오?"

"그럼요."

"그런 걸 왜 낯선 이에게 맡긴 거요?"

"우산을 찾으러 왔는데 가방을 갖고 오기가 번거로워서요. 그러다 길을 잃었습니다."

"혼자 온 거요? 일행은 없소?"

"네, 혼자 왔어요."

'이 남자와 있는 게 나을지도 몰라. 이보다 더 나은 친구를 어디서 구하겠어.'

카를은 이렇게 생각했다.

"그럼 이제 가방까지 잃어버린 셈이군. 우산은 말할 것도 없고."

그렇게 말하며 남자는 카를에게 흥미가 생겼다는 듯 의자에 앉았다.

"하지만 가방은 아직 잃어버리지 않은 것 같은데요."

"믿는 자에게 복이 있기를."

남자는 짧고 숱이 풍성한 검은 머리를 긁적이며 말했다.

"배 안에서는 항구가 바뀔 때마다 풍습도 바뀐다오. 만약 여기가 함부르크였다면 부터바움이라는 자가 당신의 가방을 잘 지켜주었을지도 모르지만, 이곳에서는 그 사람도, 당신 가방도 찾기어려울 거요."

"그럼 당장 올라가야겠습니다."

카를은 말하면서도 이곳을 어떻게 나가야 할지 생각하며 주위를 두리번거렸다.

"그냥 있으시오."

그렇게 말한 뒤 남자는 한 손으로 카를의 가슴을 다소 거칠게 밀치며 그를 침대 안으로 밀어붙였다.

"왜 이러는 겁니까?"

화가 난 카를이 물었다.

"조금 이따 나랑 함께 나갑시다. 가방을 훔쳐갔다면 지금 가봤자 소용없는 일이고, 그가 가방을 그대로 두었다면 사람들이 떠나고 배가 빈 다음에 더 찾기 쉽지 않겠소? 우산도 마찬가지고."

"이 배의 구조를 잘 아십니까?"

카를이 의심스러운 듯 물었다. 보통 때 같으면 배가 완전히 빈 다음에야 물건을 찾기가 쉽다는 말을 믿었겠지만 지금은 그가 의심스러웠다.

"나는 이 배의 화부요."

남자가 말했다.

"당신이 화부라고요!"

카를은 매우 뜻밖이라는 듯 기뻐서 소리쳤다. 그러고 나서 그는 팔을 괴고 남자를 더 자세히 바라보았다.

"슬로바키아 남자와 같은 선실을 썼는데 그 앞에 창문이 하나 있었어요. 그곳을 통해 기계실을 볼 수 있었어요."

"그렇소. 거기서 일했소."

화부가 말했다.

"난 항상 기술에 관심이 있었어요. 미국에 오지 않았다면 분명 기술자가 됐을 거예요."

카를은 그렇게 말하며 생각에 잠겼다.

"그런데 왜 여기에 온 거요?"

"그럴 만한 사정이 있었어요."

사실대로 털어놓을 수 없는 것을 이해해 달라는 듯 카를은 손을 내저으며 미소를 지었다.

"무슨 이유가 있었겠지."

화부가 말했다. 카를은 무슨 사연인지 듣고 싶다는 얘긴지, 아니면 말을 안 해도 된다는 것인지 알 수 없었다.

"저도 화부가 되고 싶어요. 지금 부모님은 제가 무엇이 되든 상관하지 않으실 테지만."

카를이 말했다.

"내 자리가 곧 빌 거요."

화부는 자신의 말을 곱씹으며 바지 주머니 속에 두 손을 찔러 넣었다. 그리고 주름진 쇳빛 가죽 바지를 입고 있던 그는 침대 위로 다리를 쭉 뻗었다. 그래서 카를은 벽 쪽으로 더 가까이 갔다.

"배를 떠나실 생각이세요?"

"그렇소, 오늘 떠나오."

"무슨 일로? 일이 마음에 들지 않나요?"

"음, 그럴 만한 사정이 있소. 마음에 들고 안 드는 게 중요한 건 아니지. 당신 말도 맞소. 마음에 들지 않으니까. 당신도 진심으로 화부가 되고 싶은 건 아닌 것 같은데. 하지만 마음만 먹으면 쉽게 될 수 있는 게 화부지. 그래서 더 말리고 싶소. 유럽에서 공부를 할 생각이었으면 여기서는 왜 못 하겠소? 유럽의 대학들보다 미국 대학이 훨씬 좋다고 알고 있는데."

"그럴지도 모르죠."

카를이 말했다.

"하지만 나는 대학에 갈 돈이 없어요. 물론 낮에는 가게에서 일하고 밤에 공부를 해서 박사 학위도 받고 시장도 되었다는 이야기를 읽어본 적이 있죠. 하지만 그러기 위해선 엄청난 끈기가 필요하지 않겠어요? 제겐 그런 끈기가 없을 것 같아요. 그리고 전 학창 시절에도 모범생이 아니었기에 졸업할 때도 그다지 서운한 생각이 들지 않았어요. 미국의 학교는 더 엄격할 것 같고, 더구나 저는 영어를 거의 할 줄 몰라요. 또 여기 사람들은 외국인에 대한 편견이 심하다고 들었어요."

"그걸 벌써 알았소? 그럼 좋소. 우리는 이제 한편이오. 보다시피 우리는 독일 배를 타고 있잖소. 이 배는 함부르크–미국 해운 소속인데 왜 선원들은 독일인이 아닌 것인지? 왜 루마니아인이 일등기관사인지? 그의 이름은 슈발이오. 이건 도저히 있을 수 없는 일이

오. 그 망할 녀석이 독일 배에서 우리 독일 사람들을 혹사시키고 있소!"

그는 숨이 차는지 손으로 부채질을 했다.

"내가 괜한 불평을 해댄다고 생각진 마시오. 난 당신이 아무 힘도 없는 불쌍한 청년이라는 걸 잘 알고 있으니까. 하지만 이건 너무 하잖소!"

그는 주먹으로 탁자를 수차례 내리치면서 계속 자신의 주먹을 바라보았다.

"나는 이미 수없이 많은 배에서 일을 해왔소."

그리고 그는 스무 개의 배 이름을 마치 한 단어처럼 줄줄 읊어 댔다. 카를은 정신이 혼미해졌다.

"그간 일을 잘해서 상도 받아봤소. 선장들이 나를 좋아했었지. 같은 배에서 몇 년씩 일을 하기도 했었소."

그는 그때가 자신의 전성기였다는 듯 자리에서 일어났다.

"한데 이 배는 모든 것이 규칙적으로 정해져 있소. 재미라곤 눈을 씻고 찾아볼 수 없지. 여기서 나는 쓸모없는 존재라오. 항상 슈발에게 방해만 되는 게으름뱅이일 뿐. 당장 쫓겨나도 할 말은 없는데 왜 그런지 월급을 꼬박꼬박 챙겨주고 있다오. 왜 그런지 알겠소? 난 모르겠소."

"그런 일에 그냥 가만히 있으면 안 되죠."

카를이 흥분하며 말했다. 그는 자신이 미지의 땅 해안에 맞닿아 있는 흔들리는 배 안에 있다는 걸 거의 잊은 듯했다. 그만큼 화부의 침대는 아늑했다.

"선장한테 가보셨어요? 선장한테 당신의 권리를 요구해 보셨냐구요?"

"어휴, 관둡시다. 당신은 그냥 가는 게 낫겠소. 더 이상 여기에 있지 않아도 되오. 내 말은 제대로 듣지도 않고 다짜고짜 충고부터 하는군. 선장을 찾아가 뭘 할 수 있겠소?"

화부는 피곤한지 다시 자리에 앉아 두 손으로 얼굴을 감쌌다.

'내가 그에게 할 수 있는 최선의 충고였는데.'

카를은 기껏 충고했는데도 어리석은 사람 취급을 당하느니 차라리 가방이나 찾으러 가야겠다고 생각했다. 아버지는 카를에게 마지막으로 가방을 넘겨주면서 '네가 이 가방을 얼마나 갖고 있을지.'라며 농담처럼 말했었다.

어쩌면 그 비싼 가방을 다시는 못 찾을지도 모른다. 그나마 한 가지 다행인 것은 아버지가 아무리 그의 상태를 알고 싶어 해도 현재의 위치를 파악하는 것은 거의 불가능하다는 것이었다. 선박회사 역시 그 가방이 뉴욕에 있다는 것만 알려줄 수 있을 것이다.

하지만 카를은 가방에 들어 있는 물건들을 거의 사용하지 않았기에 아쉬웠다. 진작 셔츠라도 갈아입었어야 했는데 쓸데없이 절약을 한 셈이었다. 새로운 생활을 시작하는 이 시점에서 무엇보다 깨끗한 옷차림이 필요한데 더러운 셔츠 차림으로 나서야 했던 것이다. 그것만 아니었어도 가방을 잃어버린 것이 이렇게 화가 나지는 않았을 것이다. 그가 지금 입고 있는 양복은 가방 안에 있는 것보다 더 좋은 것이다. 가방에 들어 있던 양복은 만일에 대비해 챙겨둔 것이고 출발 직전까지도 어머니가 수선해야 했던 것이다. 그는 문득 어머니가 가방에 챙겨준 베로나 소시지가 생각났다. 아주 조금밖에 먹지 않은 것이었다. 배를 타는 동안에는 별로 입맛도 없었고 배에서 제공하는 수프만으로도 충분했기 때문이다. 카를은 그 소시지가 지금 있었다면 화부에게 선물했을 거란 생각에 아쉬웠다. 그와 같은 사람들은 작은 선물에도 마음이 움직인다는 것을 아버지에게 배웠기 때문이다. 아버지는 사업과 관계되는 하급 직원들에게 담배를 나눠주며 환심을 사곤 했다. 이제 카를이 선물할 수 있는 건 돈밖에 없었다. 하지만 가방마저 잃어버린 마당에 지금 바로 돈에 손을 댈 수는 없는 노릇이었다. 카를은 다시 가방에 대해 생각했다. 배를 타고 오면서 혹시라도 잃어버릴까 봐 잠까지 설쳐가며 지켜냈던 가방을 그렇게 쉽게 잃어버렸다는 사실이 믿기지 않았다. 그는 지난 오 일간의 일들을 떠올렸다. 그의 왼쪽에서 두 번째 침상에 작은 슬로바키아인이 있었는데 카를은 그가 자신의 가방을 틈틈이 노리고 있다고 의심했었다. 그 슬로바키아인은 피곤에 지친 카를이 깜박 잠들기만을 기다렸다가 낮에 갖고 놀던 장대로 카를의 가방을 끌어당기곤 했다. 슬로바키아인은 낮에는 무척 착한 사람으로 보였지만 밤만 되면 종종 침상에서 일어나 슬픈 눈빛으로 카를의 가방을 훔쳐보곤 했던 것이다. 카를은 그 사실을 확실히 알고 있었다. 이민자들이 불안함 때문에 여기저기에 불을 켰기 때문이다. 물론 그것은 배 안의 규정을 어기는 것이었지만 사람들은 불을 켜고 이민국에서 나눠준 잘 이해되지 않는 안내서를 읽어보려고 노력했다. 불빛이 가까운 곳에 있을 때 카를은 잠깐이라도 눈을 붙였지만, 멀리 있거나 어두워질 때면 눈을 부릅뜨고 있어야 했다. 카를이 그렇게 피곤함을 무릅쓰고 애를 쓰며 가방을 지켰건만, 이젠 모든 게 물거품이 된 것이다. 부터바움, 만나기만 해봐라!

그때였다. 저 멀리서 아이들의 발소리처럼 작은 소리가 이제껏 조용했던 이곳의 적막을 깨뜨렸다. 그 소리는 점점 커지면서 가까워졌는데, 그것은 남자들의 행진 소리였다. 그들은 늘 그러하듯 좁은 복도에서 일렬로 행진하고 있는 게 확실했다. 무기에서 나는 듯한 덜그럭거리는 소리가 들려왔다. 가방과 슬로바키아인에 대한 온갖 걱정을 떨쳐버리고 막 잠이 들려던 카를은 깜짝 놀라 잠에서 깼고, 화부의 주의를 끌기 위해 그를 툭 쳤다. 행렬의 선두가 문 앞에 도착한 것 같았기 때문이다.

"저들은 이 배의 악단이오."

화부가 말했다.

"갑판 위에서 연주를 마치고 짐을 싸러 가는 것이오. 이제 다 끝났으니 우리도 가도 되오. 자, 갑시다!"

그는 카를의 손을 잡고, 나가기 직전에 침대 위의 벽에 붙어 있던 성모마리아 액자에서 그림을 떼고는 윗옷 안주머니에 쑤셔 넣었다. 그리고 가방을 챙겨 카를과 함께 서둘러 밖으로 나왔다.

　"나는 사무실에 가서 윗사람들에게 내 생각을 말할 것이오. 승객들도 다 내렸으니 이젠 걱정할 것도 없지."

　화부는 이 말을 반복하면서 걸어갔다. 그러다 통로를 가로지르는 쥐를 발견하고는 옆으로 차서 밟아 죽이려 했다. 그러나 쥐는 잽싸게 구멍으로 들어가 버렸기에 화부가 구멍 속으로 밀어 넣어 준 셈이 되고 말았다. 그는 다리가 길었지만 무거웠기에 동작이 매우 느렸다.

　두 사람은 주방을 지나갔다. 그곳에는 여자 몇 명이 더러운 앞치마를 두르고—그들은 일부러 더러운 물을 튀겨 앞치마를 적셨다—큰 통에 든 그릇들을 닦고 있었다. 화부는 리네라는 여자를 불러내 팔로 허리를 감싸 안고는 잠시 걸었고, 여자는 그의 팔에 기대어 애교를 부렸다.

　"지금 돈 받으러 가는 길인데 같이 가지?"

　화부가 물었다.

　"군이 내가 가야 되나? 그냥 갖다 줘요."

　여자는 그렇게 말하며 그의 팔에서 몸을 빼고는 달아났다.

　"저렇게 예쁜 애송이를 어디서 찾았어요?"

　여자는 다시 외쳤지만 대답을 듣기 위함은 아니었다. 여자들은 하던 일을 멈추고 모두 웃고 있었다.

둘은 계속 걷다가 위에 작은 지붕이 달린 문 앞에 멈춰 섰다. 금박을 씌운 작은 여인상이 지붕을 받치고 있었는데 굉장히 화려했다. 카를은 이 부근으로는 한 번도 와보지 않았다는 사실을 깨달았다. 이곳은 아마 일등실이나 이등실 승객을 위한 곳인 듯했고, 지금은 대청소를 하기 위해 칸막이를 없앤 것 같았다. 실제로 그들은 빗자루를 들고 화부에게 인사하는 남자들을 몇 명 만났다. 카를은 그렇게 많은 사람들이 이 배에서 일한다는 사실에 놀랐다.

그가 있었던 선실에서는 결코 알 수 없는 일이었다. 전깃줄이 통로를 따라 이어져 있었고, 작은 종소리가 계속 들려왔다.

화부가 공손히 노크를 했다. 그러자 "들어오시오." 하는 소리가 들렸고, 그는 카를에게 겁먹지 말고 들어가라는 손짓을 했다. 카를은 들어가긴 했으나 문가에 서 있었다. 그는 방 안에 있는 세 개의 창을 통해 일렁이는 파도를 보았다. 그걸 보고 있노라니, 오 일 동안 바다를 계속 봐왔음에도 마치 처음 보는 것처럼 가슴이 두근거렸다.

거대한 배들이 서로 엇갈리며 자신의 무게가 허락하는 만큼 파도를 치고 있었다. 눈을 가늘게 뜨고 바라보면 배들은 온전히 자신의 무게로 인해 흔들리고 있는 것 같았다. 돛대 위에는 좁고 긴 깃발이 달려 있었다. 배가 항해하고 있었기에 깃발은 팽팽하게 펴져 있었지만 가끔씩 펄럭이곤 했다. 그러다 군함에서 쏜 듯한 예포 소리가 들렸다. 멀지 않은 곳에서 군함이 지나가며 강철로 된 포신이 빛을 반사하는 모습은 마치 배가 기울어진 것처럼 보이게 했다. 배는 안정적으로 항해하고 있었지만 수평이 맞지 않는 듯했다.

문가에서 바라보았기에 멀게 느껴졌는지 몰라도, 여러 척의 작은 배와 보트들이 커다란 배 사이를 지나가고 있었다. 그 뒤 배경으로 뉴욕이 있었고, 뉴욕의 고층 건물에 달린 수십만 개의 창이 카를을 바라보고 있었다. 그렇다, 이 방 안에서 카를은 지금 자신이 어디에 있는지 알 수 있었다.

원형탁자에 세 남자가 둘러앉아 있었다. 한 명은 푸른 선원 제복을 입은 항해사였고, 다른 두 명은 항만청 직원이었는데 검은 미국식 제복을 입고 있었다. 탁자에는 수많은 서류들이 켜켜이 쌓여 있었고, 항해사는 손에 펜을 쥐고는 먼저 서류를 검토한 다음 나머지 두 사람에게 건네주었다. 그러면 그들은 그 서류를 읽고, 내용을 선별하여 서류가방에 넣었다. 또 그들 중에서 계속 이를 딱딱 부딪치며 소리를 내고 있던 남자가 무언가를 읽어주면 다른 남자가 그 내용을 기록하기도 했다.

창가 근처의 책상에는 작은 체구의 남자가 문을 등지고 앉아 있었는데, 그는 머리 위에 있는 튼튼한 선반에 가지런히 꽂힌 커다란 장부들을 훑어보고 있었다. 남자 옆에는 열려 있는 금고가 있었는데, 얼핏 보니 아무것도 들어 있지 않은 듯했다.

두 번째 창문은 주위가 확 트여 있어 바깥 경치가 아주 잘 보였다. 하지만 세 번째 창문 근처에는 두 남자가 낮은 목소리로 이야기를 나누고 있었다. 그중 한 남자는 선원 제복을 입고 창가에 기대어 칼을 만지작거리고 있었다. 그와 이야기를 나누는 사람은 창가 쪽을 향해 서 있었는데 그가 움직일 때마다 상대방의 가슴에 달린 훈장이 살짝 보이곤 했다. 그는 사복을 입었고 가느다란 대나무 지팡이를 가지고 있었는데, 두 손을 허리에 얹고 있어서 지팡이가 마치 칼처럼 삐죽 솟아 있었다.

카를은 모든 걸 세세하게 살펴볼 시간이 없었다. 이내 하인이 다가와 그가 올 곳이 아니라는 눈빛으로 화부를 바라보며 무슨 용건이 있느냐고 물었기 때문이다. 화부는 하인만큼 낮은 목소리로 경리 주임과 이야기를 나누고 싶다고 했으나 하인은 그럴 수 없다는 듯 손을 내저었다. 그러면서도 하인은 까치발로 조심조심 원탁을 피해서 큰 원을 그리며 장부를 보고 있는 남자들에게로 갔다. 하인의 말에 남자는 놀라며 표정이 굳어졌고 자신과 대화를 나누고 싶어 하는 남자를 향해 몸을 돌렸다. 그러고 나서 단호한 거절의 의미로 화부에게 손을 저었고 좀 더 분명하게 자신의 뜻을 전달하기 위해 하인에게도 나가라는 듯한 손짓을 했다. 그러자 하인이 화부에게 돌아와 은밀한 어조로 "당장 여기서 나가주세요!"라고 말했다.

그 말을 들은 화부는 마치 하소연이라도 하듯 카를을 바라보았다. 카를은 고민할 것도 없이 항해사의 의자를 건드리면서까지 방을 가로질러 뛰어갔다. 하인은 몸을 구부리며 마치 벌레라도 잡는 듯 카를을 향해 팔을 벌리고 달려갔지만 카를은 이미 경리 주임의 책상에 도착해 있었다. 그리고 그는 하인이 자신을 끌어낼 것을 대비해 책상을 꽉 움켜쥐고 있었다.

갑자기 방 전체가 어수선해졌다. 탁자에 앉아 있던 항해사가 벌떡 일어났고 항만청 직원들은 조용하면서도 신중하게 그 상황을 지켜보고 있었으며 창가에 있던 두 남자는 나란히 앞에 서 있었다. 하인은 높으신 분들이 관심을 보이고 있으니 자신이 끼어들 자리가 아니라 생각했는지 뒤로 물러서 있었다. 문가에 서 있던 화부는 자신이 필요하게 될 순간을 기다리며 몹시 긴장했다. 마침내 경리 주임이 의자에 앉은 채 오른쪽으로 휙 몸을 돌렸다.

카를은 사람들의 시선은 신경 쓰지 않고 자신을 소개하는 대신 비밀 주머니에서 여권을 꺼내 책상 위에 놓았다. 그러나 경리 주임은 여권 따윈 중요하지 않다는 듯 두 손가락으로 밀쳐놓았다. 카를은 이제 절차가 마무리되었다고 생각하며 만족스럽게 여권을 제자리에 집어넣었다.

"한 말씀 올리자면, 제 생각에 이 화부 어르신께서 부당한 대우를 받고 있는 것 같습니다. 이 배의 슈발이라는 사람이 그를 힘들게 하고 있습니다. 이 화부 어르신은 지금껏 수많은 배에서 만족스럽게 일을 해왔고, 여태껏 일해 왔던 배의 이름을 지금 이 자리에서 읊어댈 수도 있습니다. 그는 누구보다 성실하게 일했고 그 일을 좋아했습니다. 하지만 상선만큼 일이 힘들지도 않은 이 배가 왜 그에게 부적합한지 도대체 알 수가 없습니다. 그것은 아마 누군가 그를 모함하기 때문인 것 같습니다. 그것 말고 다른 이유는 없습니다. 저는 그저 이 일에 관해 일반적인 내용만 말씀드렸을 뿐입니다. 이 외에 특별한 불만 사항에 대해서는 그분이 직접 말씀드릴 것입니다."

카를은 그곳에 있던 모든 사람들을 향해 그렇게 말했다. 다들 카를의 이야기를 경청하고 있었다. 그들은 경리 주임이 공정한 처사를 내리길 바라는 것보다는 그곳에 모인 사람들 중 한 명에게 공정한 처사를 기대하는 것이 차라리 나을 것이라 생각했다. 카를은 최근에 화부를 알게 되었다는 사실은 말하지 않았다. 만약 카를이 그 자리에서 처음 만난, 대나무 지팡이를 든 남자의 상기된 얼굴을 보며 당황하지만 않았더라도 훨씬 더 말을 잘할 수 있었을 것이다.

"한 마디 한 마디 모두 다 맞습니다."

화부는 누가 묻기도 전에, 아니 쳐다보기도 전에 그렇게 말했다. 만약 훈장을 단 남자가—카를은 분명 그가 선장이라는 생각이 들었다—화부의 말을 들으려고 마음먹지 않았다면 화부가 그렇게 성급하게 말을 꺼낸 것은 큰 실수가 됐을 것이다. 선장은 손을 뻗으며 단호한 목소리로 화부에게 소리쳤다.

"이리 오시오!"

이제 모든 것이 화부에게 달려 있었다. 카를은 그가 옳다는 점에 대해서는 한 치의 의심도 하지 않았다. 다행인 것은 이 기회를 통해 화부가 세상 곳곳을 돌아다니며 많은 경험을 쌓았다는 사실이 밝혀진 것이다. 화부는 침착한 태도로 작은 가방에서 서류 한 뭉치와 수첩을 꺼냈고 경리 주임은 완선히 무시한 채 곧장 선장에게로 가서 증거자료를 창틀 위에 펼쳐놓았다. 경리 주임도 하는 수 없이 그쪽으로 자리를 옮겼다.

"이 사람은 평소에도 아주 불만이 많기로 유명합니다."

경리 주임이 설명했다.

"기관실보다는 늘 경리실에 더 오래 있으니까요. 이 사람 때문에 침착한 슈발도 난처해하고 있습니다. 이보시오!"

경리 주임이 화부를 향해 몸을 돌렸다.

"당신, 도가 지나친 것 아니오. 지금껏 몇 번이나 급료 지불실에서 쫓겨난 줄 아시오? 말도 안 되는 요구들을 해댔으니 당연한 거 아니오! 또 거기에서 몇 번이나 중앙 회계실로 달려왔소? 그리고 슈발은 당신 직속상관이니 그와 잘 의논해 보라고 몇 번이나 타일렀소? 그런데 이젠 선장님이 계신 이곳까지 찾아와 그분을 괴롭히고 있다니 부끄러운 줄 아시오! 게다가 터무니없는 고발을 한답시고 처음 보는 이런 애송이를 앞세우다니!"

카를은 당장 끼어들어 한 마디 하고 싶었지만 겨우 참았다. 그때 선장이 말했다.

"이 사람 말을 들어봅시다. 슈발도 점점 제멋대로 굴고 있으니까. 그렇다고 당신 편을 드는 것은 아니요!"

마지막 말은 화부에게 한 것이었다. 지금 당장 선장이 화부를 위해 무언가를 할 순 없었지만 모든 일이 잘 풀리고 있는 것 같았다. 화부는 처음부터 슈발에게 '씨'라는 존칭을 붙이며 자신의 감정을 잘 다스리면서 차분하게 설명했다. 카를은 몹시 기뻐하며 경리 주임이 떠난 책상 앞에서 편지 저울을 계속 눌러대고 있었다. '슈발 씨는 불공평하다! 슈발 씨는 외국인을 선호한다! 슈발 씨는 화부를 기관실에서 내쫓고 화장실 청소를 시켰다. 그것은 분명 화부가 할 일이 아니다! 그러다 보니 이젠 슈발 씨의 능력에 대해서도 의심이 생기기 시작했다. 그는 유능하다기보다는 겉으로만 그럴듯해 보이는 것이다.' 그 부분에서 카를은 마치 선장이 자신의 동료라도 되는 듯 다정한 눈빛으로 바라보았다. 그것은 화부의 서툰 말솜씨 때문에 선장이 불쾌하지 않도록 하기 위해서였다.

화부는 핵심이 없는 이야기를 계속했고, 선장은 앞을 바라보며 이번에는 화부의 말을 끝까지 들어주리라 결심하는 듯한 눈빛이었지만 다른 사람들은 벌써 인내심을 잃어가고 있었다. 곧 화부의 목소리는 그 방 안의 분위기를 주도하지 못했고 사복 차림의 남자가 가장 먼저 대나무 지팡이를 만지며 조용히 바닥을 두드렸다. 다른 남자들도 그쪽을 바라보았고, 지금껏 겨우 참아온 듯한 항만청 직원들은 아직은 멍한 상태로 다시 서류를 들어 훑어보기 시작했다. 항해사는 탁자 근처에 가서 앉았고, 자신이 이겼다고 확신한 경리 주임은 비아냥대는 듯한 깊은 한숨을 내쉬었다.

방 안은 몹시 어수선해졌으나 단지 하인만 그 분위기에 휩쓸리지 않았다. 그는 높은 분들 사이에 있는 화부의 가엾은 처지에 공감하고 있었으며, 카를에게 무슨 말이라도 하려는 듯 진지하게 고개를 끄덕였다.

그러는 동안 창밖에는 항구의 일상이 계속되고 있었다. 잔뜩 통을 실은 납작한 화물선이 지나가고 있었는데, 통들이 굴러 떨어지지 않게 기술적으로 잘 쌓아놓았다. 화물선이 지나가자 방 안이 어두워졌다. 카를이 시간만 있었다면 자세히 살펴봤을 작은 모터보트들도 보였다. 그 보트들은 핸들을 잡고 서 있는 사람 손의 움직임에 따라 요란한 소리를 내며 앞으로 곧장 나아가며 사라졌다.

그리고 이상하게 생긴 부표들이 물 위로 떠올랐다가 곧 파도에 휩쓸려 놀란 카를의 눈앞에서 가라앉곤 했다. 원양선의 보트 안에 가득 찬 승객들은 기대에 찬 모습으로 조용히 앉아 있었지만 몇몇 사람들은 계속 변하는 광경을 보기 위해 고개를 돌리고 있었다. 끝없는 움직임과 불안함은 의지할 곳 없는 사람들과 그들의 행위로 옮겨가고 있었다.

다들 화부에게 빨리, 정확하게, 아주 상세히 설명하라고 재촉하고 있었다. 그러나 화부는 무엇을 하고 있는가? 땀범벅이 되어 이야기를 하고 있었는데, 손이 덜덜 떨려 창틀에 놓인 서류들을 잡고 있지도 못했다. 슈발에 대한 비난이 사방에서 넘쳐났기에 카를은 그것만으로도 슈발을 완전히 매장시킬 수 있다고 생각했다. 하지만 화부가 선장에게 할 수 있었던 얘기는 모든 것이 뒤섞여 엉망진창이 돼버린 말들뿐이었다. 대나무 지팡이를 든 남자는 오래전부터 천장을 쳐다보며 휘파람을 불고 있었고, 항만청 직원들은 탁자 앞에 항해사를 데려다 놓고 다시는 놓아주지 않겠다는 모습이었다. 경리 주임은 선장의 차분한 태도 때문에 참고 있었으며 하인은 선장이 화부에 관한 지시를 내릴 때까지 경직된 자세로 대기하고 있었다.

카를은 이렇게 가만히 지켜보고 있을 수만은 없었다. 그래서 그는 사람들을 향해 천천히 걸어갔다. 이 일을 어떻게 처리하는 것이 가장 현명할지 생각하면서 빠르게 걸었다. 지금이 바로 적절한 순간이었다. 아마 잠시 뒤에 두 사람은 여기서 쫓겨날 것이다. 선장은 좋은 사람인 듯했다. 지금 이 순간이야말로 그의 공명정대함을 드러내야만 할 특별한 이유가 있는 것 같았다. 그러나 선장을 마음대로 조종할 순 없었다. 그럼에도 화부는 몹시 흥분한 상태에서 선장을 조종하려 하고 있었다. 마침내 카를은 화부에게 말했다.

"좀 더 간결하고 명확하게 설명하셔야 합니다. 지금처럼 얘기한다면 선장님께선 당신의 말을 인정하지 못하실 테니까요. 선장님께서 모든 기관사와 하인들의 이름과 세례명을 다 아실 순 없잖습니까? 그런데 당신은 지금 그런 것만 언급하며 이야기하고 있으니 선장님께서 어떻게 이해하시겠습니까? 당신의 고충을 정리하세요. 그 다음 가장 중요한 것을 말씀드린 후 나머지는 차차 얘기하세요. 그러면 그렇게 많은 얘기를 할 필요도 없을 겁니다. 늘 저한테 그랬던 것처럼 명확히 설명하세요!"

　미국은 남의 가방도 도둑질하는 곳이니 거짓말쯤은 괜찮을 거라며 카를은 속으로 변명을 늘어놓고 있었다.

　카를의 말이 그에게 도움이 될 수 있다면! 그러나 너무 늦었는지도 모른다. 화부는 익숙한 목소리를 듣자마자 즉시 하던 얘기를 멈췄다. 그러나 그는 자존심이 몹시 상했고 과거의 끔찍한 기억들이 되살아난 데다가 현재의 난처한 상황까지 겹치는 바람에 눈에 눈물이 가득 고여 카를을 제대로 알아보지도 못했다. 이제 어떻게 해야 한단 말인가. 카를은 아무 말 없는 화부를 바라보았다. 이제 와서 갑자기 말을 바꿀 수도 없지 않는가! 카를은 그가 해야 할 말은 다했으나 아무런 인정도 받지 못한 것 같았다. 아니, 한편으로는 해야 할 말은 하나도 못한 것 같기도 했다. 그렇다고 높으신 분들께 다시 한 번 이야기를 들어주십사 하고 청할 수도 없는 노릇이었다. 게다가 이런 상황에서 유일하게 화부의 편이었던 카를이 조언을 했건만 결국 모든 게 끝이 났다는 걸 화부에게 알리는 셈이 되어버렸다.

　'창밖을 감상하지 말고 좀 더 일찍 올걸.'

　카를은 화부 앞에서 고개를 숙인 채 더 이상은 아무런 희망도 없다는 듯 바지 솔기를 만지작거리며 생각했다. 그러나 화부는 카를이 자신을 은근히 비난하고 있다고 생각했다. 그래서 화부는 어리석게도 자신의 입장을 해명하려는 좋은 의도로 카를과 말싸움을 벌이게 되었다. 그것도 바로 지금 말이다. 원탁에 앉아 있는 남자들은 자신의 일을 방해하면서까지 쓸데없는 논쟁을 벌이며 소란을 피운 것에 대해 몹시 화를 냈다. 경리 주임은 선장의 인내심을 더 이상은 이해할 수 없다는 듯 몹시 흥분해 당장이라도 폭발할 듯했고, 하인은 상관들 사이에서 화부에게 따가운 눈총을 보내고 있었다. 그리고 선장이 가끔 다정한 눈길로 바라보는, 대나무 지팡이를 든 남자는 이제 화부는 전혀 신경 쓰지 않는다는 듯 불쾌함을 드러내며 작은 수첩을 꺼내 자신의 일을 보고 있었다. 그는 수첩과 카를을 번갈아 훑어보았다.

"알아요, 저도 잘 압니다."

카를은 그렇게 말하며 화부가 자신을 공격할 장황한 말들을 막으려 애썼다. 그는 언쟁을 벌이면서도 화부를 향해 미소를 지어주었다.

"당신 말이 맞아요. 정말 그래요. 거기엔 한 치의 의심도 없어요."

카를은 화부가 휘두르는 손에 맞을까 걱정돼서 그의 손을 붙들고 싶었다. 그리고 구석으로 데려가 그를 진정시킬 몇 마디를 해주고 싶었으나 화부는 이미 제정신이 아니었다. 카를은 최악의 경우, 어쩌면 화부가 절망에서 비롯된 힘으로 이곳에 있는 일곱 남자들을 모두 제압할 수 있을지도 모른다는 생각이 들어 한편으론 안심이 되었다. 게다가 책상 위를 보니 전선이 연결된 수많은 단추들이 달린 누름판이 있었다. 그 단추를 한 손으로 누르기만 해도 화부와 사이가 좋지 않은 사람들이 복도로 몰려와 배 전체에 폭동이 일어날 수도 있을 것 같았다.

그때 지금껏 방관만 하던 대나무 지팡이를 든 남자가 카를에게 다가와 그렇게 크진 않지만 화부의 목소리를 제압할 수 있을 만큼의 소리로 물었다.

"당신의 이름이 뭡니까?"

그 순간, 이 말을 기다리기라도 한 듯 문 뒤에서 노크 소리가 들렸다. 하인이 선장을 바라보자 선장은 고개를 끄덕였다. 하인이 달려가 문을 열었다. 거기에는 낡은 예복을 입은, 체구가 중간 정도 되는 남자가 서 있었다. 겉으로만 봐서는 기계를 다루는 사람 같지 않았으나 그가 바로 슈발이었던 것이다. 카를은 선장을 포함해 모든 사람들이 만족스러운 얼굴을 하고 있음을 알 수 있었다. 그때 카를이 주먹을 불끈 쥐고 있는 화부의 모습을 보았다면 깜짝 놀랐을 것이다. 화부는 두 팔을 쭉 뻗고 주먹을 꽉 쥐고 있었는데, 그에겐 지금 이렇게 주먹을 꽉 쥐고 있는 것이 자기 인생 최대의 중요한 일인 것 같았고, 그 일을 위해서 자신의 모든 걸 희생할 수도 있을 것만 같았다. 그 주먹엔 그를 지탱해 주는 모든 힘이 다 들어 있었던 것이다.

화부의 적인 슈발이 예복을 갖춰 입고, 옆구리에는 화부의 임금 지급내역과 업무 보고서 같은 장부를 들고 나타났다. 그는 우선 그곳 사람들의 기분을 파악하려는 듯 모든 사람들의 눈을 차례로 바라보았다.

이곳에 있는 일곱 남자들은 이미 그의 편이 되어 있었다. 비록 예전에 선장이 슈발에 대해 불만족스러웠다 해도, 진심은 아닐지도 모르지만 어쨌든 이미 화부에게 충분히 시달렸기에 누구도 슈발을 비난하지 못할 것 같았다. 화부 같은 사람은 최대한 엄하게 다루어야 했다. 슈발에게 잘못이 있다면 그동안 화부의 반항기를 꺾지 못하고 이 순간 감히 선장 앞에 나타나게 만들었다는 것이다.

화부와 슈발의 대립은 어쩌면 고등법원에서나 볼 수 있을 만큼의 효과를 가져올지도 모른다. 왜냐하면 슈발이 제아무리 감정을 잘 숨긴다 해도 영원히 숨길 순 없을 것이고, 그의 악행이 조금이라도 보인다면 고관들은 그것을 충분히 파악할 수 있기 때문이다. 카를은 이미 그렇게 생각하고 있었다. 그리고 카를은 고관들의 예리함과 약점, 그리고 특징들을 어느 정도 파악하고 있었다. 그런 생각을 하니 지금껏 이곳에 있었던 것도 헛일은 아닌 듯싶었다. 화부가 좀 더 잘해 주었으면 좋았겠지만 현재 화부는 전의를 완전히 상실한 듯 보였다. 만약 화부가 슈발과 싸우게 된다면 화부는 아마 그 미운 녀석의 머리통을 주먹으로 몇 대 가격하겠지만 지금 상황으로 봐서는 화부가 슈발에게 몇 걸음 다가가는 것조차도 힘들 것 같았다.

　슈발이 자진해서 오지 않았더라도 선장의 호출로 이곳에 올 것이라는 건 너무도 쉽게 예상할 수 있는 일이었는데 어째서 카를은 그 생각을 못 했을까! 왜 그는 화부와 확실한 전략도 없이 무작정 여기까지 와서 문을 열고 들어온 것일까? 유리한 상황에서도 반내신문은 있기 마련인데, 지금 이 상황에서 반대신문이 있을 경우 화부는 '예'나 '아니요'라는 대답이나 제대로 할 수 있을까? 화부는 힘없이 무릎을 벌린 채 서 있었는데 머리를 약간 들고 있었다. 그리고 마치 폐가 없는 사람처럼, 벌어진 그의 입을 통해 공기가 드나들고 있었다.

　그러나 카를은 힘이 생기면서 정신이 맑아지는 기분이 들었다. 고국에서는 한 번도 느껴보지 못했던 것이었다. 만약 그의 부모님이 그가 낯선 나라에서 고관들을 앞에 두고 선의를 위해 싸우는 모습을 볼 수 있다면 얼마나 좋을까! 아직 승리한 건 아니지만 마지막 정복을 위해 이렇게 모든 태세를 갖추고 있지 않은가! 그렇다면 부모님이 그에 대한 생각을 바꾸실 수도 있지 않을까? 그를 두 분 사이에 놓고 칭찬해 주실까? 부모님을 향한 마음이 담겨 있는 그의 눈을 단 한 번이라도 바라봐 주실까? 지금 이 상황에서 이런 생각을 하고 있다니!

　"저는 화부가 저를 부당하게 고발할 것이라는 생각 때문에 이 자리에 온 것입니다. 주방 직원인 한 아가씨가 화부가 여기로 오는 것을 보았다더군요. 선장님, 그리고 이곳에 계신 모든 신사분들, 저는 제가 준비해 온 이 서류를 통해, 필요하다면 저 문 밖에 있는 공명정대한 증인들을 통해 모든 걸 반박할 준비가 되어 있습니다."

슈발이 그렇게 말했다. 남자다운 명쾌한 발언이었다. 게다가 듣고 있는 사람들의 표정은, 정말 오랜만에 다시 사람다운 소리를 듣는다는 듯한 얼굴이었다. 그러나 그들은 그 훌륭한 말에도 허점이 있다는 것을 알아채지 못했다. 슈발은 왜 이 일과 관련하여 가장 먼저 '부당함'이라는 말을 떠올렸을까? 이 자리에서 그의 민족적 편견이 아니라 부당함에 대해 비난해야 하는 것일까? 그는 사무실로 가는 화부를 봤다는 주방 아가씨의 말을 듣고 무슨 일이 일어난 건지 짐작을 했다고 말했다. 그가 그렇게 예민하게 반응한 이유가 죄의식 때문이 아니었을까? 게다가 증인까지 불러와 그들이 공평하고 편견이 없다고 말하지 않았던가? 속임수, 분명 속임수다! 그런데 고관들은 그걸 모른 척하고 옳은 행동이라 인정하다니! 그가 주방 아가씨의 보고를 듣고 여기까지 오는데 왜 그리 오랜 시간이 걸렸던 것인가? 그것은 화부가 고관들을 지치게 만들어 그들의 판단력을 점차 흐리게 하려는 심산이었을 것이다. 정확한 판단이야말로 슈발이 가장 두려워하는 것이었다. 그는 이미 오래 전에 문 밖에서 기다리다가 조금 전에 저 신사가 화부의 고충과는 상관없는 의미 없는 질문을 하는 것을 듣고서 이제 화부는 끝장났다고 생각하며 노크한 것이 아닐까?

모든 것이 명확해졌다. 슈발의 의도는 그렇지 않았을지도 모르지만, 그에 의해 모든 사실이 명확하게 밝혀진 것이다. 그러나 이 자리에 있는 고관들에게 좀 더 확실하게 보여줘야 한다. 그들을 각성시켜야 한다. 그러니 카를, 승인들이 나타나 모든 길 망쳐버리기 전에 어서 지금 이 시간을 잘 활용하라!

그때 선장이 손짓을 하며 슈발을 제지했다. 그러자 슈발은 자신과 관련된 일이 잠시 미뤄졌다는 생각에 한 발 물러나 자신의 편에 선 듯한 하인과 조용히 대화를 나누었으며, 곁눈질로 카를과 화부를 보며 자신만만한 손짓을 해댔다. 슈발은 그렇게 다음 연설을 위한 연습을 하는 것 같았다.

"야콥 씨, 저 청년에게 뭔가 물어보려고 하지 않으셨습니까?"

선장이 침묵을 깨고 대나무 지팡이를 든 남자에게 말했다.

"그렇습니다."

남자는 자신을 배려해 준 감사의 뜻으로 선장에게 살짝 고개를 숙여 인사를 했다. 그러고는 카를에게 다시 물었다.

"당신의 이름이 뭡니까?"

카를은 계속되는 질문을 일단락 지어야 중요한 본론으로 돌아갈 수 있을 것 같았다. 그래서 그는 여권을 보여주는 대신 간단하게 자기소개를 했다. 여권을 찾으려면 시간이 걸리기 때문이었다.

"카를 로스만입니다."

"세상에나."

야콥이란 남자는 도저히 믿기 어렵다는 듯 웃으며 한 발 물러섰다. 항만청 직원들과 슈발을 제외하고 선장과 경리 주임, 항해사 그리고 하인마저 몹시 놀라는 듯했다.

"세상에나."

야콥은 그 말을 되풀이하며 카를에게 머뭇거리며 다가왔다.

"그렇다면 난 네 외삼촌 야콥이고 넌 내 사랑스러운 조카로구나. 왠지 아까부터 그런 느낌이 들었단다."

그는 선장을 보며 그렇게 말한 뒤 카를을 끌어안고 입맞춤을 했다. 카를은 아무 말도 하지 않고 그대로 있었다.

"성함이 어떻게 되십니까?"

카를은 야콥에게서 풀려나자 정중하지만 별다른 감정 없이 물었다. 그는 이 일로 인해 앞으로 어떤 일이 벌어질지 생각하느라 신경을 곤두세우고 있었다. 다른 건 몰라도 슈발에게 유리한 일은 아닐 듯싶었다.

"젊은이, 자네에겐 큰 행운이오."

카를이 야콥에게 무례한 질문을 했다고 생각하는 듯 선장이 말했다. 야콥 씨는 자신의 들뜬 모습을 보이지 않기 위해 창가에 서서 손수건으로 얼굴을 매만지고 있었다.

"방금 당신의 외삼촌이라고 말씀하신 분은 상원의원이신 에드워드 야콥 씨라네. 이제 자네에겐 지금껏 예상했던 것보다 훨씬 더 찬란한 미래가 펼쳐질 거야. 그러니 신중히 생각하고 처신 잘하게."

"미국에 야콥이라는 외삼촌이 계시긴 하지만……."

카를이 선장에게 말했다.

"하지만 제가 잘못 들은 게 아니라면, 야콥은 상원의원님의 성이 아닙니까?"

"그렇지."

선장이 관심을 보이며 말했다.

"하지만 야콥은 제 외삼촌의 세례명이고 외삼촌은 어머니의 형제이기에 당연히 어머니와 같은 성이어야 합니다. 결혼 전 제 어머니의 성은 벤델마이어이십니다."

"여러분!"

창가에서 잠시 마음을 진정시킨 상원의원이 한층 밝아진 모습으로 돌아와 카를의 말과 관련해 설명하기 시작했다. 항만청 직원들을 제외한 모든 이들이 웃음을 터뜨렸는데, 누군가는 감동받은 듯 웃었고 또 누군가는 무슨 일인지 몰라 웃는 듯했다.

'내 말이 그렇게 우스웠나…….'

카를은 생각했다.

"여러분.

상원의원은 다시 말했다.

"의도하진 않았으나 불가피하게 저의 가족사를 들려드려야겠습니다. 선장님께선 이미 다 알고 계시지만 여러분들을 위해 설명을 드리겠습니다."

말하는 도중에 선장과 상원의원 두 사람은 서로 인사를 나누었다.

"지금부터는 정말 하나하나 집중해야겠군."

카를은 혼잣말을 했다. 그러면서 슬쩍 화부를 바라보았는데 그의 얼굴에 다시 생기가 도는 것 같아 기뻤다.

"저는 오랫동안 미국에 체류하고 있었습니다. 미국 국민이 된 저에게 체류라는 말은 어울리지 않으나 오랜 시간 동안 유럽에 사는 친지들과 교류하지 않았습니다. 그 이유는 첫째, 이 자리에서 굳이 밝힐 내용도 아니고 둘째, 그 이유를 밝히려면 아주 오래된 옛날이야기까지 해야 하기에 생략하겠습니다. 하지만 언젠가는 사랑하는 제 조카에게 그 이유를 밝혀야 하는 날이 올까 봐 두렵기도 합니다. 그때가 되면 그의 부모와 친척과 관련된 이야기들을 숨김없이 얘기해야 하겠죠."

"외삼촌이 분명해. 아마 성을 바꾸셨을 거야."

카를은 혼잣말을 하며 그의 이야기를 경청했다.

"단도직입적으로 말하자면 제 조카는 성가신 고양이를 내다버리듯 그의 부모에게서 쫓겨났습니다. 물론 저는 그런 일을 당한 조카를 두둔할 생각은 전혀 없습니다. 하지만 조카가 저지른 잘못은 말로써도 용서할 수 있는 작은 실수였습니다."

'옳으신 말씀이야. 하지만 외삼촌이 모든 사람들 앞에서 그 이야기를 전부 다 하는 건 싫어. 그런데 그 일에 대해 외삼촌이 어떻게 아신 걸까?'

카를은 생각했다.

"제 조카는."

외삼촌은 말을 하면서 대나무 지팡이에 몸을 기댔다. 그러면서 필요 이상으로 무거운 분위기를 전환시키고 있었다.

"서른다섯 살인 요한나 부루머라는 하녀의 꾐에 넘어갔습니다. '꾐에 넘어가다.' 라는 말로 저 아이의 마음을 다치게 하고 싶지 않지만 적절한 단어가 생각나지 않는군요."

어느새 외삼촌 가까이에 서 있던 카를은 사람들의 표정을 관찰하기 위해 몸을 돌렸다. 누구 하나 웃는 사람 없이 모두 진지한 태도로 듣고 있었다. 누구도 상원의원의 조카를 처음 만난 자리에서 웃을 순 없을 것이다. 오직 화부만이 카를을 보며 가벼운 미소를 짓고 있었다. 카를이 이 선실에서 비밀로 하려 했던 일이 밝혀지긴 했지만, 화부가 활기를 되찾았으니 한편으론 다행이라는 생각이 들었다.

"부루머라는 하녀는."

외삼촌이 말을 이었다.

"제 조카의 아이를 낳았습니다. 아주 건강한 아들이었죠. 세례명은 야콥이라더군요. 저를 염두에 두고 지은 이름이 틀림없어요.

조카는 그저 하녀에게 별 뜻 없이 제 이야기를 했던 것 같은데 기억에 남았나 보더군요. 저에겐 다행스러운 일이지요. 제 조카의 부모 되는 사람들은 양육비 문제와 더불어 자신들에게 안 좋은 소문이 퍼질까 봐—분명히 말씀드리지만 저는 그 일과 관련된 법률 지식이나 조카 부모의 사정에 대해서는 잘 알지 못합니다—저 아이를 제대로 된 준비도 없이 미국으로 보낸 것입니다. 그 하녀가 저에게 편지를 보내 알게 되었습니다. 그리고 편지는 오랫동안 다른 곳에 있다가 그저께서야 저한테 왔습니다. 만약 하녀가 그 사건의 전말과 조카의 모습, 그리고 영리하게도 배의 이름을 제게 알려주지 않았더라면 이 아이는 아마 뉴욕 항구의 어느 뒷골목에서 방탕한 생활을 하게 될지도 모를 일입니다. 여기 그 편지의 몇 구절을 들려드려 여러분을 즐겁게 해드리겠습니다."

그는 빽빽하게 쓴 커다란 편지지 두 장을 주머니에서 꺼내 흔들었다.

"이 편지의 내용을 들으시면 분명 여러분께서는 감동하게 될 것입니다. 그 하녀가 조금 약삭빠르긴 하나 아이 아버지에 대한 사랑이 듬뿍 담긴 편지이기 때문입니다. 하지만 저는 불필요한 미화를 하면서까지 여러분의 관심을 유도하고 싶진 않습니다. 그리고 아직 남아 있는, 그녀에 대한 조카의 좋은 감정 또한 해치고 싶지 않습니다. 제 조카는 조용한 방으로 가서 이 편지를 읽으며 감동을 받을 수도 있을 겁니다."

하지만 카를에겐 하녀에 대한 감정이 남아 있지 않았고 과거의 기억들도 점점 희미해져가고 있었다. 그녀는 늘 부엌의 찬장 위에 팔을 괴고 앉아 있었는데, 카를이 때때로 아버지가 마실 물을 가지러 갈 때나 어머니 심부름으로 부엌에 들어갈 때면 그녀는 늘 불편한 자세로 몸을 비튼 채 편지를 쓰고 있었다. 그러다 카를의 얼굴을 보면 새로운 영감을 얻기도 했다. 때때로 그녀는 손으로 얼굴을 가리고 있었는데 그럴 때에는 아무리 불러도 소용이 없었다. 그녀는 부엌에 딸린 작은 방에서 무릎을 꿇고 나무 십자가 앞에서 기도를 올리기도 했는데, 그럴 때마다 지나가던 카를은 문틈으로 살며시 들여다보곤 했다. 가끔 그녀는 부엌을 이리저리 뛰어다니기도 했는데 그러다 카를을 보면 마녀처럼 웃어대며 뒤로 물러나기도 했고, 카를이 부엌에 들어왔을 때 그가 내보내달라고 말할 때까지 나가지 못하도록 문고리를 붙잡고 있기도 했다.

　또한 그녀는 카를이 전혀 원하지도 않은 물건을 그의 손에 쥐어주기도 했다. 그러던 어느 날, 그녀가 '카를!' 하고 그를 불렀다. 카를은 깜짝 놀랐고, 그녀는 얼굴을 찌푸리며 한숨을 내쉬고는 자신의 방으로 카를을 데리고 가 문을 잠갔다. 그녀는 카를의 목을 꽉 끌어안고는 옷을 벗겨달라고 말하면서 정작 자신이 카를의 옷을 벗기고는 그를 침대 위에 눕혔다. 그러고는 이제부터 카를을 누구의 손에도 맡기지 않고 이 세상이 끝날 때까지 자신이 보살피겠다는 듯한 얼굴로 말했다.

"카를! 오, 나의 카를!"

그녀는 카를이 이제 자기 것이 되었다는 것을 확인하려는 듯 그렇게 외쳤으나 카를은 아무것도 보이지 않았고, 그저 그녀가 준비해 둔 여러 겹의 이불 때문에 몹시 더워 불쾌할 뿐이었다. 그녀는 카를의 곁에 누워 무언가 비밀을 알아내려고 했으나 그는 아무 말도 하지 않았다. 그러자 그녀는 장난인지 진심인지 모를 화를 내며 그를 흔들었고, 그의 가슴에 귀를 대고 심장 소리를 듣더니 카를에게도 자신의 심장 소리를 들어보라며 가슴을 내밀었다. 그러나 그는 아무 반응도 하지 않았다. 그러자 그녀는 카를의 몸에 자신의 배를 밀착시키며 손으로 그의 다리 사이를 더듬었다. 그러자 카를은 몹시 불쾌해하며 베개에서 머리를 들어 올려 흔들어댔고, 그녀는 계속 자신의 배를 카를의 몸에 밀착시켰다. 그러자 카를은 그녀가 마치 자신과 한 몸이 된 듯한 기분이 들었고 이내 두려워졌다. 그녀는 카를에게 꼭 다시 자기를 찾아와 달라는 말을 몇 번이고 반복했고, 카를은 울면서 자신의 침대로 돌아갔다. 그게 이 사건의 전부였다. 하지만 외삼촌은 뭔가 대단한 일이 있었던 것처럼 말했던 것이다. 어쨌든 하녀는 카를을 위해 그가 이곳에 올 거라는 소식을 외삼촌에게 전했다. 그래도 그녀 덕분에 좋은 일이 생겼으니 카를은 언젠가 그녀에게 보답해야겠다고 생각했다.

"이제 내가 너의 외삼촌이 맞는지, 네 이야기를 듣고 싶구나."

상원의원이 말했다.

"저의 외삼촌이 확실합니다."

카를이 그렇게 말하며 외삼촌의 손에 입맞춤을 하자 그는 카를의 이마에 키스를 해주었다.

"외삼촌을 뵙게 되어 얼마나 기쁜지 모르겠어요. 하지만 제 부모님께서 외삼촌에 대해 늘 좋지 않은 말씀만 하신 건 아니란 걸 말씀드리고 싶어요. 그것 외에도 방금 외삼촌께서 말씀하신 것 중에 사실과 다른 부분이 몇 가지 있습니다. 물론 이곳에 계신 외삼촌이 그곳에서 일어난 일을 정확히 다 아실 순 없겠지요. 게다가 이 자리에 계신 분들이 자신과는 별 상관없는 일과 관련해 조금 잘못된 이야기를 듣는다 해도 특별히 피해를 보시지는 않을 테니까요."

"말 한 번 잘하는구나."

상원의원은 그렇게 말하며, 이 일에 큰 관심을 보이는 듯한 선장에게 카를을 데려가 물었다.

"제 조카 정말 멋지지 않습니까?"

그러자 선장은 고개를 숙이며, 군인 교육을 받은 사람만이 할 수 있는 인사를 했다.

"상원의원님, 조카분을 알게 돼서 정말 기쁩니다. 더구나 제 배에서 이런 만남이 이루어지다니 영광이지요. 삼등 선실에 머무른 것은 매우 안타깝습니다. 하지만 현실적으로는 배에 누가 탔는지 다 알 수 없으니까요. 하지만 저희 배는 미국의 그 어떤 삼등 선실보다 더 나은 환경을 제공하도록 노력하고 있습니다. 물론 현재로선 삼등 선실을 항해하기 좋은 환경으로 만드는 데는 다소 부족한 점이 있습니다."

"불편하지 않았어요."

카를이 말했다.

"불편하지 않았답니다."

상원의원이 호탕하게 웃으며 카를의 말을 반복했다.

"다만 가방을 잃어버린 것 같아 걱정입니다."

말을 마치자마자 카를은 자신에게 어떤 일이 벌어졌고, 앞으로 무슨 일을 해야 할지 생각나 주위를 둘러보았다. 다들 각자의 자리에서 존경과 감탄의 눈빛으로 카를을 바라보고 있었다. 다만 항만청 직원들은 시기를 잘못 선택해서 왔다는 듯 유감스러운 표정이었고, 그들은 지금까지 일어난 일이나 앞으로 벌어질 일들보다 눈앞에 있는 회중시계가 더 중요하다는 듯 그것만 바라보고 있었다. 한편 선장이 카를에게 관심을 보이자 화부 역시 그에게 다가와 말을 건넸다.

"정말 축하합니다."

화부는 카를을 존중하는 뜻에서 그렇게 말하며 카를과 악수했다. 그러고 나서 화부는 상원의원에게도 축하 인사를 건네려 했으나 상원의원은 그런 행동은 주제 넘다는 듯 한 발 물러섰다. 그러자 화부도 즉시 행동을 멈추었다.

다른 사람들 역시 카를과 상원의원에게 다가왔고 슈발 또한 카를에게 축하 인사를 건넸기에 그도 답례를 했다. 분위기는 다시 조용해졌고, 항만청 직원들이 마지막으로 그들에게 다가와 영어로 두어 마디를 했는데 그 모습이 좀 우스꽝스러웠다.

상원의원은 기분이 들뜬 나머지 다른 사람들에게 사소한 일까지 기억해 내며 알려주었는데 그들 역시 상원의원의 뜻에 동조했고 관심을 보였다. 그는 하녀가 편지에 적어준 카를의 특징에 대해 수첩에 적어두었다고 했다. 물론 하녀가 카를의 외모를 정확하게 묘사하진 못했지만, 아까 화부가 쓸데없이 긴 이야기를 늘어놓았던 지루한 시간에 상원의원은 수첩을 꺼내 카를의 모습과 그 내용을 맞춰보았던 것이다.

"그렇게 조카를 찾게 되었습니다."

그는 다시 한 번 축하인사를 받고 싶은 듯 말했다.

"화부와 관련된 일은 어떻게 되는 건가요?"

외삼촌의 말이 끝나자 카를이 물었다. 카를은 이제 자신의 위치가 달라졌으니 마음속에 있는 생각을 다 말해도 될 것 같았다.

"그는 자신이 저지른 일에 대해 대가를 치를 것이다."

상원의원이 말했다.

"선장님께서 마땅한 처분을 내리시겠지. 화부와 관련된 일에 대해서는 넘치도록 지겹게 들은 것 같구나. 다들 내 생각과 다르지 않을 거다."

"하지만 일을 공정하게 처리하기 위해서 그런 건 중요하지 않습니다."

카를이 말했다. 외삼촌과 선장 사이에 서 있던 그는 자신의 위치가 이 일에 결정적인 영향을 미칠 것 같았다.

하지만 화부는 허리춤에 두 손을 찔러 넣으며 낙담한 듯한 모습이었다. 그가 움직일 때마다 허리띠 위로 줄무늬 셔츠가 삐져나왔으나 그는 그런 것에 신경 쓸 겨를이 없었다. 그는 이미 자신의 고충을 다 토로했으니 그의 낡은 옷을 좀 보인다 한들 어떻겠는가. 그는 이제 사람들에게 떠밀려 나가게 될 것이다. 그는 이 자리에서 가장 서열이 낮은 하인과 슈발이 자신을 쫓아내는 마지막 배려를 받을 것이다. 그렇게 되면 슈발은 안정을 되찾을 것이고 경리주임의 말처럼 그가 낙담하는 일도 없을 것이다. 선장은 루마니아인만 고용할 수 있을 것이며 배 안에서는 루마니아어만 들리게 될 것이다. 어쩌면 모든 일이 더 잘 풀리게 될지도 모를 일이었다. 이제 어떤 화부도 더 이상 중앙 회계실로 찾아가 시끄럽게 소란을 피우지 않을 것이며 여태껏 화부가 늘어놓았던 말들은, 상원의원이 분명히 말했던 것처럼 자신의 조카를 찾는데 간접적으로 도움이 되었기에 사람들에게 즐거운 기억으로 남을 것이다. 그 조카는 이미 화부를 도우려 애썼기에, 자신이 상원의원의 조카라는 걸 밝히는데 도움을 준 화부에게 은혜를 갚은 셈이었다. 화부는 이제 더 이상 카를에게 뭔가를 기대해서는 안 된다고 생각했다. 그가 상원의원의 조카일지라도 선장은 아니었기 때문이다. 선장은 결국 안 좋은 소식을 전해 줄 것이다. 화부는 그런 생각을 하며 카를을 쳐다보지 않으려 했으나, 사방이 온통 그와 적대적인 사람들뿐이었던 탓에 달리 바라볼 곳이 없었다.

"오해를 살 만한 일은 만들지 마라."

상원의원이 카를에게 말했다.

"공정성도 중요하지만 규칙 또한 중요하니까 그 문제에 대해서는, 특히 규칙과 관련된 일은 선장님께서 판단하시겠지."

"물론 그렇습니다."

화부가 그렇게 중얼거리자 사람들은 웃었다.

"이제 막 뉴욕에 도착해 처리하실 일이 많으실 텐데 우리가 너무 선장님의 시간을 빼앗은 것 같구나. 그러니 즉시 나가도록 하자. 더 이상 우리와 상관없는 기관사들의 일에 휘말려 일을 크게 만들지 말자. 네 행동을 보니 한시라도 빨리 이 자리를 벗어나는 게 좋겠구나."

"즉시 보트를 준비하겠습니다."

선장은 그렇게 말했다. 외삼촌은 스스로를 낮추며 겸손하게 말했으나 선장은 그 말을 조금도 부정하지 않았기에 카를은 놀랐다. 경리 주임은 책상으로 달려가 선장의 명령을 전하기 위해 수부장에게 전화를 했다.

'시간이 없어.'

카를이 생각했다.

'하지만 어쩔 수 없이 사람들의 기분을 상하게 할 수밖에 없겠어. 외삼촌이 힘들게 나를 찾았으니 그분 곁을 떠날 순 없어. 선장은 친절하지만 규칙 앞에선 더 이상 뭔가를 기대하긴 어렵겠어. 외삼촌은 분명 선장의 생각을 읽으신 거야. 슈발하고는 더 이상 말하고 싶지 않아. 악수한 것조차도 후회스러워. 그리고 여기 있는 나머지 사람들은 모두 하찮은 존재일 뿐이야.'

카를은 이렇게 생각하며 화부에게 천천히 다가갔다. 그러고는 허리춤에 넣고 있던 화부의 오른손을 빼내며 매만졌다.

"왜 아무 말도 하지 않는 거예요? 그냥 당하고만 있을 거예요?"

카를이 물었다.

화부는 해야 할 말을 생각해 내는 듯 얼굴을 찌푸리며 카를과 자신의 손을 내려다보았다.

"당신이 이 배에서 누구도 겪어보지 못한 부당한 일을 당했다는 것을 저는 잘 알아요."

카를은 자신의 손가락을 화부의 손가락 사이에 끼우고는 꼼지락거렸다. 화부 역시 기뻐하며 누구도 그런 자신을 비난할 수 없다는 듯 눈을 반짝거리며 주위를 두리번거렸다.

"스스로 자신을 지켜야 해요. '예', '아니요'라고 분명히 대답하지 않으면 진실을 밝힐 수 없어요. 저는 이제 당신을 도울 수 없을 것 같아요."

그러고는 화부의 손에 키스하며 눈물을 흘렸다. 마치 포기해야 되는 귀중한 보물이라도 되듯, 카를은 여기저기 트고 거친 화부의 손을 자신의 볼에 갖다 댔다. 그러자 상원의원이 다가와 그의 손을 떼어냈다.

"마치 화부한테 홀린 것 같구나."

상원의원은 그렇게 말하며 카를의 머리 너머로 선장을 의미심장하게 바라보았다.

"네가 홀로 버려졌다는 생각이 들었을 때 화부를 만났기에 고마움을 느끼는 거란다. 그걸 이렇게 갚으려 하다니 대견스럽구나. 하지만 내 입장과 지금의 네 처지를 생각해서라도 더 이상 지나치게 행동하진 마라."

그때 문 밖에서 누군가가 외치는 소리와 함께 문에 몸을 부딪는 듯한 소리가 들려왔다. 그러더니 앞치마를 두른, 성미가 거칠어 보이는 한 선원이 들어왔다.

"밖에 사람들이 와 있습니다."

그는 큰 소리로 말하며 아직도 사람들 무리에 끼어 있는 듯 팔꿈치를 휘둘렀다. 그러다 정신을 차리고는 선장에게 인사를 하려다 자신이 앞치마를 두르고 있다는 사실을 깨달았다. 그는 앞치마를 잡아채서 바닥에 내던지며 소리쳤다.

"정말 역겨운 일입니다. 저들이 제게 입혔습니다."

그리고 나서 그는 발뒤꿈치를 모아 경례를 했다. 그때 누군가

웃음을 터뜨리려 했으나 선장이 엄숙한 분위기로 만들었다.

"분위기가 좋아 보이는군. 밖에 있는 자들은 누군가?"

"저의 증인들입니다."

슈발이 나서며 말했다.

"선원들의 무례함을 용서하십시오. 항해가 끝나면 저렇게 흥분을 하기도 합니다."

"당장 들여보내시오!"

선장이 명령했다. 그러고는 상원의원에게 정중하지만 다급한 말투로 말했다.

"존경하는 상원의원님, 조카분과 함께 이 선원을 따라 보트로 가십시오. 의원님을 알게 되어 영광이었고 즐거웠습니다. 조만간 다시 의원님을 뵈어 미국의 선박 사업과 관련해 못다한 이야기를 나눌 수 있길 바라며, 오늘처럼 재미있는 일로 다시 이야기가 계속되길 바랍니다."

"한동안은 제 조카 하나로 충분할 것 같습니다."

외삼촌이 웃으며 말했다.

"배려해 주셔서 감사합니다. 안녕히 계십시오. 다음에 유럽 여행을 하게 되면 오랜 시간 동안 선장님과 함께하기를 바랍니다."

외삼촌은 그렇게 말하며 카를을 안아주었다.

"저야말로 그러길 바랍니다."

선장이 그렇게 말했고 두 사람은 서로 악수를 했다. 카를은 슈발이 데리고 들어온 열다섯 명이나 되는 사람들 때문에 정신이 없는 선장에게 아무 말도 하지 못하고 스치듯 악수를 했다.

선원들은 당황스러워하면서도 시끌벅적하게 안으로 들어왔고, 안내를 담당한 선원은 상원의원에게 양해를 구하고는 먼저 나가 카를과 의원을 위해 길을 터주었다. 덕분에 그들은 서로 인사를 나누는 사람들 사이를 쉽게 지나갈 수 있었다. 쾌활한 선원들은 슈발과 화부의 싸움을 장난쯤으로 여기고 선장 앞에서도 계속 싸우고 있다고 생각하고 있었다. 카를은 선원들 무리에서 주방 아가씨 리네가 있는 것을 보았다. 그녀는 카를에게 눈짓을 하며 방금 전에 선원이 팽개쳐버린 앞치마를 두르고 있었다. 그 앞치마는 그녀의 것이었다.

두 사람은 선원을 따라 사무실을 지나 좁은 통로로 들어섰다. 몇 걸음 지나지 않아 작은 문이 보였고, 짧은 계단을 내려가니 보트가 준비되어 있었다. 그들을 안내하던 선원이 보트에 타자, 그곳에 있던 선원들이 일제히 일어나 경례를 했다. 갑자기 카를이 계단 맨 꼭대기에서 울음을 터뜨렸다. 그러자 상원의원은 조심하라고 주의를 주며, 오른손으로 카를의 턱을 감싸고는 왼손으로 쓰다듬으며 꼭 안아주었다. 두 사람은 그렇게 서로의 몸을 밀착한 채 천천히 한 계단씩 내려와 보트에 올랐다. 상원의원은 카를에게 자신의 맞은편에 편안한 자리를 마련해 주었고 상원의원이 지시하자 선원들은 온 힘을 다해 노를 저었다.

보트가 배에서 차츰 멀어지자, 카를은 자신이 중앙 회계실 창문이 보이는 쪽에 있다는 것을 알았다. 슈발의 증인들이 세 개의 창문에 다들 모여 손을 흔들며 다정하게 인사를 건네고 있었다. 외삼촌도 그들의 인사에 화답했다. 한 선원은 규칙적으로 계속 노를 저으면서 다른 손으로 그들에게 키스를 보냈다. 화부는 더 이상 그곳에 없는 것 같았다. 카를은 자신의 무릎과 맞닿아 있는 외삼촌을 자세히 바라보았다. 과연 외삼촌이 화부를 대신해 줄 수 있을까 하는 의구심이 들었다. 외삼촌은 카를의 눈을 피하며 바다를 바라보았다. 출렁이는 파도에 보트가 흔들리고 있었다.

학술원에 드리는 보고

 존경하는 학술원의 위대한 신사 여러분!

여러분께선 영광스럽게도 제게, 제가 원숭이였을 때
의 생활에 관해 보고하라는 요청을 하셨습니다.

하지만 유감스럽게도 저는 여러분들의 요청에 부응하지 못하게
되었습니다. 원숭이로 산 것은 벌써 오 년 전 일이고 그 기간은 달
력으로 보면 짧은 시간이지만, 제가 그래왔듯이 전속력으로 질주
하기에는 무한정 긴 시간이었습니다. 때때로 훌륭한 인간과 조언,
박수갈채, 그리고 오케스트라 음악과 함께했지만 근본적으로 저
는 혼자였습니다. 저와 함께했던 모든 것들은 장애물을 극복하기
엔 턱없이 부족한 것들이었기 때문입니다. 만약 제 본래 성향대로
유년 시절의 기억에 매달려 고집을 피웠더라면 이런 결과를 얻지
못했을 것입니다. 사실 제가 저의 고집을 꺾은 것은 스스로에게
부과한 최고의 계명이었습니다. 자유로운 원숭이였던 제가 이 멍

에를 지고 굴복했던 것입니다. 그럼으로써 과거의 제 기억은 점점 더 굳게 닫혔습니다. 만약 사람들이 원해서 제가 원숭이였던 시절로 되돌아간다 해도, 지상으로 가는 그 통로는 이렇게 진화한 저에게는 너무 비좁고 작게 느껴졌을 것입니다. 저는 지금 이 인간 세상이 가장 편안하고 아늑하게 느껴집니다. 과거에 저를 뒤쫓아 불어오던 거센 바람도 약해졌습니다. 오늘날 그 바람은 단지 제 발뒤꿈치를 간질이는 부드러운 바람일 뿐입니다. 제가 지나쳐 왔던, 먼 곳에 있던 그 구멍은 아주 작았습니다. 만약 저의 힘과 의지가 과거로 되돌리기에 충분했더라도 그곳을 통과하기 위해서는 제 살갗이 벗겨져야만 했습니다. 솔직히 말하자면, 제가 좋아하는 비유를 들어 말씀드리겠습니다. 여러분이 원숭이로서의 삶에서 벗어났다고 가정했을 때, 여러분의 상태는 제가 원숭이로서의 삶에서 벗어난 정도보다 크지 않다는 것입니다. 그것은 이 세상 모든 이들의 발뒤꿈치를 간질이고 있습니다. 그것이 하찮은 침팬지든 위대한 아킬레스든 말입니다.

그러나 저는 최대한 한정된 의미에서 여러분들의 질문에 답변해 드릴 수 있을 것이며, 그럴 수 있다면 제게 큰 기쁨일 것입니다. 저는 제일 먼저 악수하는 법을 배웠습니다. 악수를 한다는 것은 솔직함을 나타내는 것이지요. 오늘날 저는 제 삶의 정점에 서 있습니다. 저는 제가 처음으로 했던 악수에 대해 솔직히 말해 보겠습니다. 제가 보고하는 이 말은 학술원에 근본적으로 새로운 기여를 하진 않을 것이며, 또한 여러분께서 제게 요청한 것과는 많이 다를 것입니다. 그리고 아무리 최선을 다한다 해도 여러분이 요구하는 것을 제 뜻대로 말할 순 없을 것입니다. 하지만 이것은 과거 원숭이였던 제가 어떻게 인간 세상에서 살아갈 수 있게 되었는지에 관해서 대략적으로나마 설명할 수는 있을 것입니다. 하지만 제가 여러분께 말씀드리는 이 내용이 그다지 중요한 것이 아닐지라도, 만약 제가 제 자신을 확신할 수 없고 문명화된 세계의 모든 다양한 형태의 무대에서 제 위치가 확고하지 않았더라면, 저는 분명 여러분께 어떠한 말씀도 드릴 수 없었을 것입니다.

저는 황금해안에 살았습니다. 제가 포획되었던 이야기에 관해서는 다른 사람들의 보고서에 의존할 수밖에 없습니다. 하겐베크라는 회사의 수렵 원정대가—저는 그 당시 원정대 대장과 여러 병의 와인을 비웠습니다만—그날 저녁, 제가 원숭이 무리 한가운데서 물을 마시러 갔을 때 해안가 덤불에 잠복하고 있었습니다. 그들은 우리에게 총을 쐈고 저만 그 총에 맞았습니다. 그래서 두 군데에 상처를 입었습니다.

한 곳은 뺨이었는데 그것은 가벼운 상처였습니다. 하지만 털이 모두 벗겨질 정도로 커다랗고 빨간 상처를 남겼고, 그 상처로 인해 저는 빨간 피터라는 이름을 얻었습니다. 끔찍한 이름이었지요. 저와는 전혀 어울리지 않는 그야말로 원숭이나 생각해 낼 수 있는 그런 이름이었으니까요. 얼마 전에 죽은 명성이 자자한 훈련된 원승이 피터와 저는 뺨에 있는 빨간 얼룩만으로 구별되었을 정도였지요. 이건 그냥 하는 얘깁니다.

두 번째 총알은 엉덩이 밑에 맞았습니다. 그것은 심각한 상처를 남겼고 오늘날까지 저를 절뚝거리게 만들었지요. 최근에 저는 수만 명의 수다쟁이들 중 한 명이 쓴 기사를 읽었는데 내용인즉, 원숭이로서의 제 본성은 아직 통제되지 않았다, 그 증거로 손님들이 저를 보러 오면 총 맞은 자리를 보여주기 위해 제가 바지 벗는 것을 좋아한다는 것이었습니다. 그 따위 기사를 쓰는 그런 작자의 손가락은 하나하나씩 날려버리는 것이 마땅합니다. 저는 제 마음대로 누구 앞에서도 얼마든지 바지를 벗을 수 있습니다. 하지만 여러분은 오로지 잘 관리된 털과—이 특별한 목적을 위해, 그리고 오해를 피하기 위해 저는 특정한 단어를 선택하겠습니다—무자비한 총격으로 생긴 상처만 볼 수 있을 것입니다. 이 모든 것은 사실입니다. 숨기는 것은 아무것도 없습니다. 진실을 위해서라면, 고매하신 분들은 가장 고상한 예의마저도 버리게 되지요. 하지만 손님들 앞에서 저 따위 글을 쓰는 작자들이 바지를 벗는다면 그것은 또 다른 이야기가 되겠지요. 그러니 저는 그들이 그러하지 않는 것이 이성적인 일이라고 생각합니다.

두 발의 총상으로 저는—여기서부터 제 기억이 점차 시작됩니다—하겐베크 증기선 갑판 안에 있던 우리에서 깨어났습니다. 그것은 네 면이 창살로 된 우리가 아니었습니다. 단지 세 면으로 된 우리가 상자에 붙어 있을 뿐이었는데, 상자가 네 번째 면을 만들었던 것이지요. 우리는 전체적인 구조가 너무 낮아서 서 있기 힘들었고 또 좁아서 앉기도 힘들었습니다. 그래서 전 항상 무릎을 굽히고 웅크리며 떨고 있었습니다. 게다가 그 당시 저는 아무도 보고 싶지 않았고 언제나 어둠 속에만 있고 싶었기 때문에 상자를 향해 돌아앉았는데, 그럴 때면 쇠창살들이 제 살을 파고들었습니다. 사람들은 야생동물을 포획한 첫날에는 이런 방법이 유리할 거라 생각한 것입니다. 그리고 제 경험에 비추어볼 때 이것은 진실이며 인간의 관점에서 부인할 수 없는 일이었습니다.

그러나 그때 저는 그런 생각을 하지 못했습니다. 제 생애 처음으로 출구를 찾을 수 없었습니다. 똑바로 나아갈 수도 없었습니다. 제 앞에는 널빤지를 단단히 이어붙인 상자가 있었습니다. 물론 널빤지 사이에는 긴 틈이 있었습니다. 제가 그것을 처음으로 발견했을 때, 어리석었던 저는 행복한 환호성을 질렀습니다. 하지만 그 구멍은 원숭이 꼬리 하나 빠져나오지 못할 만큼 좁았고, 원숭이가 있는 힘을 다해도 넓힐 수 없는 것이었습니다.

후에 들은 바로는, 사람들이 제가 특이하게도 작은 소음밖에 내지 않았기에 곧 죽거나 아니면 그 첫 번째 위기에서 간신히 살아남으면 훈련에 잘 복종할 것이라는 결론을 내렸다고 했습니다. 그 시기에 저는 살아남았습니다. 절망적으로 흐느끼고, 고통스럽게 벼룩을 잡고, 지치도록 코코넛을 핥고, 상자에 머리를 박고, 제게 가까이 오는 사람들에게 혀를 내밀며—저는 제 생애 처음으로 그런 일을 하며 시간을 보냈습니다. 그러나 무슨 일을 해도 출구가 없다는 오직 한 가지 생각만 들었습니다. 물론 그 당시 원숭이로서 제가 느꼈던 것을 지금은 인간의 용어를 빌려 표현하고 있기에, 과거 원숭이로서의 삶으로 온전히 되돌아갈 순 없겠지만 제가 서술하는 방향에는 분명 진실이 있습니다. 그것만은 확실합니다.

그전까지 저는 아주 많은 출구를 가지고 있었습니다. 하지만 그때부터는 하나도 남아 있지 않았던 것입니다. 저는 속박당하고 있었습니다. 만약 사람들이 저를 못질해서 가두었더라도 그로 인해 자유를 향한 제 움직임이 이보다 더 약해지진 않았을 것입니다. 왜 그랬을까요? 여러분, 발가락 사이의 살들을 긁어보십시오. 그래도 답을 찾을 수 없을 것입니다. 당신의 몸이 두 동강이 나도록 당신 뒤에 있는 창살을 힘껏 눌러보십시오. 그래도 답을 찾을 수 없을 것입니다. 저에겐 출구가 없었습니다. 하지만 저는 그것을 만들어야만 했습니다. 그것이 없으면 저도 살아갈 수 없었기 때문입니다. 저는 항상 상자에 기대앉은 채—하겐베크 회사에서의 원숭이들은 상자에 붙어 있어야 하는 동물이었기에 제가 원숭이로 살았다면 분명 위험에 처했을 것입니다—그렇게 저는 원숭이로서의 삶을 포기했습니다. 그것은 배에서 만들어낸 훌륭하고 영리한 생각이었습니다. 원숭이는 머리가 아닌 배로 생각하기 때문이지요.

제가 말하는 출구의 의미를 여러분께서 오해하실까 걱정이 됩니다. 저는 이 단어를 가장 완벽하면서도 대중적인 의미로 표현했습니다. 저는 의도적으로 자유라는 단어를 사용하지 않았습니다. 제가 말하는 것은 모든 측면에서 자유라는 거대한 감정을 의미하지 않으니까요. 원숭이였을 때 아마도 저는 그 감정을 알고 있었을 것이며, 그것을 동경하는 사람들을 만나곤 했을 것입니다. 그러나 저는 이러한 자유를 갈망한 적이 없으며 현재도 마찬가지입니다. 자유라는 이름으로 너무 많은 인간들이 배신을 당했습니다. 자유는 가장 숭고한 감정입니다. 그러므로 그에 상응하는 착각도 가장 숭고한 감정입니다. 저는 제 순서에 앞서 공중곡예사 커플이 높은 지붕 위에서 그네 타는 것을 여러 무대에서 종종 지켜봤습니다. 그들은 서로를 훌쩍 뛰어넘고, 앞뒤로 왔다 갔다 하며 공중으로 튀어 오르기도 했습니다. 서로의 팔을 붙잡고 떠 있기도 했으며 이빨로 다른 사람의 머리카락을 물고 나르기도 했습니다. 저는 '그것 역시 인간의 자유'라고 생각했습니다. '자신을 돋보이기 위한 안하무인의 움직임.' 신성한 자연을 이렇게 비웃다니! 이러한 광경을 보았다면 그 어떤 원숭이도 웃음을 참지 못했을 것이며, 그 어떤 건축물도 이러한 웃음을 견뎌내지 못했을 것입니다.

아닙니다. 저는 자유를 원치 않았습니다. 오른쪽이든 왼쪽이든, 어느 방향이든 저는 오직 출구만 원했을 뿐입니다. 저는 다른 요구도 하지 않았습니다. 출구라는 것이 환상일지라도 제 소원은 작은 것이었기에 그에 따른 실망도 크지 않았을 것입니다. 앞으로 나아가자, 앞으로 나아가자! 팔을 들어 올린 채 상자 벽에 붙어 있지만은 말자.

오늘 저는 분명히 알았습니다. 지극히 심오한 내면의 평온함이 없었다면 절대 출구를 찾을 수 없었다는 것을 말입니다. 그리고 제가 이렇게 될 수 있었던 것은 배 안에서 처음 며칠을 보낸 후에 안정을 찾았기 때문입니다. 그리고 그 평온함은 선원들 덕분이었습니다.

이 모든 것에도 불구하고 그들은 좋은 사람들이었습니다. 그래서 저는 제가 반수면 상태일 때 종종 메아리처럼 울리곤 했던 그들의 무거운 발자국 소리를 기억합니다. 그들은 가능한 한 모든 것들을 천천히 하는 버릇이 있었습니다. 누군가 자신의 눈을 비비려 하면 그는 무거워서 늘어진 추처럼 손을 들어 올렸습니다. 그들의 대답은 거칠었지만 따뜻했습니다. 그들의 웃음엔 늘 위험한 기침 소리가 섞여 있었지만 그것은 아무 의미도 없었습니다. 그들은 항상 입 안에 무언가를 물고 뱉으려 했지만 어디로 뱉을지에 대해서는 전혀 신경 쓰지 않았습니다. 그들은 늘 제 몸에서 벼룩이 옮는다며 불평했지만 그것 때문에 제게 심하게 화를 내진 않았습니다. 그들은 제 털에 벼룩이 번식하고, 벼룩이 튄다는 것을 알았습니다. 그러나 그것은 그들에게는 단순한 문제였습니다. 그들은 일이 없을 때 제 주위에 반원을 그리며 빙 둘러앉곤 했는데, 거의 아무 말도 하지 않고 서로 중얼거리기만 했습니다. 그들은 상자 위로 몸을 쭉 뻗고 파이프에 불을 붙여 피웠고, 제가 가볍게 움직이기라도 하면 그들은 무릎으로 쳤습니다. 그러다 그들 중 하나가 막대기를 가져와 제가 좋아하는 곳을 간질이기도 했습니다. 오늘 제게 그 배를 같이 타자고 초대한다면 저는 확실히 거절할 것입니다. 하지만 돌이켜 생각해 보면 중간 갑판에서의 일들이 제게 분명 해가 되는 일만 있었던 것은 아니었습니다.

이 사람들에게서 얻은 평온함은 저를 달아나지 못하도록 만들었습니다. 이제 와서 돌이켜보니 살아남기 위해서는 출구를 찾아야 한다는 것을 깨달았고, 또한 그 출구는 달아나면 결코 얻을 수 없다는 것을 알게 되었습니다. 탈출이 가능했는지 그렇지 않았는지는 모르겠지만 저는 그렇게 믿고 있습니다, 원숭이에게 그것은 늘 가능한 일이라고요. 지금 제 이빨은 호두를 깨물 때도 조심해야 합니다. 하지만 그때의 저라면 우리의 자물쇠도 이빨로 깨부술 수 있었을 겁니다. 그러나 저는 그렇게 하지 않았습니다. 그래 봤자 제게 무슨 이득이 있었을까요? 제가 머리를 내밀자마자 저는 다시 잡혔을 것이고 더 지독한 우리에 갇혔을 것입니다. 그렇지 않으면 저는 눈에 띄지 않게 다른 동물들, 제 맞은편에 있는 큰 뱀 같은 동물들 속으로 도망쳐 그들의 품에서 생을 마감했을지도 모릅니다. 만약 갑판 위로 빠져나가 뛰어내리는데 성공했다면 저는 깊은 바다 위에서 잠시 흔들리다가 물에 빠져 죽었을 것입니다. 절망적인 방법이지요. 저는 이것이 인간적인 계산이라고 생각하진 않습니다만 제 주변의 영향으로 저는 그렇게 계산하며 행동했습니다.

저는 그렇게 계산적이진 못했지만 모든 상황을 조용히 관찰했습니다. 저는 사람들이 항상 같은 얼굴로, 같은 동작으로 왔다 갔다 하는 것을 보았지요. 제게는 그들이 마치 같은 사람인 것처럼 보였습니다. 그러니까 그 사람 혹은 그 사람들은 아무런 제지도 당하지 않고 자유롭게 돌아다녔습니다. 제 앞에 위대한 목표 하나가 희미하게 떠올랐습니다. 아무도 제게, 제가 그들처럼 된다면 우리 안의 쇠창살이 열릴 거라고 약속해 주지 않았습니다. 명백히 불가능한 그런 약속을 해주진 않았던 것이지요. 하지만 그 일을 이루고 나면, 예전에는 아무리 애써도 불가능했던 곳에서 그 약속은 뒤늦게라도 나타나게 됩니다. 그런데 지금 이 사람들은 제게 그다지 매력적이지 않습니다. 앞서 말한 바와 같이 제가 자유를 위해 헌신했더라면, 저는 분명 그들의 우울한 얼굴이 보여주었던 출구보다 깊은 바다를 선택했을 것입니다. 하지만 어쨌든 저는 이러한 생각들을 하기 훨씬 전부터 그들을 지켜보았습니다. 주의 깊은 관찰은 저를 올바른 방향으로 이끌어주었지요.

사람들을 흉내 내는 것은 아주 쉬운 일이었습니다. 저는 첫날에 침 뱉는 법을 배웠지요. 그 다음 우리는 서로의 얼굴에 침을 뱉곤 했습니다. 그들과 저 사이에 차이점이 있다면 저는 침을 뱉은 다음 제 얼굴을 핥을 수 있지만 그들은 그럴 수 없다는 것이었습니다. 저는 곧 노인처럼 파이프 피우는 법도 배웠고, 파이프 대통을 엄지손가락으로 누를라치면 중간 갑판에 있는 모두가 환호성을 질렀습니다. 하지만 저는 채워진 파이프와 빈 파이프와의 차이점을 이해하는데 꽤 오랜 시간이 걸렸습니다.

제게 가장 힘들었던 것은 독주 병이었습니다. 그 냄새 때문에 저는 속이 메스꺼웠습니다. 제가 할 수 있는 최선을 다했으나 그 역겨운 냄새를 이겨내는 데에는 여러 주가 걸렸습니다. 이것은 내면의 싸움이었는데, 이상하게도 선원들은 제 어떤 것보다 그것을 심각한 문제로 생각했습니다. 제 기억으로는, 저는 사람들을 구별하지 못했습니다. 하지만 그들 중 한 사람이 계속 찾아왔습니다. 혼자 혹은 친구들을 데리고 매일, 밤낮으로, 모든 시간에 말입니다. 그는 제 앞에 술병을 내밀고 서서 가르치는 거예요. 그는 저를 이해하지 못했지만 제 존재에 관한 수수께끼를 풀고 싶어 했습니다. 그는 천천히 술병의 코르크 마개를 열었고 그런 뒤 제가 그것을 이해했는지 살피기 위해 저를 쳐다봤습니다. 저는 항상 집중하지 못하고 성급하게 그를 바라봤다는 것을 인정합니다. 인간 스승이 온 세상을 다 찾아 헤매도 이런 인간 학생은 없었을 것입니다. 그는 병마개를 연 다음 병을 들어 입에 갖다 댔고, 저는 술이 넘어가고 있는 그의 목구멍을 쳐다보았습니다. 그는 제게 만족한 듯이 고개를 끄덕였고, 입술에 병을 갖다 댔습니다. 저는 점차 새로운 세계에 눈을 뜨는 것에 매료되어서 소리를 지르며 여기저기를 마구 긁어댔고, 그는 기뻐하면서 병을 기울여 술을 마셨습니다. 저는 그를 따라하지 못해 안달이 나고 절박해져 오줌을 질질 싸 제 우리 안을 더럽혔고, 그러한 제 행동은 그에게 아주 큰 만족을 주었습니다. 그리고 나서 그는 술병을 든 팔을 뻗어 흔들고는 다시 들어 올려 제게 과장된 가르침을 주기 위해 몸을 뒤로 젖히며 단숨에 술병을 비웠습니다. 저는 너무 많은 노력을 했기에 몹시 지쳐 쇠창살에 매달려 있었고, 이론 수업을 마친 그는 자신의 배를 문지르며 씨익 웃었습니다.

이론 수업이 끝난 뒤 실전 수업이 있었습니다. 저는 이미 이론 수업을 받느라 몹시 지치지 않았던가요? 정말 그랬습니다, 완전히 지쳤었지요. 하지만 그것은 제 운명이었습니다. 그래서 저는 제가 할 수 있는 최선을 다해 제게 건네진 병을 잡았습니다. 저는 몸을 떨며 코르크 마개를 땄습니다. 성공하고 나니 점점 새로운 에너지가 샘솟았습니다. 저는 병을 들어 올리고, 이미 제 모델이 했던 그대로 정확히 따라 하고 있었습니다. 입술로 가져가 그 역겨운 것을, 정말 역겨운 것을 비워냈습니다. 병은 비었고 냄새만 남았음에도 저는 그것을 바닥에 팽개쳐버렸어요. 제 스승이 슬프게도, 제 자신은 더욱 슬프게도, 제가 술병을 내던진 뒤 멋지게 배를 문지르며 이빨을 드러내고 씨익 웃었음에도 우리 둘 중 누구에게도 위안이 되지 못했어요.

제 수업은 너무도 자주 그런 식으로 진행되었습니다. 제 선생님의 명예를 위해 말하자면, 그는 제게 화를 내지 않았어요. 때때로 그는 타고 있는 파이프를 제 털에 갖다 대곤 했는데, 제가 쉽게 손을 뻗을 수 없는 어느 한 곳이 그을릴 때까지 계속되었지요. 하지만 그는 다정하고 거대한 손으로 직접 불을 꺼주었습니다. 그는 우리가 같은 편에 서서 원숭이의 본성에 맞서 싸우고 있으며, 그 일은 제게 어려운 임무라는 것을 알고 있었던 거지요.

어느 날 저녁이었습니다. 수많은 관중들이 큰 원을 만들어 저를 둘러쌌고—아마도 무슨 행사가 있었던 것 같습니다. 유성기가 돌아가고, 장교 하나가 사람들 사이를 돌아다니고 있었습니다—저는 사람들의 눈에 띄지 않게 우리 앞에 팽개쳐져 있던 술병을 잡았습니다. 그러자 사람들은 제게 큰 관심을 갖고 저를 주시했어요. 저는 코르크 마개를 따고 전문 술꾼처럼 아무런 망설임 없이 술병을 입술에 갖다 대고는 눈알을 굴리며 목구멍에 가득 들이부었고 정말로 그것을 다 비워냈습니다. 그리고 나서 절망적이 아니라 퍼포먼스를 하는 예술가처럼 술병을 집어던졌습니다. 비록 배를 문지르는 것을 잊어버리긴 했지만요. 그리고 나서 저는 달리 할 수 있는 게 없었고 충동에 사로잡혀 있었기에, 술기운에 몽롱한 정신 상태로 짧고 정확하게 "안녕!"이라고 외쳤습니다. 인간의 말로 외쳤기에 이로써 저는 인간의 무리에 파고들 수 있었고, "들어봐, 저게 말을 해!"라고 말하는 그들의 울림은 마치 땀으로 흠뻑 젖은 제 온몸에 입맞춤을 하는 것 같았습니다. 그것은 스승과 저를 위한 위대한 승리였습니다.

다시 한 번 말하지만 저는 인간을 흉내 내는 것을 별로 좋아하지 않았습니다. 다만 출구가 필요했기에 흉내 냈을 뿐이고 그 외에 다른 이유는 없었지요. 승리에 대한 성취감은 그리 크지 않았습니다. 그래서 저는 즉시 인간의 목소리를 잃었고 수개월 동안 되찾지 못했습니다. 술병에 대한 반감은 더욱 커졌지요. 하지만 어떤 경우라도 제가 가야 할 방향은 이미 정해졌던 겁니다.

함부르크에서 첫 번째 조련사에게 넘겨졌을 때 저는 제게 두 가지 선택권이 있다는 것을 깨달았습니다. 동물원이냐 무대냐 하는 것이었지요. 저는 주저하지 않았습니다. 스스로 다짐했지요. 무대로 가기 위해 최선을 다하자, 그곳이 출구다, 동물원은 단지 새로운 우리일 뿐이니 그곳에 가면 너는 끝나는 것이라고요.

그래서 저는 배웠습니다. 신사 여러분, 배워야 한다면 배우게 되는 것입니다. 출구가 필요하면 배우게 됩니다. 어떤 대가를 치르더라도 배우게 됩니다. 채찍으로 스스로를 다잡고, 가벼운 장애물에도 제 살을 짓찧으며 고통스러워했습니다. 이미 제게서 원숭이의 본성은 돌돌 굴러 빠져나갔습니다. 그래서 제 첫 번째 스승은 거의 원숭이처럼 되어버려, 수업을 포기하고 곧 정신병원으로 이송되어야 했습니다. 다행히도 금방 회복되었습니다만.

하지만 제겐 많은 스승들, 여러 스승들이 한꺼번에 필요했습니다. 제가 제 능력에 좀 더 자신감을 갖게 되었을 때 대중들은 저의 진보에 관심을 가졌고, 제 전망이 밝아지기 시작했을 때 저는 제 스스로 스승을 고용해서 그들을 연이어 붙어 있는 다섯 개의 방에 앉혔습니다. 그리고 나서 저는 한 방에서 다른 방으로 뛰어넘으며 동시에 많은 것을 배웠습니다.

저의 진보! 모든 방면에서 두뇌를 깨우는 지식의 관통! 저는 그 것을 부인하지 않겠습니다. 저는 그로 인해 아주 행복했습니다. 하지만 고백하건대, 저는 그것을 과대평가하진 않았습니다. 그때 도 그러했고 지금은 훨씬 더 그렇습니다. 지금껏 전무후무했던 저 의 노력으로 저는 유럽인들의 평균 교양 수준에 도달했습니다. 그 자체로는 별것 아닐지도 모르지만 그것은 저를 우리에서 탈출하 도록 해주었던 특별한 출구였으며, 인간의 세계로 이끌어주었습 니다. '슬며시 사라져라.' 라는 아주 멋진 독일 명언이 있습니다. 제가 그렇게 했습니다. 저는 슬며시 사라졌어요. 제가 할 수 있는 다른 것은 없었습니다. 제게 자유는 언제나 선택 불가능한 것이었 으니까요.

지금까지 제가 이룬 발전과 목표를 되돌아보면 저는 어떤 불평 도 만족도 하지 않았습니다. 바지 주머니에 손을 넣고, 술병을 테 이블 위에 올려놓고, 저는 흔들의자에서 반은 눕고 반은 앉은 상 태로 창밖을 바라봅니다. 손님이 오면 저는 적절하게 맞이합니다. 제 관리인은 대기실에 앉아 있다가 제가 벨을 누르면 와서 제 말 을 듣습니다. 저녁에는 항상 공연이 있는데, 더 이상의 성과를 낼 수 없을 만큼 늘 성공적입니다. 연회, 학술 연구회, 친목회 같은 모임을 끝내고 밤늦게 집으로 돌아오면 반쯤 조련된 작은 암침팬지가 저를 기다리고 있으며 저는 그녀와 함께 원숭이의 방식으로 편안하게 지냅니다. 낮에는 그녀가 보고 싶지 않습니다. 그녀는 조련된 동물의 혼란스럽고도 광기 어린 눈을 갖고 있기 때문입니다. 그것은 저만이 볼 수 있는데 저는 그것을 견딜 수 없습니다.

어쨌든 전체적으로 보면 저는 제가 이루고자 하는 목표를 거의 성취했습니다. 하지만 그것들이 노력할 가치가 없었다고 말하진 마십시오. 어떠한 경우라도 저는 사람들의 판단에 호소하고 싶지 않습니다. 저는 다만 지식을 널리 알리고, 단지 그것을 보고하는 것뿐입니다. 학술원의 훌륭한 여러분들께, 저는 단지 보고를 드리는 것뿐입니다.

작품
해설

1. 들어가며

프란츠 카프카(Franz Kafka, 1883~1924)는 1883년 7월 체코 프라하에서 6남매 중 장남으로 태어났다. 아버지는 자수성가한 상인으로서 독선적이고 엄한 성격이었고 어머니는 감수성이 풍부하며 다정한 편이었다. 그러나 어머니는 남편의 일을 돕느라 늘 바빴기 때문에 카프카는 외로운 유년 시절을 보내며 내성적이고 예민한 감성을 지닌 청년으로 성장했다. 그는 독일계 유대인이었으나 어느 쪽에도 완전히 소속되지 못한 주변인이자 이방인으로서의 삶을 살아야 했다. 그의 두 동생들은 태어나자마자 죽었고 나머지 세 여동생들마저 제2차 세계대전 당시 나치 수용소에서 학살당했다. 외롭고 불우했던 카프카의 유년 시절은 훗날 작품에 큰 영향을 미치며 그의 작품의 근간을 이루는 불안과 소외, 혼란과 난해함으로 표출되었다.

그는 독일계 초등학교와 독일계 중등학교에서 독일어로 교육을 받았다. 예술과 문학에 관심이 있었으나 아버지의 기대에 부응하기 위해 프라하 카를 대학에 입학해 법학을 전공하며 박사 학위를 취득했다. 대학 시절, 그를 문단으로 이끌며 사후 그의 유작들을 출판해 세상에 널리 알린 친구 막스 브로트와 교우관계를 맺었다. 1908년에는 프라하 노동자 재해보험 기관에서 근무하며 일과 글쓰기를 병행하기 시작했고 그해 〈휘페리온 *Hyperion*〉지에 산문을 발표했다. 1912년, 그의 첫 번째 여인이자 그의 작품에 큰 영감을 준 펠리체 바우어와 만나며 교제를 시작했다. 그해에 〈판결〉, 장편소설《아메리카》와 단편소설 〈변신〉을 집필했고, 습작했던 단편들을 묶어《관찰》이라는 첫 작품집을 발표했다.

1914년에는 펠리체 바우어와 약혼과 파혼을 거듭하며 우울한 시기를 보냈고, 세계대전의 영향을 받아 〈유형지에서〉를 집필했으며, 같은 해 장편소설《소송》을 쓰기 시작했다. 1915년에는《아메리카》에 실린 〈화부〉가 쿠르트 볼프사에서 출판되며 폰타네 상을 수상했다. 이로써 카프카는 문단에 이름을 알리며 주목을 받았다. 1917년 폐결핵으로 휴직을 하고 그가 가장 좋아했던 누이동생 오틀라가 사는 시골 취라우에 머물며 요양을 했다. 1919년에는《유형지에서》가 출간되었다. 그는 투병생활을 하면서도 계속 작품을 썼으며 장편소설《성》도 이 시기에 집필을 시작했다. 1924년에는 네 편의 단편소설을 묶어《단식 광대》라는 이름으로 작품집이 출간되었다.

그는 시골에서 요양을 하며 점점 기력을 회복하는 듯했으나 다시 병세가 악화되어 프라하로 돌아와 요양원에 입원하게 되었다. 그곳에서 그는 마지막 여인 도라 디아만트의 보살핌 속에서 1924년 6월 3일, 41세의 생일을 꼭 한 달 앞두고 생을 마감했다.

20세기 독일 현대문학의 위대한 작가이자 문제작가로 불리는 카프카는 생전에 여러 편의 작품을 남겼으나 그는 자신의 원고를 모두 태워버리기를 원했다. 그러나 그의 친구 막스 브로트 덕분에 사후에도 그의 작품이 출간될 수 있었다. 여기에서는 카프카가 남긴 다양한 작품들 중 엄선된 일곱 편의 단편에 대해 살펴보기로 하겠다.

2. 내용 살펴보기

1) 불완전한 존재 — 주변인으로서의 삶

변신

어느 날 아침 불안한 꿈에서 깨어난 그레고르 잠자는 자신이 거대한 벌레로 변한 것을 알게 된다. 외판 사원이었던 그는 기차 시간을 놓쳐 업무에 지장이 생기게 된 것을 염려하며 침대에서 일어나려고 하지만 몸을 마음대로 움직일 수 없었다. 가족들과 지배인은 걱정이 되어 그를 찾아오지만 방문은 굳게 잠겨 있었기에 그레고르는 온 힘을 다해 가까스로 문을 여는데 성공한다. 그러나 벌레로 변신한 그레고르의 모습을 보며 충격을 받게 된 지배인은 놀라 달아나고 가족들은 불안과 공포에 떨며 하루하루를 보낸다.

그레고르는 그동안 아버지의 실직으로 인해 집안에서 실질적인 가장 역할을 하고 있었다. 부모님의 빚을 갚기 위해 힘든 직장생활을 견디며 경제적 지원을 하고 있었으나 부모님은 그를 특별히 살가워하지 않았고 단지 누이동생만이 따뜻하게 대해 주었다. 그런 누이동생을 몹시 아끼던 그는 그녀를 음악학교에 진학시킬 계획이었으나 모든 게 수포로 돌아가고 만다.

그러나 아버지가 저축해 둔 돈의 이자만으로는 일 년, 기껏해야

이 년 정도밖에 버틸 수 없을 것이다. ……(중략)…… 그 오 년 동안 아버지는 몸에 지방이 많아져 움직임이 둔해졌고 천식이 있는 어머니는 집 안을 왔다 갔다 하는 것조차 힘겨워했다. 그렇게 이틀에 한 번 꼴로 창문을 열고 환기를 시키며 소파에서 휴식을 취해야만 하는 늙은 어머니가 돈을 벌어야 하는가? 그럼 여태껏 풍족한 생활을 하고 예쁜 옷을 입고 늦잠을 자며, 가끔 집안일을 거들고, 때때로 작은 오락에 참여하며 바이올린만 연주하던, 이제 고작 열일곱인 누이동생이 돈을 벌어야 하는 것인가? 이제 가족들이 당연히 돈을 벌어야 한다는 이야기가 나올 때면 그레고르는 자괴감과 슬픔으로 몸이 뜨거워져, 문에서 떨어져 그 근처에 있는 서늘한 가죽 소파에 몸을 던졌다. (pp.40~41)

경제적 기능을 상실한 그레고르는 가족들에게 그저 짐이 될 뿐이었다. 몸이 불편한 아버지와 어머니는 다시 직장생활을 시작하고 어린 여동생 또한 점원으로 근무하면서 생계를 이어간다. 그레고르는 가족들과 소통하기 위해 거실로 나오려 하지만 가족들은 그런 그에게 공포를 느끼며 방에서 나오지 못하도록 위협한다.

단지 누이동생만이 그의 방 청소를 해주며 먹을 것을 갖다 주곤 했지만 시간이 지날수록 그녀도 발길이 뜸해지고 그가 먹든지 안 먹든지 그저 의무적으로 음식을 넣어줄 뿐이었다. 그러던 어느 날, 아버지가 그레고르에게 사과 세 개를 던지며 그를 위협했는데 그중 하나가 그레고르의 등에 꽂혀 심한 부상을 입는다. 또한 누이가 흘린 독한 약품이 그의 몸에 떨어져 극심한 상처를 입게 된다. 그렇게 그레고르는 하루하루 고통스럽고 외롭게 살아가고 있었다.

기족들은 가정 형편이 어려운 탓에 방을 세놓아 하숙인들을 들인다. 어느 날 그레고르를 발견한 하숙인들은 이런 집에서 살 수 없다며 그간의 숙식비도 내지 않고 집을 나간다. 그러자 더 이상 이렇게는 살 수 없다고 생각한 누이동생은 이젠 그레고르가 사라졌으면 좋겠다고 생각한다.

"이제 더 이상은 안 되겠어요. 무슨 상황인지 이해되지 않으신다 해도 저는 이미 알고 있어요. 저는 이 괴물을 오빠라고 부르지 않을 거예요. 우리는 이것에게서 벗어나야 해요. 우리는 최선을 다해 이 괴물을 보살펴왔어요. 그 누구도 이런 우리를 비난할 순 없을 거예요."

"그렇고말고." 아버지가 혼잣말을 했다. 아직도 호흡이 가빴던 어머니는 어찌해야 할지 모르겠다는 얼굴로 입을 막고 조용히 기침을 했다. ……(중략)……

"쫓아내야 해요." 누이가 외쳤다. "그게 최선의 방법이에요, 아버지. 이게 오빠라는 생각은 하지 마세요. 불행하게도 우린 너무 오랫동안 그렇게 믿어왔어요. 하지만 이게 어떻게 오빠일 수 있겠어요? 만약 이게 오빠라면, 이런 동물과 우리가 결코 한집에 살 수 없다는 것을 깨닫고 알아서 집을 나갔을 거예요. 그랬더라면 비록 오빠는 없을지라도 우린 그럭저럭 살아갈 수 있었을 거고, 그에 대한 좋은 기억만 간직했을 거예요." (pp.69~71)

그는 곧 자신이 더 이상 꼼짝도 할 수 없다는 것을 깨달았다. 그는 이 작고 가느다란 다리들로 여태껏 버텨온 것이 기적이라고 생각했기에 놀라지 않았다. 그러면서 그는 갑자기 모든 게 편안하게 느껴졌다. 온몸이 아팠지만 머지않아 이 고통들도 서서히 줄어들면서 마침내 사라지게 될 것이다. 그는 이제 등에 박힌 썩은 사과와 부드러운 먼지로 뒤덮인 상처 부위에도 거의 통증을 느끼지 못했다. 그는 가족들에게 연민과 사랑을 느끼며 그들을 떠올려보았다. 자신이 사라져야 한다는 그의 생각이 누이의 생각보다 더 확고해졌다. (p.73)

그레고르 역시 이 집안에서 자신이 사라져주는 게 가장 옳은 일이라 생각하며 가족들과 즐거웠던 한때를 떠올리며 숨을 거두게 된다. 그레고르가 죽자 가족들은 잃었던 생기를 되찾고 자신들의 앞날이 그렇게 암담하지 않다는 사실을 깨닫고는 희망을 품으며 새로운 날을 맞이한다.

그레고르는 하루아침에 끔찍한 벌레로 변했음에도 자신보다는 가족들을 먼저 걱정하며 다시 그들과 어울리기 위해 노력한다. 그러나 가족들은 이런 그레고르를 더 이상 가족으로 인정하지 않고 그를 혐오하며 방치하고 감금하려고만 한다. 이렇듯 가족의 구성원이라기보다는 경제적, 물질적 지원자로서 기능하는 가장의 모습은 소설 속에서뿐만 아니라 우리 주변에서도 쉽게 찾아볼 수 있다. 어쩌면 그레고르는 벌레로 변한 자신의 모습에 절망하기보다는 더 이상 가족들에게 도움이 될 수 없는 미안함과 그들과 함께할 수 없는 외로움이 더 컸는지도 모른다. 벌레로 변하면서 그레고르는 더 이상 가족들에게 경제적 지원자로서의 역할을 할 수 없었으나 그로 인해 가족들은 스스로 살아갈 방편을 마련하고 보다 능동적으로 생활하며 긍정적인 미래를 계획하는 계기가 되었기에 그의 희생이 결코 헛되지만은 않았다고 볼 수 있다.

시골의사

눈보라가 치는 어느 겨울 밤, 시골의 공의公醫는 멀리 떨어진 곳에 중환자가 있다는 호출을 받는다. 그러나 그에게는 타고 갈 말이 없었다. 하녀 로자가 말을 구하기 위해 이곳저곳 수소문해 보지만 결국 구하지 못한다. 그러다 갑자기 오랫동안 방치해 두었던 돼지우리에서 한 마부가 말 두 마리를 데리고 나타난다. 마부는 말을 빌려주는 대가로 로자를 원한다. 의사는 처음에는 거절했으나 환자가 우선이었기에 말을 빌려 타고 환자에게 달려간다. 말은 순식간에 먼 거리를 달려 환자의 집에 도착하고 환자는 겉보기에는 아무렇지도 않은 모습이었기에 의사는 헛수고를 했다고 생각한다. 그러나 환자 옆구리에 있는 커다란 상처를 발견하고는 환자가 그 상처로 인해 죽게 될 거라 예감한다. 환자의 가족들은 의사에게 환자의 병이 낫게 해주길 원하지만 의사는 어찌할 방법이 없었다.

　이제야 나는 찾아냈다. 그래 맞다, 소년은 아프다. 오른쪽 옆구리 허리 근처에 손바닥만 한 크기의 상처가 벌어져 있었다. 상처는 여러 가지 농담濃淡의 장밋빛이다. 깊은 곳은 진하고 가장자리일수록 연해지며 고르지 않은 섬세한 피 알갱이들이 모인 상처가 파헤쳐진 광산처럼 열려 있었다. 멀리서 보니 그랬다. 가까이에서 자세히 들여다보니 상태는 더욱 심각했다. 누가 이것을 편한 마음으로 볼 수 있겠는가? 내 작은 손가락만큼 굵고 긴 벌레들이 본래의 색깔에 피까지 뒤집어써서 분홍색인 채, 상처의 안쪽에 들러붙어 조그만 흰 머리와 수많은 작은 발들로 빛을 향해 꿈틀거리고 있었다. 가엾은 소년을 나는 도울 수 없다. 내가 너의 커다란 상처를 찾아냈다. 너는 네 옆구리에 있는 이 꽃 때문에 죽게 될 것이다.
　……(중략)……

그의 옷을 벗기면 치료할 것이다.

치료하지 않는다면 그를 죽여라.

그는 단지 의사일 뿐, 단지 의사일 뿐.

그리고 나서 그들은 내 옷을 벗긴다. 나는 손가락을 수염에 갖다 대고 머리를 한쪽으로 기울이며 조용히 사람들을 바라본다. 나는 아주 침착하다. 모든 것을 확실히 알고 있으며 앞으로도 계속 그러할 것이다. 하지만 그 사실은 내게 아무 도움도 되지 않는다. 그들은 내 머리와 두 발을 잡고 침대로 데려간다. 그들은 나를 벽에다, 상처 옆에다 내려놓는다. (pp.85~87)

이 작품이 쓰인 시기에 카프카는 그의 연인 펠리체 바우어와 약혼과 파혼을 거듭하며 정신적으로 황폐했으며, 또한 폐결핵을 앓았기에 육체적으로도 몹시 힘든 상태였다. 작품에서 적나라하게 묘사된 환자의 상처는 병을 앓고 있던 카프카 자신의 처지가 반영된 것이라고 볼 수 있다.

이 작품에서는 현실과 비현실의 세계를 넘나드는 인상적인 장면이 곳곳에 드러난다. 갑자기 돼지우리에서 등장하는 마부와 말, 그리고 마차가 먼 거리를 순식간에 이동하는 장면 또한 그러하다. 게다가 의사인 '나'를 사람들이 환자 옆에 눕히는 장면도 '나'의 상상인지 현실인지 알 수 없다.

기뻐하라, 환자들이여.

의사가 너희들의 침대에 함께 누워 있으니.

이렇게 해서는 절대 집에 갈 수 없다. 나는 번창했던 의사생활을 잃었다. 후임이 내 자리를 노리지만 이젠 소용없다. 그는 나를 대신할 수 없기 때문이다. 내 집에서는 역겨운 마부가 날뛰며 모든 걸 파괴하고 있다. 로자는 그의 희생양이다. 나는 그것에 대해 생각하고 싶지 않다. 나는 벌거벗긴 채, 이 불행한 시대의 혹한 속에 버려졌다. 이승의 마차와 저승의 말을 타고, 늙은 나는 홀로 떠돈다. (p.89)

환자의 집에서 나온 의사는 집으로 돌아가지 못하고 이승과 저승의 갈림길에서 떠돌게 된다. 여러 가지 의미로 해석될 수 있는 상징성이 돋보이는 작품으로, 의사의 방황은 자신의 소임을 다하지 못한 죄의식에서 비롯된 것이라 볼 수 있다. 그리고 이러한 의사의 모습 역시 예술가로서, 작가로서 자신의 욕구를 채우지 못하고 방황하던 카프카의 모습과 닮아 있다.

젊은 상인 게오르크는 러시아에 있는 친구에게 편지를 쓴다. 사업이 번창하고 유복한 가정의 딸과 곧 결혼을 앞두고 있는 그의 처지에 반해 친구는 사업도 실패하고 사람들과 거의 교류도 하지 않은 채 외롭게 지내고 있다. 그런 친구를 배려하는 뜻에서 게오르크는 자신의 약혼 소식도 전하지 않고 그저 의미 없는 소식들만 전하다가 마침내 친구에게 자신의 약혼 소식을 알리는 편지를 쓰게 된다. 편지를 보내기 전 게오르크는 아버지에게 이 이야기를 전한다.

"네가 이불을 잘 덮어주려 했다는 건 알고 있다, 이 녀석아. 하지만 나는 아직 잘 덮이지 않았어. 그리고 이게 내가 가진 마지막 힘이다. 하지만 널 상대하기엔 충분하지. 충분하고말고. 물론 나는 네 친구를 알고 있다. 그 후로 그는 내 마음속에서 아들이 되었지. 그것이 바로 네가 수년간 네 친구에게 거짓말을 한 이유겠지. 왜 그랬느냐? 내가 그를 가엾게 여긴다고 생각하지 않느냐? 그래서 너는 사무실에서 문을 걸어 잠그고—사장은 바쁘니, 방해해서는 안 된다—러시아에 보잘것없는 거짓 편지를 썼던 것이지. 그러나 아버지에게 아들의 마음을 꿰뚫어볼 수 있는 방법을 가르칠 필요는 없다. 지금 너는 그를 굴복시켰다고 생각하겠지. 그래 너무 눌렀어. 지금까지 넌 그를 네 밑에 깔고 앉아 굴복시키며 꼼짝도

못 하게 하고, 그러고 나서 내 착한 아들은 결혼하기로 마음먹으셨지!"(pp.102~103)

그러나 아버지는 게오르크가 친구를 배신하고 자신에게 거짓말을 한다며 그를 나무란다. 아버지는 게오르크의 행복에 동조하지 않고 오히려 그에게 화를 낸다.

"코미디언 같으세요!" 게오르크는 더 이상 참지 못하고 소리를 질렀다. 그러나 곧 자신이 손해라는 것을 깨닫고는 두 눈을 부릅뜨고 혀를 깨물었다. 너무 아파서 몸을 움츠렸지만 때는 너무 늦었다.

"그래, 물론 난 계속 코미디를 해왔지! 코미디라! 좋은 표현이야! 가난하고 늙은 홀아비에게 더 이상 무슨 위안이 남았겠느냐? 말해다오—네가 대답을 하는 한 넌 아직 살아 있는 내 아들이다—불충한 직원들에게 뒷방으로 쫓겨난, 뼛속까지 늙은 내게 더 이상 무엇이 남았겠느냐? 그런데 내 아들은 환호 속에서 온 세상을 뽐내며 돌아다니고 내가 마련했던 가게도 닫고, 노는 데 정신이 팔려 곤두박질치면서, 제 아비 면전에서 점잖은 신사처럼 감정을 숨기고는 몰래 도망쳤지! 내가 널 사랑하지 않는다고 생각하니? 내가, 널 낳은 내가?"

'이제 몸을 앞으로 기울이겠지.' 게오르크는 생각했다. '그가 고꾸라졌으면, 그래서 산산이 부서졌으면!' 이 말들이 그의 머릿속에서 쉭쉭 소리를 내며 맴돌았다. (pp.104~105)

아버지는 게오르크가 여자에게 빠져, 죽은 어머니의 추억을 더럽히고 자신 몰래 다른 일을 꾸미고 있다고 생각한다. 자신에게 진정한 아들은 오히려 러시아에 있는 게오르크의 친구라며 게오르크에게 온갖 비난을 퍼붓는다. 그러자 게오르크는 아버지에게 '코미디언 같다'는 말로 응수하며 분풀이를 하지만 그마저도 죄책감을 느끼며 자신의 혀를 깨물고 만다. 게오르크는 아버지가 그대로 침대에서 고꾸라져 죽었으면 좋겠다고 생각하지만 그 어떤 저항도 하지 않는다.

아버지는 가엾다는 듯 무심하게 말했다. "넌 빨리 말하고 싶었겠지. 하지만 이제 그건 전혀 어울리지 않아." 그러고 나서 좀 더 큰 소리로, "이제 너 외에도 세상에 무엇이 있는지 알겠지. 이제껏 넌 네 자신밖에 몰랐다! 그래, 너는 원래 순수한 아이였지. 하지만 네 근본은 악마의 탈을 쓴 인간이다! 그러니 명심해라. 나는 지금 너를 익사형에 처하노라!" (p.107)

마침내 아버지는 게오르크에게 익사형을 선고하고, 게오르크는 아무 말 없이 집 밖으로 나가 강물에 투신한다.

이 작품은 독자에게 '왜?' 라는 의문을 던진다. 아버지는 사업에 있어서도, 사랑에 있어서도 행복을 쟁취한 게오르크를 축복해 주지 못하고 왜 저주와 비난을 퍼부으며 익사형까지 선고한 것일까? 게오르크는 왜 불합리한 아버지의 익사 선고를 받아들이며 그대로 실행한 것일까?

실제로 카프카의 아버지는 건장한 체격에 매우 엄격한 성격이었다고 한다. 아버지는 아들에게 많은 기대를 했으나 카프카는 병약했고 내성적이었으며 자신의 뜻과는 어긋난 길을 고집했기에 아버지 입장에서는 기대에 미치지 못하는 아들이었다. 이 작품 역시 다른 작품들과 마찬가지로 카프카 자신의 유년 시절이 반영된 작품이다.

이 작품의 주인공인 게오르크뿐만 아니라 그의 러시아 친구 역시 카프카의 또 다른 모습이라고 볼 수 있다. 아버지는 게오르크에게 순수하지 못하며 본성이 악마 같기 때문에 익사형을 선고한다. 게오르크는 사업도 번창하고 결혼도 앞두고 있어 꽤 성공적인 삶을 살고 있지만, 아버지의 눈에는 그저 정체성을 확립하지 못하고 여자에게 빠진 어리석은 인간으로 비쳐질 뿐이었다. 아버지는 오히려 일도 사랑도 제대로 하지 못하지만 나름대로 자신만의 삶을 살아가고 있는 친구가 더 순수하다고 느낀 것이다. 이 작품은 작가의 경험을 토대로 부자간의 갈등을 다루며 아버지의 권위 앞에 굴복하고 마는 아들의 모습을 통해 비극적인 결말을 보여준다.

화부

16세 독일인 카를 로스만은 하녀에게 유혹당해 그녀를 임신시키고 부모님의 추방으로 미국으로 가는 배를 탄다. 그러나 그는 항해 중에 짐 가방을 잃어버리고 낯선 땅에서 혼란스러워하던 중 배 안에서 화부를 만나게 된다. 화부는 건장한 체구의 독일인이었는데 루마니아 기관사 슈발에게 부당한 대우를 받고 있다며 카를과 함께 선장실로 찾아가 항의한다. 그러나 그곳에 있던 항만청 직원들과 경리 주임은 화부를 무시하며 오히려 그의 행동을 나무란다.

다들 화부에게 빨리, 정확하게, 아주 상세히 설명하라고 재촉하고 있었다. 그러나 화부는 무엇을 하고 있는가? 땀범벅이 되어 이야기를 하고 있었는데, 손이 덜덜 떨려 창틀에 놓인 서류들을 잡고 있지도 못했다. 슈발에 대한 비난이 사방에서 넘쳐났기에 카를은 그것만으로도 슈발을 완전히 매장시킬 수 있다고 생각했다. 하지만 화부가 선장에게 할 수 있었던 얘기는 모든 것이 뒤섞여 엉망진창이 돼버린 말들뿐이었다. 대나무 지팡이를 든 남자는 오래전부터 천장을 쳐다보며 휘파람을 불고 있었고, 항만청 직원들은 탁자 앞에 항해사를 데려다 놓고 다시는 놓아주지 않겠다는 모습이었다. 경리 주임은 선장의 차분한 태도 때문에 참고 있었으며 하인은 선장이 화부에 관한 지시를 내릴 때까지 경직된 자세로 대

기하고 있었다. (pp.192~193)

　다행히 선장은 화부의 말에 귀를 기울여주지만 그 역시 우유부
단한 태도를 보이며 어떤 결론도 내리지 않는다. 카를은 화부의
편에 서서 그를 도와주려 하지만 화부는 자신의 생각조차 명료하
게 밝히지 못하고 우물쭈물하며 답답한 모습을 보인다. 그러나 선
장실에 있던 상원의원이 오랫동안 교류하지 않았던 카를의 외삼
촌임이 밝혀지면서 카를은 화부에게 유리한 상황이 될 거라고 기
대한다.

　'하지만 어쩔 수 없이 사람들의 기분을 상하게 할 수밖에 없겠
어. 외삼촌이 힘들게 나를 찾았으니 그분 곁을 떠날 순 없어. 선장
은 친절하지만 규칙 앞에선 더 이상 뭔가를 기대하긴 어렵겠어.
외삼촌은 분명 선장의 생각을 읽으신 거야. 슈발하고는 더 이상
말하고 싶지 않아. 악수한 것조차도 후회스러워. 그리고 여기 있
는 나머지 사람들은 모두 하찮은 존재일 뿐이야.' (p.213)

　그러나 외삼촌은 화부의 편에 서지 않는다. 그는 카를이 낯선 땅
에서 의지할 사람이 없었기에 잠깐 만났던 화부에게 정이 들어 그
를 두둔하는 거라고 말한다. 카를도 이제 더 이상 화부를 도울 수
없다고 생각하며 외삼촌과 함께 배에서 내려 보트를 타고 떠난다.

이 작품에 등장하는 주인공 카를 로스만은 카프카 작품 곳곳에 등장하는 '이방인'으로서의 삶을 살아가고 있는 인물이다. 가정에서도 버림받고 낯선 땅으로 쫓겨난 카를 역시 어느 곳에도 소속되지 못하고 방황하는 인물이며 이는 카프카 자신의 모습과 닮아 있다. 카를이 화부 편에 서서 그를 옹호했던 이유가 부조리에 맞서 싸우기 위한 정의감에서 비롯되었다고 할 순 없을 것이다. 상원의원의 말대로 카를은 외롭고 불안한 상황에서 화부를 만났기 때문에 잠시나마 의지가 되었던 그를 두둔했던 것으로 볼 수 있다. 카를은 상원의원이라는 거대한 힘을 얻고도 끝까지 화부의 편에 서서 맞서 싸우지 못하고 물러나는 우유부단하면서도 나약한 외삼촌의 모습을 본다. 이렇듯 〈판결〉의 게오르크와 〈시골의사〉의 의사 등 카프카 작품 속 주인공들은 완전하지 못한 나약한 인물로 비춰지며, 이는 카프카 자신의 모습이 투영된 동시에 권력 앞에서는 정의도 힘을 쓰지 못하고 나약해지고 무력해지는 씁쓸한 세태를 반영한 작품이다.

학술원에 드리는 보고

인간의 모습을 흉내 내며 유럽인의 평균 교양에 도달하게 된 원숭이 피터가 오 년 전 자신이 원숭이의 본성에서 벗어나 인간으로 진화해 온 모습에 대해 학술원에 보고하는 내용이다. 아프리카 황금해안에 살던 그는 수렵꾼들에게 포획되어 하겐베크 회사의 선박에 갇히게 된다. 그리고 그곳에서 처음으로 출구 없는 상황과 맞닥뜨리게 된다.

그전까지 저는 아주 많은 출구를 가지고 있었습니다. 하지만 그때부터는 하나도 남아 있지 않았던 것입니다. 저는 속박당하고 있었습니다. 만약 사람들이 저를 못질해서 가두었더라도 그로 인해 자유를 향한 제 움직임이 이보다 더 약해지진 않았을 것입니다. 왜 그랬을까요? 여러분, 발가락 사이의 살들을 긁어보십시오. 그래도 답을 찾을 수 없을 것입니다. 당신의 몸이 두 동강이 나도록 당신 뒤에 있는 창살을 힘껏 눌러보십시오. 그래도 답을 찾을 수 없을 것입니다. 저에겐 출구가 없었습니다. 하지만 저는 그것을 만들어야만 했습니다. 그것이 없으면 저도 살아갈 수 없었기 때문입니다. (p.223)

제가 말하는 출구의 의미를 여러분께서 오해하실까 걱정이 됩니다. 저는 이 단어를 가장 완벽하면서도 대중적인 의미로 표현했습니다. 저는 의도적으로 자유라는 단어를 사용하지 않았습니다. 제가 말하는 것은 모든 측면에서 자유라는 거대한 감정을 의미하지 않으니까요. (p.223~224)

그가 언급한 것처럼 그에게 있어 출구란 자유와는 다른 것이었다. 생존을 위해 필요했던 최소한의 장치가 바로 출구였던 것이다. 그는 침 뱉기, 독주 마시기, 파이프 담배 피우기 등 인간의 행동을 모방하며 점점 사람들의 관심을 끌게 된다. 그는 원숭이의 본성을 하나씩 벗어던지고 인간의 모습을 흉내 내고 있지만 원숭이의 본성에서도 완전히 벗어날 수 없었고 인간 세계에도 편입될 수 없는 이방인이었다.

원숭이 피터 역시 독일계 유대인으로서 어느 곳에도 완전히 소속되지 못하고 방황했던 카프카의 모습과 닮아 있다.

다시 한 번 말하지만 저는 인간을 흉내 내는 것을 별로 좋아하지 않았습니다. 다만 출구가 필요했기에 흉내 냈을 뿐이고 그 외에 다른 이유는 없었지요. 승리에 대한 성취감은 그리 크지 않았습니다. 그래서 저는 즉시 인간의 목소리를 잃었고 수개월 동안 되찾지 못했습니다. 술병에 대한 반감은 더욱 커졌지요. 하지만 어떤 경우라도 제가 가야 할 방향은 이미 정해졌던 겁니다.

함부르크에서 첫 번째 조련사에게 넘겨졌을 때 저는 제게 두 가지 선택권이 있다는 것을 깨달았습니다. 동물원이냐 무대냐 하는 것이었지요. 저는 주저하지 않았습니다. 스스로 다짐했지요. 무대로 가기 위해 최선을 다하자, 그곳이 출구다, 동물원은 단지 새로운 우리일 뿐이니 그곳에 가면 너는 끝나는 것이라고요.

……(중략)……

지금까지 제가 이룬 발전과 목표를 되돌아보면 저는 어떤 불평도 만족도 하지 않았습니다. 바지 주머니에 손을 넣고, 술병을 테이블 위에 올려놓고, 저는 흔들의자에서 반은 눕고 반은 앉은 상태로 창밖을 바라봅니다. 손님이 오면 저는 적절하게 맞이합니다. 제 관리인은 대기실에 앉아 있다가 제가 벨을 누르면 와서 제 말을 듣습니다. 저녁에는 항상 공연이 있는데, 더 이상의 성과를 낼 수 없을 만큼 늘 성공적입니다. 연회, 학술 연구회, 친목회 같은 모임을 끝내고 밤늦게 집으로 돌아오면 반쯤 조련된 작은 암침팬지가 저를 기다리고 있으며 저는 그녀와 함께 원숭이의 방식으로 편안하게 지냅니다. 낮에는 그녀가 보고 싶지 않습니다. 그녀는 조련된 동물의 혼란스럽고도 광기 어린 눈을 갖고 있기 때문입니다. 그것은 저만이 볼 수 있는데 저는 그것을 견딜 수 없습니다. (pp.231~233)

피터는 동물원과 버라이어티쇼 무대 중 후자를 선택한다. 동물원은 또 다른 이름의 출구 없는 감옥이기 때문이다.

완전한 원숭이도, 인간도 될 수 없었으나 피터는 이러한 자신의 노력이 헛된 것이라 생각하지 않는다. 그는 자신의 행동에 대해 사람들의 판단에 맡기지 않고 그저 자신이 걸어온 길을 '보고' 할 뿐이라고 말한다. 완전한 원숭이도, 인간도 아닌 모습으로 살아가야 했지만 주어진 상황에서 거대한 자유가 아닌 소박한 자유(출구)를 위해 주체적으로 자신의 삶을 개척했던 원숭이 피터의 모습을 통해 과연 진정한 자유는 무엇인지 한 번쯤 생각해 보게 되는 작품이다.

2) 외로운 존재 — 확고한 신념을 추구하는 삶

단식 광대

단식 행위가 흥행하던 시절, 단식 광대는 사람들의 열렬한 지지를 받으며 단식 행위를 이어간다. 단식 행위는 최장 사십 일로 정해져 있었는데 그 시기가 지나면 사람들의 관심이 급격히 떨어졌기 때문이다. 그러나 단식 광대는 자신의 한계를 시험해 보고 싶었기에 단식 기간이 사십 일로 제한된 것에 불만을 품었다.

하지만 그 순간이 왔을 때 단식 광대는 부인의 안내를 거부했다. 자신에게 몸을 굽히며 손을 내미는 부인의 손에 앙상한 자신의 팔을 올려놓긴 했으나 일어나려고 하진 않았다. 사십 일이 지난 지금, 왜 단식을 중단해야 하는 것인가? 그는 아직도 무한정으로 계속 단식을 할 수 있다고 생각했다. 그런데 왜 이러한 단식의 절정에서 멈추어야만 하는 것인가? 왜 사람들은 내가 단식을 계속할 수 있는 영예를 빼앗으려는 것인가? 전 시대를 통틀어 최대의 단식 광대가 될 수 있는 영예를 넘어서—아니, 현재 나는 이미 그런 상태일지도 모른다—아무도 닿지 못한 어마어마한 경지에 이르는 것이 목표인데 말이다. 그는 단식을 하면서 스스로에게 어떠한 한계도 느끼지 못했다. 자신에게 이토록 찬사를 보내는 사람들은 왜 내가 단식을 계속할 수 있도록 참아주지 못하는 것인가? 나는 계속 단식할 수 있는데 왜 그들은 참지 못하는 것인가?

(pp.113~114)

그러나 세월이 흐르고 단식 행위는 더 이상 사람들의 호응을 얻지 못하게 된다. 그리하여 공연을 지속하지 못했기에 단식 광대는 공연 관리자와 작별하고 어느 서커스단에 입단해 마구간 옆 우리에서 계속 단식을 한다. 그러나 그의 단식 행위에 관심을 갖는 사람은 아무도 없다. 다만 동물들을 구경하기 위해 지나가다가 슬쩍 그를 바라보는 정도였다.

더 이상 예전의 영예를 누릴 수 없고 사람들의 관심 속에서도 멀어졌지만 단식 광대는 단식 행위를 중단하지 않는다. 단식 일수를 기록했던 단원도 더 이상 날짜를 세지 않았기에 단식 광대는 자신이 얼마 동안이나 단식했는지조차 알 수 없다. 그러던 어느 날 서커스단 감독이 지나가다가 방치되어 있는 우리를 발견한다. 그는 왜 쓸모 있는 공간에 빈 우리를 방치해 두느냐며 단원들을 부른다. 그때서야 단원들도 단식 광대가 우리 안에서 여전히 단식을 하고 있다는 것을 알게 된다.

"하지만 놀라지 마십시오."
단식 광대가 말했다.
"그래, 그렇다면 놀라지 않겠네."
감독이 이어서 말했다.
"그런데 왜 놀라면 안 되는 것인가?"
"단식은 제가 당연히 해야 하는 것이고, 저로선 다른 방법이 없으니까요."
단식 광대가 말했다. (p.123)

아무도 관심을 갖지 않고 더 이상 필요 없는 단식을 왜 하느냐는 감독의 질문에 단식 광대는 그것이 자신의 의무라고 말한다. 광대에게 있어 단식은 이제 숙명과도 같은 것이었다. 광대는 그렇게 우리 안에서 죽음을 맞이하며 짚더미와 함께 묻힌다.

이 작품에 등장하는 주인공인 단식 광대는 단식이라는 행위를 하나의 예술로 승화시키고 있다. 단식 행위가 대중의 관심에서 멀어지고 이제는 누구도 알아주지 않지만 스스로 만족하기 위해 멈추지 않고 도전하는 모습은 예술가의 그것과 다르지 않다. 작가의 표현을 빌리자면 단식 광대야말로 순교자의 다른 이름이었던 것이다. 자신이 추구하는 경지에 이르기 위해 홀로 고군분투하는 광대의 모습은 처절하면서도 숭고하다.

유형지에서

유럽의 한 탐험가가 어느 섬에 있는 유형지에 참관해 달라는 초청을 받는다. 적막한 골짜기로 둘러싸인 그곳에는 장교, 사형수, 사병 그리고 전임 사령관이 고안한 처형 장치가 있다. 장교는 전임 사령관과 자신의 합작품인 처형 장치에 무한한 신뢰와 애정을 가지고 있으며 자부심을 느낀다. 그러나 그것은 무수한 바늘이 달려 있는 써레가 내려와 죄수의 몸에 서서히 죄목을 새기면서 오랜 시간 고통을 주는 장치였고, 마지막에는 죄수의 몸을 바늘로 찍어 올려 구덩이에 던지는 잔인한 살인 장치였다. 그곳에 묶여 있던 사형수는 간밤에 보초를 제대로 서지 않고 잠이 들었고, 그 때문에 상관이 그에게 채찍을 휘두르자 상관에게 반항했다는 죄목으로 유형지에 끌려와 사형을 당할 위기에 처해 있다.

"사형수도 본인의 판결 내용을 알고 있습니까?"
"전혀 모릅니다."
장교는 이렇게 말하며 계속 설명을 이어가려고 했으나 탐험가가 재빨리 다시 물었다.

"자기의 판결도 모른다고요?"

"모릅니다."

장교는 같은 대답을 되풀이하면서 탐험가가 왜 그런 질문을 했는지에 대한 부연 설명을 기다리는 듯 잠시 말을 멈추었다. 그러다 곧 말을 이었다.

"굳이 설명할 필요가 있겠습니까? 곧 체험하게 될 텐데요."

(p.133~134)

탐험가는 이 처형 장치가 비인도적이며 판결 내용 역시 불합리하다고 생각하지만 자신은 외국인으로서 참관했기에 끼어들 입장은 아니라 생각하며 그저 장교의 집행 장면을 지켜보기로 한다.

한편 신임 사령관은 이 처형 장치에 대해 반감을 갖고 있다. 그는 전임 사령관이 이루어놓은 낡은 제도를 개혁하고 새로운 질서를 수립하려고 노력 중이다. 장교는 이런 신임 사령관과 맞서 싸워야 한다며 탐험가에게 장치와 사형 제도를 유지할 수 있도록 도와달라는 부탁을 한다. 그러나 탐험가는 그럴 수 없다고 거절한다. 그렇게 전임 사령관과 자신이 지켜온 처형 장치와 제도가 무너질 위기에 처하자 장교는 마지막 결단을 내린다. 그는 사형수를 풀어주고 대신 자신이 처형 장치 위에 눕는다. 그러나 기계가 오작동하는 바람에 장교는 금세 죽게 된다. 탐험가는 사형수와 사병과 함께 장교를 묻어주고 그 마을의 카페에 있는 전임 사령관의 묘를 찾아간다. 묘비에는 전임 사령관이 곧 부활하여 이 유형지를 탈환할 것이니 모두 때를 기다리라는 글이 적혀 있다. 이미 그 내용을 알고 있던 마을 사람들은 모두 비웃는다. 카페에서 나온 탐험가는 곧 배를 띄워 유형지를 떠나고 사형수와 사병도 그 배에 함께 오르려 하지만 탐험가의 제지로 함께 가지 못하게 된다.

이 작품에서 장교와 전임 사령관은 부조리하고 비인도적인 제도를 고수하려는 구시대적인 인물들이다. 장치에 대한 장교의 신뢰는 경이롭기까지 하다.

"저 제도기 안에는 써레를 조절하는 톱니바퀴가 들어 있는데, 그것은 설계도에 따라 조절됩니다. 저는 지금도 전임 사령관의 설계도를 사용하고 있는데 이게 바로 그겁니다."

그러면서 장교는 가죽 지갑 안에서 종이 몇 장을 꺼냈다.

"죄송하지만 만지지는 마십시오. 이것은 정말로 귀한 것이니까요. 자, 앉으시지요. 이 정도 거리에서 보여드려야겠습니다. 거리를 두고 보는 게 오히려 더 잘 보일 겁니다." (p.140)

저 언덕까지 구경꾼들로 꽉 차서 다들 까치발로 서 있을 정도였습니다. 사령관이 직접 죄수를 써레 위에 눕혔습니다. 지금은 사병이 하고 있는 일이 그 당시에는 저의 일이었고 명예로운 일이었습니다. ······(중략)······ 그렇게 여섯 시간이 지나면 사람들은 더 가까이 와서 구경하고 싶어 했지요. 하지만 그들 모두의 소원을 들어줄 순 없었기에 친절한 사령관은 어린아이들에게 우선권을 주었지요. 그래서 저는 어린아이 둘을 양팔에 끼고 장치 옆에 앉아 있곤 했습니다. 양심의 가책과 고통으로 괴로워하는 죄수의 얼굴에서 신성한 변화의 표정을 보았을 때 그때의 기분이란! 목표에 이르는 순간 어느새 사라지는 정의의 빛을 받고 있는 사람들의 얼굴! 아, 얼마나 화려했던 시절이었는지! 이봐, 자네!"

감상에 젖은 장교는 자신의 앞에 서 있는 사람이 누구인지조차 잊은 것 같았다. 그는 탐험가를 끌어안고 자신의 머리를 탐험가의 어깨에 기댔다. (p.149~150)

장교는 옷을 하나씩 벗은 뒤 정성껏 개켜놓았다. 그러다 군복 장식을 매만지며 다시 옷을 정리했는데 특히 군복 상의의 체인을 가지런히 정리하기 위해 몇 번이나 옷을 흔들었다. 그러나 그는 정성스레 옷을 개키다가 갑자기 불쾌한 표정을 지으며 구덩이 속으로 던졌다. (p.163)

그 순간 탐험가는 장교의 얼굴을 보게 되었다. 살아 있을 때 모습 그대로였다. 그가 그렇게 확신하던 구원의 징조는 보이지 않았다. 그는 입을 굳게 다물었고 눈은 뜨고 있었다. 눈은 평온해 보였으며 어떤 확신에 차 있었다. (p.168)

장교는 죽는 순간까지 처형 장치에 대한 신뢰를 저버리지 않았다. 그에게 처형 장치는 재판관으로서 정의를 실현하는 장치였으며 전임 사령관이 남긴 쪽지에 적힌 '정의를 수호하라'는 명령을 수행하는 수단이었기 때문이다.

　반면 여기에 맞서는 신임 사령관은 구제도를 타파하고 새로운 제도를 수립하려는 인물이지만 이 작품 속에서 적극적인 모습을 보이진 않는다. 탐험가 역시 장교와 대립되는 인물이나 방관하는 입장에 서서 어떤 행동도 취하지 않는다.

　제1차 세계대전 당시 쓰인 이 작품은 전쟁으로 인한 인간의 존엄성 상실과 더불어 불합리한 사회제도에 대해 일침을 가하는 작품이라 볼 수 있다.

3. 마치며

카프카는 실존주의 문학의 선구자로서 인간 내면에 존재하는 소외 의식과 불안 심리를 다룬 작품들을 다수 집필하였다. 또한 현대 자본주의 사회의 부조리와 물질만능주의에 대한 경각심을 일깨우는 작품들도 집필하며 독자들과 공감대를 형성하였다.

그는 현실과 비현실의 세계를 오가는 상징적이고 난해한, 자신만의 독창적인 작품 세계를 구축해 나가며 오늘날까지 많은 독자들의 사랑을 받고 있다. 쉽게 읽히지만 결코 쉽게 해석되지 않는 감상적이고 몽환적인 단편들을 나열하고, 이유를 알 수 없는 극단적인 결론을 내림으로써 상식을 뛰어넘는 비논리적인 전개를 하며 자의식의 세계를 펼쳐나간다. 하지만 그것들이 결코 현실과 동떨어진 세계는 아니다. 현실이 반영되지 않은 문학은 생명력이 없기 때문이다. 다시 말해 카프카 문학의 비현실성과 난해함은 현실과의 유리遊離에서 비롯됨이 아닌 현실 세계의 확장이자 변형인 것이다.

이렇듯 카프카의 작품은 독자들로 하여금 다소 어렵지만 스스로에게 질문을 던지고, 탐구하고, 상상도 하며 신비로운 그의 세계에 도전하고자 하는 욕구를 불러일으키는 힘이 있다. 이 책에 소개된 일곱 편의 단편과 더불어 카프카의 다양한 작품들을 통해 그가 제시한 수수께끼 같은 암호를 하나씩 풀어보는 것도 독자들에게 의미 있는 일이 될 것이다.

작가
연보

1883년	7월 3일 체코 프라하에서, 아버지 헤르만과 어머니 율리 사이에서 6남매 중 장남으로 태어나다.
1889년(6세) ~1893년(10세)	프라하에 있는 독일계 초등학교에 다니다.
1893년(10세) ~1901년(18세)	김나지움(Gymnasium, 독일계 인문중등학교)에서 공부하다. 다윈, 헤겔, 스피노자, 괴테 등의 사상에 관심을 가지며 글쓰기에 흥미를 보이기 시작하다.
1901년(18세) ~1906년(23세)	프라하에 있는 독일계 대학에서 독문학을 전공하다가 법학으로 바꾸다.
1905년(22세)	〈어떤 싸움의 기록 *Beschreibung eines Kampfs*〉을 집필하다.
1906년(23세) ~1907년(24세)	프라하 카를 대학에서 법학박사 학위를 받았으며 1년간 법원에서 근무하다. 〈시골의 결혼 준비 *Hochzeitsvorbereitungen auf dem Lande*〉를 집필하다.

1908년(25세)	7월부터 1922년 7월까지 노동자 재해보험 기관에서 근무하다. 〈휘페리온 *Hyperion*〉지誌에 여덟 개의 산문을 처음으로 발표하다.
1910년(27세)	일기를 쓰기 시작하다.
1912년(29세)	장편소설 《아메리카 *Amerika*》 구상을 시작하다. 그의 첫 번째 작품집 《관찰 *Betrachtung*》이 출간되다. 친구 막스 브로트와 바이마르를 여행하다. 두 번의 약혼과 파혼을 거듭하게 되는 펠리체 바우어를 처음 만나게 되면서 그녀와 서신을 교환하다. 〈판결 *Das Urteil*〉,〈변신 *Die Verwandlung*〉을 완성하다.
1914년(31세)	6월에 펠리체 바우어와 약혼했다가 7월에 파혼하다. 《소송 *Der Prozeß*》의 집필을 시작하다. 〈유형지에서 *In der Strafkolonie*〉를 완성하다.
1915년(32세)	1월에 펠리체 바우어와 첫 번째 재회. 《변신》이 출간되다.

1916년(33세)	7월에 펠리체 바우어와 온천으로 여행을 떠나다. 《판결》이 출간되고, 뮌헨에서 두 번째 공개 낭독회를 열고 〈유형지에서〉와 〈시골의사 *Ein Landarzt*〉를 낭독하다.
1917년(34세)	7월에 펠리체 바우어와 다시 약혼하고 9월에 폐결핵 진단을 받아 시골에서 요양을 하다. 12월에 펠리체 바우어와 두 번째 파혼하다. 〈학술원에 드리는 보고 *Ein Bericht für eine Akademie*〉를 집필하다.
1919년(36세)	율리에 보리체크과 약혼했으나 그녀의 가정형편 때문에 아버지의 극심한 반대에 부딪히다. 《유형지에서》를 출간하다.
1920년(37세)	밀레나 예젠스카 부인과 서신 교환을 시작하고, 율리에 보리체크와 파혼하다. 요양원에 입원해 그곳에서 생활하다.
1922년(39세)	장편소설《성 *Das Schloß*》의 집필을 시작하고, 〈단식 광대 *Ein Hungerkünstler*〉를 완성하다.

1923년(40세)	도라 디아만트라는 청순한 처녀를 만나 베를린에서 9월부터 동거생활을 시작하지만 건강은 점점 악화되다. 〈굴 *Der Bau*〉을 완성하다.
1924년(41세)	도라 디아만트에게 〈굴 *Der Bau*〉을 제외하고 이 무렵에 쓴 원고를 모두 불태우게 하다. 도라 디아만트, 의사 로버트 클롭슈톡과 함께 키어링의 요양원에 머무르다가 6월 3일 41세의 생일을 꼭 한 달 앞두고 사망하다. 6월 11일에 프라하 유대인 묘지에 안치되다. 《단식 광대》를 출간하다. 이후 나머지 작품을 불태우라는 카프카의 유언에도 불구하고 친구 막스 브로트가 카프카의 작품들을 출판하다.